新潮文庫

飢えて狼

志水辰夫著

飢えて狼

第一部

1

その車がいつ来たのか、気がつかなかった。なにげなく外へ眼をやったときには、店の駐車場に割り込んでこちらのようすをうかがっていた。ライトブルーのまだ新しいスカイラインである。

男が二人乗っていた。

どうします、と北原が言った。

ほっとけ、とわたし。

そのときわたしたちは、ただで手に入れたジョンソンの六馬力船外機を料理するところだった。日本へ出稼ぎに来ているつましいアメリカ人が使っていたモーターボート用のエンジンである。マシンと人間とが長期にわたって根比《こん》べをした挙句、どちらも相手を見限ってしまったという代物だった。再生できるという保証はなかったが、うまく機嫌を取ることができたら、手漕《てこ》ぎのローボートより女の子を釣るのにいいと考える若者に売りつけられるだろう。

ただし北原は意見を異《こと》にした。こんなエンジンで相模《さがみ》湾へ乗り出すくらいなら、マシンを背負って泳ぐほうがましだと言う。

「今なら目方で売れますよ」

「仕入れがただなんだ。文句を言うな」

結局この論争はわたしが勝ったというわけだ。これは当相模ボートサービス有限会社のボスがわたしだからいつだってこうなる。

車のドアが開くと男たちが降りて来た。

ひとりは白人だった。ずんぐりした日本人のほうは書類鞄《かばん》を提げていた。当店の客ではない。背広姿にアタッシェケースという男たちが、ボート屋で財布を取り出したためしはなかった。

だが彼らはまっ直《す》ぐこちらへ向かって来た。そして日本人のほうがフルネームでわたしを呼んだ。

「菊池先生のご紹介をいただいて参りました」

年齢三十二、三、身長百七十足らずの男だった。体重は優に七十を越えるだろう。肥満体ではなかった。胸が広く、肩が盛上って見事に引き締っていた。色の浅黒い角張った顔と太い猪首《いくび》が、どんなスポーツで鍛えた体軀《たいく》かを物語っている。紺背広の胸元にV字型のバッジが光っていた。

男は二枚の名刺を出した。財団法人日米学際協力振興会、樋口佑成《ひぐちすけなり》とある。もう一枚は大学の恩師のもので、協力してやって欲しい旨《むね》書き添えてあった。

「それから、こちらはうちの理事オスカー・シュタイン氏です」と樋口は白人を紹介した。「語学の天才でしてね、日本語はペラペラ。ぼくなんかより、ボキャブラリーもはるかに豊富です」

よろしく、とシュタインは手を差し出した。正確なアクセントだった。握手を交わすと、掌《てのひら》に湿っぽい感触が残った。

名前からいってもドイツ系だ。身長が百八十五くらい、瘦《や》せ気味で体重は七十そこそこ、ブロンドの頭髪にブルーの瞳《ひとみ》、顔には少年期のそばかすの名残りがある。年は四十過ぎ、あるいはもう少し若く、わたしと大差ないかもしれない。

気むずかしそうな男だった。額に二本の横皺《よこじわ》が刻まれ、眼に陰鬱《いんうつ》なまでの抑制がある。薄い唇以外、極度に表情の動きを示すものがなかった。ただそれは一種の防禦《ぼうぎょ》本能で、威厳を保つための気取りと思えなくもない。教壇人によくあるタイプだった。

服装はラフでベージュのシャツにグレイの上着、茶のズボン。衿《えり》にはやはり樋口と同じバッジを止めていた。

わたしは彼らを窓際《まどぎわ》のテーブルに案内した。西に傾きはじめた日差しが足元まで忍び込んでいる。相模湾は快晴、微風である。

正面の桟橋で見かけない男が釣竿《つりざお》を振り回していた。素人《しろうと》の釣客がよく来る。仕事に差支《さしつか》えない限り黙認していた。黙認されなかった者はまだいない。

早速ですが、と樋口は鞄を開けた。

出てきたのは二枚の四つ切り大写真だった。彼はそれを縦にくっつけてわたしの前に並べた。

岩場が写っていた。

カラーポジを反転させたものだろう。全体に黒ずんで鮮明さを欠く。それでも巨大な岩壁であることは一目でわかった。まず垂直に近い。厚い胸板を思わせるバットレスが、上下二枚の写真を貫いて立ちはだかっている。クラック、スラブ、オーバーハング、およそ岩場にあるものなら何でもそろっていた。ところどころ白く光っているのは雪か。日本の山ではなかった。

「登れますか」樋口が言った。

「だれが」とわたし。

「いや、これは失礼。この岩壁を登るとしたらどれくらい時間がかかるか、それを知りたいんです」

「ですからだれが登るんです」

「もちろんあなたです」

わたしは写真を突っ返した。

樋口があわてて言った。

「いえ、これは仮定の話ですよ。別にあなたに登れと言ってるわけじゃないんで。登るとしたらどれくらい時間がかかるか、それを教えていただきたいんです。ちょっと状況を説明させてもらいますとね。高さが四百から五百あります。この写真に写っているのはその中間部分で、三百メートル分ぐらいでしょうか。垂直ですよ。まったく垂直の壁。縦にスパッと切り下したようなこんな絶壁が、じつに周囲十キロにわたって広がっているんです。しかもこれまで誰一人登ったことのない未登攀《みとうはん》の岩壁です。そこでぼくがお尋ねしたいのは、あなたのような卓抜したクライマーが一人でこの岩壁を登るとしたら、どれくらいの時間がかかるかということです」

「では現役の登山家にお尋ねになるがいい」

「弱ったな」樋口は苦笑いを浮べた。「口のきき方が悪かったんなら謝りますよ。あなたが現役かどうかは問題にしていないんです。ただご自分の経験からアドバイスしていただきたいだけで」

「できないね」

「まあ聞いてくださいよ。単独登頂というんですか。日本ではあなたがそのパイオニアだと聞いているんです。こちらはまったくの素人なので、気に障《さわ》るような言い方をしたかもしれませんが、怒らせるつもりはなかった」

「怒ってはいないさ。適任でないと言っている」

「あなたは冬のマッターホルン北壁の単独登頂に成功された」

シュタインが言った。完璧《かんぺき》な日本語だ。

「天候に恵まれただけです。その証拠に、あのとき直登を試みていたアメリカのパーティも記録を塗り変えている」

「マカルーはどうです」樋口が言った。「菊池先生はあなたがいたから成功したと、暗に言わんばかりの口振りでしたがね」

「あれは合同パーティだ。個人が結果を左右する性質のものではない。それにわたしは頂上アタックには参加しなかった」

「後輩に譲ったんでしょう」

「体調が悪くて断念したのだ。頂上の征服が最大の栄誉とされる限り、理由もなしに人に譲ったりはしない」

「でもあなたほど秀《すぐ》れたアルピニストは、今でもそういないと思うんですがね。そりゃ技術だけなら肩を並べる者がいるかもしれませんよ。しかし国際パーティに日本代表として参加できるような、技術と見識を兼ね備えた人はそういませんよ。いかにも惜しいと思うんですがね。あなたはたしか、まだ三十八だ。登山界から去ったのは三十そこそこだったはずです。引退するような年じゃなかった。今でも立派にやれるはずですよ。どうです、あえて時間を出してもらえませんかね。推定で結構なんだが」

彼らが何を言わせようとしているのか、理解できなかった。質問そのものがひどくばかげている。

わたしが黙ったのを見て樋口も顔をしかめた。彼の顔にも苛立《いらだ》ちがある。煙草《たばこ》を取り出すと間を稼ぐかのように吸いはじめた。シュタインのほうは半ば傍観者という感じでわたしたちを見守っている。もやもやとしたわだかまりを形にして煙が流れた。

北原が奥からインスタントコーヒーを運んで来た。眼が合うとにやっと笑った。コーヒーをふるまう客にはサインを出すことにしてある。ノーサインだったのを知っているのだ。

「これが日本の山でないことはおわかりですね。パタゴニアなんです。といっても少々リオネグロ寄りの無名峰ですが」

樋口は写真を指さして言った。

「じつは今度、パタゴニアを中心にして総合的な学術探険が行なわれることになりましてね。八ヵ国が参加するこれまでにない大がかりな規模のものです。そして日本での人選や計画を進めているのが私たちなんです。そこでこれは真面目《まじめ》な話ですが、渋谷さんにぜひ参加していただきたいと思って、今日はその打診に来たんですよ。ちょっとやそっとの餌《えさ》では喰いついてこないだろうと、いや、これは菊池先生の言葉ですけどね、そう念を押されたのでこんな小細工をしたわけですが、失礼は詫《わ》びますよ。どうでしょう、ひとつ協力してもらえませんか」

「ご好意はありがたい。しかしお受けするのはむりだ」

「なぜです。ご商売のためですか」

「それもある。だが本当のところ、もう山と係《かかわ》りを持ちたくないのだ」

「じゃ完全に縁を切ったと」

「そのつもりだ」

「もったいないじゃないですか」

「そうは思わない。今考えてみると、要するに何かやってみたかったというだけだ。それがたまたま山であったに過ぎない」

「すると今は別のものを見つけたと言うんですか。自分が本当にやりたかったのは、山でなく、海だったと」

そう言うと樋口は店内を見回した。無表情を装《よそお》った皮肉がある。わたしは黙殺した。他人のこんな眼にはとうに慣れているのだ。この店はどう贔屓目《ひいきめ》に見たって風俗の最先端にあるレジャー施設には見えない。スクラップ屋、ないし廃品集積所、よくてせいぜい修理屋。あたりには喰い散らされた伊勢海老《いせえび》の残骸《ざんがい》さながらにエンジンのダイカストフレームが山積みされ、各種部品からメーター、ビスやナットの類《たぐ》いまで足の踏み場もないほど散乱している。すべてまだ使う可能性があると見た結果だった。だがこれらが運よく再就職にありつける見込みは、千に一つもないのである。

「まだ少々時間はありますので、ぜひ前向きに検討してみてくださいよ」樋口が言った。

「いや、この場でお断りしておこう」

「どうしてもだめということですか」

「そう、検討の余地はない」

自分の言葉に力みがある。それに言い知れぬ自己嫌悪《けんお》を感じた。本当はパタゴニアという言葉が永久運動でも始めたかのように、頭の中で無限に跳ね返っていたのだ。たかがパタゴニアではないか。マゼランが通った、ダーウィンが通った、カリブ海の海賊がパナマを攻撃する目的だけのためにホーン岬を迂回《うかい》した。そしてウールクリッパーが全身に水しぶきを浴びて走り抜け、今は単独周航のヨットが木の葉のような船体を視界の果てに浮べる。寸時も止《や》むことなく吹き荒れる偏西風、荒涼とした不毛の大地、直接海に雪崩《なだ》れ落ちる氷河、地の涯《はて》パタゴニア。あのとき高梨《たかなし》の事故がなかったら、わたしはフエゴ島やプンタアレナスに向け出発していた。事故がなければ。

突然電話のベルが鳴った。北原が送話口を手で押えてわたしに言った。

「岡山のお母さんからです」

今月二度目だ。

「いないと言ってくれ」

「何と言えばいいんです」

「客を案内して海へ出たと言えばいい」

母はしばらく北原にからんでいた。大して用があるわけではない。酔うとわたしを思い出すだけだ。そして母はわたしを思い出すために酒を飲む。

「あなたは極地で越冬した経験をお持ちになっている。その知識を私たちに貸してもらえませんか」シュタインが言った。

「グリーンランドのことですか」

イエス、と彼。

「エスキモーのところで一冬《ひとふゆ》過しただけですよ。家の中にいる限り、東京の冬より快適です」

「しかし、イタからチューレまで単独犬橇《いぬぞり》旅行をされた」

やはりわたしの過去を知っている。それも詳細な部分に至るまで。

わたしは立ち上った。

「もうお引取り願えませんか。とにかくご希望には沿えない」

「渋谷さん」樋口が鋭く言った。「なぜ山を捨てたんです」

「だれでも引退するんだ」

「友人を死なせたからですか」

「その件は弁解しないことにしている」

「おかしいじゃないですか。あれは不可抗力の事故だったと、なぜ主張しないんです。

そのことであなたの人格を疑うような人間はいないはずですよ。だれかに遠慮でもしているんですか」

屈折した感情が波打って襲ってきた。挑発だとわかっている。しかし個人的領域に土足で踏み込まれるのは我慢がならない。

「帰ってくれ」

拳《こぶし》を握りしめて言った。瞬間、わたしたちは怒気を含んで睨《にら》み合った。

樋口《ひぐち》がしぶしぶ写真をしまい始めると、シュタインはいち早く席を立った。わたしの視線をかわしたのだ。彼は窓辺に行き、海を眺めやるふりをした。陽光がその上半身をとらえ、金髪を光らせた。それは文字通り金色だった。

向かいの黒崎の鼻を回ってヨットが姿を見せていた。クローズホールドでゆっくり江の島方向に向かっている。紺碧《こんぺき》の相模《さがみ》湾にはさしたる波もなく、右手はるかの荒崎の磯《いそ》にわずかに白波が目立つ程度だ。陽はさらに西へ寄った。富士はすでに灰色の霞《かすみ》の中へ消え、代って伊豆の山影が濃さを増しつつあった。間もなく暮色が始まる。海原は黄金色に染め上げられ、天と地の光が交錯しながら燃える。わたしのもっとも好きな時間であった。

「このボートを運転しているのはあなたですか」

シュタインの声がした。板壁に貼《は》った写真の前で振り返っている。わたしはうなずいた。熱海オーシャンカップレースに出場したときのものだ。ナビゲーターは北原。しかしヘルメットにゴーグルというわたしたちを一眼で見分けたのは彼が初めてだった。

「ほう、レースもやるんですか」と樋口。

「なに、一度出ただけだ」

「で、結果はどうでした」

「二位」

「さすがだ」

「お世辞はいらない。完走したのは三隻《せき》だった」

「しかしどうして一度でやめたんです」

「オイルショックだ」

彼らはさして気のある素振りも見せず、壁の写真を見入り始めた。大半がボートの写真でそれもメーカーからの貰《もら》いものが多い。豪華クルーザーで美女がにっこりという極めつきの写真もあれば、ボートより物置を作っていたほうが賢明だったと悟って撤退した国産メーカーのボート写真もある。いずれにせよ、店内のインテリアを安くあげようと、まだしも殊勝な心がけを持っていた時代の遺物だった。

シュタインが右奥の事務机横に掛けてある一枚の写真に気づいた。けげんそうな顔をしている。当然だろう、そこにだけ山の写真が掛かっていたからだ。しかもこちらは比較的新しい。ちらとわたしをうかがった彼の眼に不安のようなものを読み取った。

「どこの山だと思います」

わざわざ近寄って声をかけた。妙に意地の悪い気分になっていた。

深い谷を埋めて荒々しい氷河が流れている。周囲はブッシュ一つ許さない暗褐色の山々、背後には鋭い稜角《りょうかく》を持つ真っ白な峰、よそよそしいまでに清澄《せいちょう》で、わたしがとくに気に入っている写真の一枚だった。

「ジュール・ベルヌの十五少年漂流記を読んだことがありますか」わたしは二人に言った。「ハノーバー島という孤島に流れ着いた少年たちが、水平線の彼方《かなた》でキラリと光るものを見て胸を躍らせるシーンがあります。それは南米大陸の涯にある万年雪を頂いた山や氷河が日光を反射していたんですがね、少年たちにはまさに希望の光として見えたわけです。どういうわけか、このシーンが未《いま》だに頭の中へ焼きついて離れないんです。本を読んだのは三十年近く前のことですよ。ある意味では、そのとき受けた感銘が以後のわたしを決定づけたのかもしれない。だから南米の涯というのは、わたしにとって一種の聖地なんです。教えましょうか。この中央にそびえている山が、少年たちが見たかもしれないストークス山、左のやや高い山がペーン山。ただしこの写真は、少年たちが望み見たのとは反対側、つまりアルゼンチンのパタゴニア側から撮ってある」

ふたりは見事にうろたえた。

「あなたはパタゴニアには行かなかったと聞いたが」

「たしかに行かなかった。しかしどこにどんな山があり、それがどんな光景かは知っている。なんならもっと写真をお見せしようか」

わたしはスチールデスクを指して言った。

「なぜこんな写真を飾っているんです」

「後輩の形見だからだ。わたしがパタゴニアに心を残しているのを知って、わざわざ撮って来てくれた」

正確には少し違う。野崎はパタゴニアで撮影したフィルムを別扱いにして袋へ入れていた。現像後何点かを引き伸ばして、わたしに贈ってくれるつもりだったのではないかと思う。ところがそれもすまない帰国直後に事故死してしまった。遺品の整理をしていた家族がわたしの名を上書きした袋を見つけ、故人の遺志だからと、三十本のフィルムをそっくり贈ってくれた。それでわたしは自分で現像に出し、気に入った何枚かをときどき取り換えてここに掲げていた。

野崎はひどく無器用な男だった。しかし鈍重なまでの我慢強さがカメラに転向して武器となった。山岳写真では少しは知られはじめた矢先の事故だった。自分の生れ育った逗子《ずし》の海へ酔って転落したのだ。二年前のことになる。

「ではなおさらじゃないですか。それほど執心のあるパタゴニアですよ。少年時代の夢が叶《かな》うこのチャンスを、なぜ利用しないんです」樋口がひるまずに言った。「え、考えただけでも心が躍るでしょうが」

「それが躍らないんだ」

「参ったな。聞きしに勝る人物だ」

彼らが眼を見交して苦笑した。含み笑いといってもいい。先程から感じていた苛立ちの正体に、そのときわたしはやっと気づいた。困った、と言いながら、そのじつ彼らの自信はいささかも揺らいでいないのだ。いずれわたしを説得できるつもりでいる。にわかに冷水を浴びせられたような感覚が寄せてきた。いったい彼らの本当の目的は何なのだ。

樋口が鞄《かばん》を取り上げて言った。「では、また近いうちに伺います」

「お断りする。もう来ないでくれ」

「まあ、そう固いことをおっしゃらず。経済的なご相談にも応じられると思いますよ」

「来ないでくれと言っている」

「しかし、ねえ、渋谷さん」

「くどい」

わたしたちは冷ややかに別れの会釈《えしやく》を交した。彼らが打撃を受けたとは、どう見ても思えなかった。樋口は眼を細め、薄ら笑いを浮べていた。

「お近いうちに」と彼は言った。

2

わたしの店は三浦市矢作の海岸にある。海岸線を走るろくな道路ひとつないことからも明らかなように、三浦半島でももっとも鄙《ひな》びたところだ。国道まで一キロ、最寄りの人家まで百メートルあり、裏山では終日ふくろうとこじゅけいが鳴く。夏になると磯つづきの長浜が海水浴客で賑《にぎわ》うが、それとて逗子や油壺《あぶらつぼ》の人出に比べたら百分の一もない。海草を採る地元の人以外、普段訪れる者といえば釣人ぐらい、零細なボート屋が網を広げて客を待つにふさわしい場所とはとうてい言えなかった。

要するに、わたしの資力がここを選ばせたというだけである。ただ当時は、三浦半島の入江という入江、磯という磯がボートハウスやヨットハーバーになりかねない勢いだったことはたしかで、バスに乗り遅れまいとして必死で割り込んだ結果、ここで降されたというわけだ。独立後わずか半年でオイルショックが起り、ボートブームが幻で終ろうとは誰一人予測していなかった以上、これは断じてわたしの責任ではない。

地元の船溜《ふなだま》り横の荒地を三百坪ほど借りて店と艇庫を建てた。店舗は浅葱《あさぎ》色《いろ》のペンキを塗ったプレハブ、艇庫は壁がPSコンクリートで上がスレート葺《ぶ》き、艇庫のボートラックには二十隻のランナバウトが収容できる。ただし艇庫が満杯となったことは一度としてなかった。初めてこの店に来た客なら、到着するなり帰る口実を探し始めるのが常で、彼らは自分が金を出すのは快適さを求めんがためであって、他人に施しをするためではないことを婉曲《えんきょく》に述べて、以後二度と寄りつかなくなる。そしてここが大事なことだが、わたし自身その論理の正当性を認めていたのだ。

で、当然の成り行きとして、ここ数年は修理、再生、整備、それも親会社に当る逗子の相模湾マリーナから仕事を回してもらって喰いつないでいた。おかげで前の桟橋には、時としてダブルキャビンつき大型クルーザーなどが、貴婦人よろしく堂々と入港して来ることもないではない。ただし彼女は用がすみ次第、駅の公衆便所でも使用させられたという顔でそそくさと出て行く。

北原はマリーナで働いていた。わたしが独立したおり出向というかたちでついて来た。皮を剝《は》ぐと血の代りに海水が吹き出してきそうな男だが、あれで中学三年まで海を見たことのない山形育ちである。いま下宿代のいらない店の四畳半に住みついている。質素な生活と賭《か》け事《ごと》を愛し、貯金がふえるのとわたしから昼食の中華丼《ちゅうかどん》代を巻き上げるのを無上の楽しみとする二十六歳の若者だ。当初、この店で五年働くと、ヨットで念願の世界周航の旅に出られるはずであった。最近その計画が三年後退したのをわたしは知っている。

他に準スタッフとして、マリリンという美女がいる。桟橋に常時繫留《けいりゅう》してある十四フィートクラスのフィッシャーマンズボートで、尻《しり》にクライスラーの五十五馬力という明らかにオーバーパワーのマシンをのっけている。彼女を御《ぎょ》すにはきわめて高度のテクニックと度胸、さらには神の恩寵《おんちょう》すらが必要で、下手をするとそこら中まことに淫《みだ》らな航跡を印すことになる。一度彼女は、ビールの勢いを借りて挑戦した客を海に振り落して逸走したことがある。わたしたちは彼をうっちゃらかして彼女を追いかけたため、その日のうちに客を一人失ってしまった。

マリリンは当店随一の働き者である。沖でエンストを起したボートやひっくり返ったヨットを見つけると、北原を乗っけて勇躍出動する。相手にヘルプミーと言わせたらこちらの勝。船をハーバーまで曳航《えいこう》してやり、あとで救助料という名の請求書を送りつける算段だ。わたしは経営者だから、こういうダーティな仕事はやらない。風が出ると双眼鏡で海上を見回すだけである。

その日は午前中出張仕事で逗子に出かけていた。仕事の終ったのが午後の二時。空腹を覚えたので昼食を取りに披露山《ひろうやま》の下にある相模湾マリーナに向かった。

ホテルのロビーにあるコーヒーショップで厚焼トーストを食べ、コーヒーを飲んだ。たとえ五百円ぽっちとはいえ、カエサルのものはカエサルに返すのが礼儀というものだ。近くまで来て飲食の必要があるときは必ずここに来ることにしている。

事務室に向かうところで、ホテルのマネジャーをしている仁科《にしな》と会った。

「うわー」と彼はオーバーな声をあげた。「相変らずひどい恰好《かっこう》ですね。こんな景気でなかったら、入館をお断りしているところだ」

背丈が百九十ある。年は三十前後、膝《ひざ》を痛めなかったらバスケット選手として大成していた男だ。

「社長は」とわたしは言った。

「今日は熱海です。連絡は取れますよ」

「いや、急ぎじゃないんだ。日曜日に社長の船を借りようと思ってね」

「あ、それなら知ってますよ。牧野さんでしょう」

「えっ、なぜだ」

牧野さんというのは、うちの最大の得意客である。レストランチェーンの経営者で、最近クルーザーに色眼を使っていた。一隻売り込めたら当店はそれで半年食える。週末に社長のクルーザーを借りて試乗してもらう約束ができていた。

「いやだな。牧野さんのお嬢さんを見てわかりませんか。北原君とかなりいい線をいってるんですよ」

「そいつはしらなかった。てっきり牧野さんの希望だとばかり思っていた」

「ほんとに渋谷さんはうといんだから」

「いいことを聞いたぞ」わたしはほくそえんだ。「こうなったら、絶対に北原とセットでボートを売りつけてやろう」

仁科は露骨に顔をしかめて見せた。

ぼろ車を転がしてマリーナを出たのは四時だった。今日の相模湾は無風に近く、空は高曇り、沖では少数のヨットが風をつかむのに苦労していた。

わたしは店に向かった。別に帰らなければならない用もないのだが、他に行くところなどありはしない。仕方がないから店に帰るようなものだった。かくて今日も一日が終る。

後悔しているわけではなかった。三十過ぎまで生活抜きに生きてきたわたしは、今でも観念的にどこか社会から浮き上っているところがある。山の頂きに立って下界を見下しているのと同じ気分だ。ちっぽけな店を持て余しながら、もう一方で人ごとみたいに見物しているところがある。生活の実体がまだないと言ってもよかった。寝に帰るだけの世田谷のアパートが、あれで生活の本拠と呼べるだろうか。

マリーナの新居《あらい》社長とも知り合って十年以上になる。彼の上の息子が穂高で遭難したおり、OBとあって救助作業に参加した。救助隊が二重遭難事故を起して捜索活動が中止されたあと、わたしはまったく幸運にも遺体を見つけた。新居社長はそのときの借りを返したがった。とうに返してもらった。今ではは るかに借りが多くなっている。

店に帰り車を降りた途端、二サイクルエンジン特有の轟音《ごうおん》が耳に響いてきた。北原が先日のマシンを再生してテストしているところだった。わたしを見ると得意そうに親指を立ててみせた。エンジンを止めるなり言った。

「ちょっとしたもんでしょう。こいつは意外と拾いものだったかもしれません」

それみろ、とわたし。それでにわかに決心がついて、二人で艇庫の横で埃《ほこり》を被《かぶ》っていた古いカタマランの船体を海に下した。カタマランはいまどき流行《はや》らないタイプのボートである。元はといえば二年前、付近に漂着して来た持主不明の強化プラスチック船だった。しばらく桟橋に繋《つな》いであったがそのうち船のほうで陸に上り、機会があったら恩返ししようと待ち構えていた。そのチャンスが巡ってきたというわけである。

マシンを船尾に取りつけ、エンジンをかけてみた。ハンドルグリップを握ると、なるほど、淀《よど》みのないリズミカルな回転音だ。

「臭いな。こいつはでき過ぎだ」

「ぼくは知りませんよ。この店のテストパイロットはあなたですからね」

北原は歯をむき出していやな声で笑った。

前にも拾い物と称するエンジンを手に入れて、ひどい目に会ったことがある。海上へ出て二十分もすると、きな臭い匂《にお》いがしてエンジンから炎が吹き上った。結局マシン全部を海へ蹴《け》り落し、パドルで手を豆だらけにして漕《こ》ぎ戻って来た。まあ人間をたやすく信用できない程度に機械も信頼しないことだ。信じている振りをして油断なくつき合っているぐらいで丁度いい。

「よし、これから走らせてみよう」

「明日にしたほうがいいんじゃないですか。もうすぐ日が暮れますよ。それにぼくはこれから出かけなきゃならないんです」

「知ってるよ。牧野さんの娘に呼ばれているんだろう。どうぞ行っといで。せいぜい気に入られるように振るまうんだぞ」

北原は浮かない顔をした。「困るんだな。ぼくの好みじゃないんですがね」

「だれがおまえの好みを聞いている。一生菜っぱ服を着て過ごすか、レストランの一軒も持たせてもらえるか、その瀬戸際《せとぎわ》なんだぞ。たとえおまえがいやでも、あの人に売るべきものは売りつけるからな。売物がおまえで、ボートはおまけだ」

「ひとでなし」

わたしは歯をむいて笑い返してやった。

マシンの点検をしていると、北原がパドルをかついで持ってきた。

「明日の昼めしを賭けましょう。ぼくはこのパドルを使って戻って来るほうに賭けます」

いやなやつだ。勝てる賭けしかしない男である。中華丼に卵スープつきで受けてやった。

救命胴衣やアンカーを積み込んでいると、今度はコーヒーを入れて来た。

「おやおや、夜逃げですか」とへらず口を叩《たた》く。

「何とでも言え。取り返しのつかないことが起ってからでは遅いんだ」

「なんだか長《なが》の別れを告げるセリフに聞こえますよ」

「実際に今生《こんじょう》の別れになったらどうする」

「差し当り泣きながら明日の昼めし代を自分で払います」

わたしたちは岸壁に腰を下してコーヒーをすすった。靄《もや》が舞い降り、海は巨大な沼と化して静まり返っている。夕凪《ゆうなぎ》が始まっていた。

北原は黙然と海を見つめていた。顔は汚れ、首にかけた細身の金鎖には黒光りのする油玉がついている。それでも気後れするような若者の生気を感じた。多少の矛盾や挫折《ざせつ》はあれ、まだ可能性だけを模索しながら生きていける時代だ。一緒にいると沈黙に耐えられなくなるのはいつもわたしのほうだった。

カップを置くと立ち上った。「行くよ」

「六時ですよ。本当に明日にしませんか」

「なに、すぐ帰ってくる」

「店の戸締りはお願いします。それから帰りに、川崎の友人のところへ寄るかもしれません」

「かまわんよ。泊まってきてもいいぜ」

北原は嬉《うれ》しそうに顔をほころばせた。川崎の友人とはあんがい女性かも知れない。

「なんならわたしの車を使ったらどうだ」

「気持ち悪いや」と彼はうそぶいた。「あのサニーがまだかっこいいと思ってるんですか。まあ遠慮しておきますよ。それにここんとこ、トラックの調子があまりよくない。渋谷さんに預けたらほんとに壊されてしまう」

「勝手にしろ」わたしは怒鳴った。

カタマランに乗り込み、スターターロープを引く。当たり前のことだが一発でエンジンがかかった。係留運転をしばらくさせたあと、スロットルレバーを少しずつ開いた。ボートは臨月の妊婦のようにのろのろと桟橋を離れた。

北原がいつになく心配そうに見送っていた。手を振るとかすかに笑った。

中古の六馬力エンジンだから、十二フィートの船体を軽快に滑走させる力はない。それでも惰力《だりょく》がつくと水に乗り、船首も形ばかり浮き上った。五、六ノットの速度は出そうだ。三十分走って何ともないようだと十分売物になる。小金を有効に使いたがっている若者に、カタマランのデッキは広くて平らだから、女の子を押し倒すにはもっていだと言ってやろう。

黒崎の鼻に達すると船首を左へ向けた。後方となった亀城礁《しょう》の上では鷗《かもめ》が舞っている。スパンカー風の一枚帆を張った漁船が小田和湾に向け帰って行く。今日が曇天《どんてん》でなかったら、今ごろは金色の光にまみれて入日を見ているところだ。

乗心地は悪くなかった。カタマランはもともと安定性が売物の船型である。ただ見るからに武骨で軽快なスポーツ性に欠ける。したがって今ではモーターボートというと、V字型の深い船底を持つディープV型に完全に代られてしまった。ディープV型はマシンの性能を最大限に引き出すために作られたような船型で、スピードが増すと船体の九割以上を水面上に持ち上げて滑走する。実際の乗心地はひどいものだが、外見上はいかにもかっこいいのだ。ボートに手を出す客の九割までがそのかっこよさに惹《ひ》かれ、手離す客の九割までがそのひどい乗心地にへきえきするからだとわたしは信じている。日本はボートを楽しむ平水に恵まれていないし、クルージングが純粋にスポーツであることも理解されているとはいえない。波の荒い日本の海で、ランナバウトを三十ノットで一時間乗り回すには、荒馬の背に一時間しがみついているのと同じ体力がいるのだ。おまけに一キロ、時間にして一分程度走らせるのに、一リットルのガソリンをマシンが食う。

なりの小さいこのマシンとてけっして例外ではなかった。彼女も大変な大食漢だった。もっともわたしのほうだって最初から覚悟していたから、格別驚きはしない。年を取ると食う以外楽しみがなくなるのは、人間だって機械だって同じなのだ。

油壺《あぶらつぼ》の手前でUターンした。マシンは彼女の機嫌にこちらが逆らいさえしなければおおむね快調であった。エンジンの回転数を引き上げてみようとする試みは一度でやめにした。彼女がひきつけを起してわめきはじめたからである。

夜のとばりが間近に迫っていた。気がつくと周囲から船影が消えている。南西海上でのんびりと漂泊しているクルーザーの白い船体が見えるだけだ。

悪いことに千トンクラスの鋼船が波を蹴立てて湾外に出て行くのとすれ違った。ボートは横波に弱い。しばらく小網代《こあじろ》湾向けに針路を変えざるを得なかった。釣用のボートを見つけたのはそのときだ。

老人が乗っていた。額に油汗を浮べ、肩で息をしている。

「どうしました」ボートを止めて声をかけた。

「はあ」と疲れた声で返事をした。「オールを一本流されてしまいまして、帰るのに難儀しているとこです」

「どこから来ました」

指で小網代湾を指した。一キロ余ある。

「少し沖へ出過ぎじゃありませんか」

「面目ない。釣りは最近始めたばかりなんです。それにあんまり釣れんので、舟の中へ引っくり返っているうちに眠り込んでしまいましてね。眼が覚めたらこの始末です」

「急に天候でも変ったらどうします。海を甘く見ちゃいけません。帰りは行きの三倍の体力がいります」

「おっしゃる通りで。いや、懲《こ》りました」

「曳《ひ》いて行ってあげますよ」

わたしはロープを投げた。

「ありがとう、助かりました。さっき大きなボートが来たので、てっきり助けに来てくれたのだと思いましたらね。すごいスピードでこの舟をかすめて行ってしまいましたよ。もう少しで転覆するところでした」

「近くへ来るまで気がつかなかったんでしょう」

「そうですかねえ。屋根の上みたいなところで運転していましたから、私が手を振ったのが見えたと思うんですが」舳先《へさき》にロープを結びながら老人が言った。

クルーザーに乗っていた人間のために、二回も弁解してやる気にはなれなかった。ライセンスを受けるに価《あたい》しない人間がハンドルを握っているのは、何も陸の上だけではないのである。

西条と名乗った老人を陸まで曳航《えいこう》して行ったために、帰りがすっかり遅くなった。たそがれは闇《やみ》の色へと変り、丘陵の下に連らなる陸の灯が輝きを増して瞬《また》き始めた。夜の静寂が船のかき分ける波音を低くくぐもらせている。海は濃密な溶液でもあるかのように重く展開していた。白く泡立っては闇の中に消える波、耳元で唸《うな》る温もりのある風、単調なエンジンの回転音、グリップを通して手に伝わってくる震動、わたしはこういった一刻《ひととき》がけっして嫌いではない。余計なものが消え、自己の存在感だけがクローズアップされてくるからだ。

針路は北にとっている。左四十五度の角度に、明滅する亀城礁の赤い航行灯を見ていた。あと二キロで黒崎の鼻にさしかかる。右手には段丘の下に寄り添う三戸浜の灯、人家をほとんど持たない黒崎の鼻周辺だけが妙に陰惨な黒い影を長く海に突き出していた。

ボートは夜間航行灯を点《とも》していない。それだけに注意していた。わたしはボート後部に腰を下し、右手でマシンのハンドルグリップを握って陸の方に顔を向けている。

三戸浜の灯が後方に流れ、いまは黒崎の段丘が眼の前にある。空と陸には鈍色《にびいろ》にわずかの差があるだけだ。

灯火と濃い闇となった陸影との対比に、感傷じみた郷愁を見ていたのは確かである。灯りはいつだって追憶とつながりやすいのだ。

はじめ、海鳴りかと思った。

それが異様な速さで接近してきたときでさえ、まだマシンの爆音と混同していた。ザザッと波を切る音が、ほとんど直後から聞えた。ごくぼんやりと、それがいつもと違う感覚であることに気づいた。首を緩慢に回して後を振り返った。そして視野一杯に、白い壁が立ちはだかっているのを見た。

縦に切れる直線が壁を正面で左右に分っている。バウを取り巻く金属パイプは、さながら大口を開けて迫ってくるけものの牙《きば》を思わせた。まぎれもない船の舳先が、フルスピードでわたしを押し潰《つぶ》そうとしていたのだ。

わたしはのけぞりざま海へ身を躍らせた。ほとんど同時に鋭い衝撃を感じた。宙に浮いたからだがねじれ、右の足先にしたたかな打撃を感じた。つづいて水の感触。ずーんと全身を貫くものがある。海水が気管にひっかかり、心肺活動がパニックを起して激しく水を飲んだ。肉体が何が起ったかをまだ理解していないのだ。

平衡感覚がずたずたになっている。それでも横へ、と意識のどこかが命じていた。横へ逃れるんだと。しかし遅かった。恐怖が耳にはっきりと聞えた。気泡の逆巻《さかま》く音、鋭い回転音、スクリューだ。全身が総毛だった。スクリューにひっかけられ、ぼろぎれのようになった死体のイメージが頭をよぎった。

わたしは悲鳴をあげた。また水を飲む。叫んでいるのだ。恐怖にかられ、水中で咽《のど》をふりしぼって叫んでいる。

腔中《こうちゅう》から水を吐き出したのが見えた。異質の静寂の中にいる。海上だ。浮かび上ったことにやっと気づいた。

白い船影が闇に消えようとしている。泡立つ航跡が暗黒を切り裂いて延びていた。船めがけて今度こそ罵声《ばせい》を浴せた。こだますら返ってこない。遠ざかるディーゼルエンジン音が波音に代ろうとしている。たとえようもない無力感に襲われた。ずるっとからだが海水に沈み、また水を飲んだ。

どうにか手近の岩まで泳ぎ着いた。咽に指を突っ込み、うめきながら海水を吐く。苦痛と、それに勝る憎悪《ぞうお》。涙を流し、唾液《だえき》を流しながらわたしはうめきつづけた。

五月の海は冷たい。岸までたどり着いたが立てなかった。下半身を水から引き揚げてやる力もなく、歯を鳴らしながら岩にもたれていた。

その眼の先へ、赤い光が這《は》ってきた。海面に揺らめく無数の赤。一瞬ののち、漆黒の海面が赤々と照し出された。

顔を上げて眼を疑った。陸が燃えているのだ。火事だ。

入江を挟んだ対岸に火柱が吹き上っていた。黒煙がすさまじい勢いで噴出し、火の粉がさらに激しく立ち昇っている。ドーンという鈍い破裂音。

黄色のフィルターをかけて一切が見えた。護岸と桟橋が見え、白く塗ったマリリンの船体が見えた。そして薄っぺらなプレハブ建物が、火熱にあぶられて反り返るのが見えた。屋根の看板が紙のようにくしゃくしゃになったかと思うと、それは火の粉を飛び散らして崩れ落ちた。

音をたてて何かが崩壊した。わたしの拠《よ》っていた何かが。

炎上しているのはまぎれもなくわたしの店だったのだ。

3

「海に出ていたんだって」

私服の警官はわたしの頭上から爪先《つまさき》までを見回しながら言った。四十年配で頬骨がひどく出ている。これで三度目の供述だ。

「ボートのテストをしていた」とわたし。

「夜中にか」

「始めたのは夕方だった。帰りに小網代湾へ寄ったために帰りが遅くなった」

「そこの黒崎で船を突っかけられたんだな」

「後ろから乗りあげてきた。正確には船の横からだが」

「おかしな話じゃないか。そんな近くへ来るまで気がつかなかったのか」

「ボートはエンジンの音が大きい。それに近くまで帰り着いていたので油断した」

「それで、何時頃の話だ」

「はっきりは覚えていない。しかしまだ八時には間があったように思う」

「相手の船を見ていないそうだな」

わたしはうなずいた。「確認できなかった。しかし漁船ではない。大型のモータークルーザーだ。三十フィートか、それ以上のクラス、恐らく国産のボートではない。そうたくさんある船ではないから、調べてくれたらわかる」

「だが、相手の船だって気がつかなかったんだろう」しゃべり方にある含みが感じられた。

「おたくの話を聞いていると、まるっきり轢《ひ》き逃《に》げだぜ。この頃は陸も海も同じだな」

「そう、同じになった」

「灯《あかり》はつけていたのか」

「つけていなかった」

「歩《ぶ》が悪いな」

明らかに海上法規を知っている。確かに歩が悪い。しかし相手の船もつけていなかった。

「それで、それからどうしたんだ」

彼はうながした。眼は瓦礫《がれき》をかき回している消防夫の動きを見ている。白煙がまだ立ち昇っていて、焼けただれた化学臭がここまで漂っていた。

「岸まで泳いで帰った。そのとき店が燃え上った」

「同時なんだな、黒崎へ泳ぎついたときと」

「いや、十分ほどたっていた。その間岩の上で休んでいた」

「すると最初から火事を見ていたことになる」

「そうでもない。火柱が上って初めて気がついた」

「そのとき、店の回りに人影のようなものでも見なかったか」

「何も」

「確かに戸締りはして出かけたんだな」

「この手で閉めた。火の気がなかったことは断言してもいい」

わたしは北原が先に出かけたということで押し通していた。北原が火事の原因をつくることなどあり得ない。その程度の信用はできる男だ。

「あとで署まで同道してもらわなきゃならんだろうな」

「行きますよ」

そう答えると、彼はにわかに興味を失ったという顔で離れて行った。

すでに消防車が一台と、警察の車一台が残っているだけで、野次馬もあらかた引揚げていた。周囲に縄の張られた二十坪余りの焼跡は、いかにも見すぼらしく、小さかった。

辛うじて一本の柱だけが斜めになって立っている。径七寸の丸太を使った工具棚の残骸《ざんがい》だった。重量物を載せるため、これはいちばん頑丈に作ってあった。そしていちばん最後まで立っていた。痛めた足を引きずりながらわたしが駆けつけるのを待っていたかのように倒れた。そのときの物悲しい音が今でも耳に残っている。

うずたかく盛り上った瓦礫が胸を押し潰した。刺激臭が眼に涙をにじませてくる。

もうわたしには何もないのだ。七年間かけたものを失うには、たった三十分あればよかった。

本来なら艇庫や燃料タンクが無事だったのをまだしも幸いとすべきだったろう。しかし引火性が強いと見たのか、消防夫たちは艇庫の扉をこわし、壁に穴をあけて遠慮会釈《えしやく》なく水をぶちまけていた。エンジンカバーのシートは吹き飛び、ボートは津波に襲われでもしたように、思い思いの恰好《かっこう》でラックに横たわっていた。再整備に必要な時間と金が、わたしの気を重く滅入《めい》らせた。

制服の警官がパトロールカーの後につづけと言った。わたしはわかったと答え、内出血を起して腫《は》れ上ってきた右足を引きずりながらサニーに乗り込んだ。濡《ぬ》れねずみのうえ全身に真っ黒く煤《すす》をかぶっている。右手の甲は皮膚が三センチばかり裂けていた。知らせるのが遅れたせいもあって、マリーナからはまだ誰も来ていない。

夜の早い矢作の小さな街並を通り抜けた。道は狭く、群生したカヤツリ草が車の窓にしなだれかかった。家々の窓から光がこぼれ、火事の興奮をまだ話し合っている人影が路上にいる。彼らは好奇心を露《あら》わにした顔でわたしの車を見送った。

夜は白っぽく、空気は生ぬるい。不快にまつわりつく衣服の感覚がようやく現実のものとなってきた。肉体的不快感、さらに息苦しい圧迫感、衝動的な怒りが吐け口を求めてからだの中でたぎっていた。

藁《わら》を敷いた西瓜《すいか》畑の路肩に、小型トラックが止っていた。畑地の溝へ片車輪を入れ、空に突き出してある故障の旗。塗装の剝《は》げたベージュ色のボディと、ドアに書き入れた手書きの会社名。行き過ぎてから残像が一気に焦点を結んできた。

あわてて車を止め、わたしは飛び降りた。

店の車だ。北原が乗って出たはずのトヨエースなのだ。

疑惑が突き刺すような痛みを伴って頭に殴りかかった。もしや、という思い。

竜骨を突き出したように焼けただれていた工作台の支柱が眼に浮び上った。うずたかく盛り上った残骸、鼻をつく油脂の匂《にお》い。

血が逆流した。

車に戻るなり路傍の花壇を踏み敷いてUターンした。アクセルを踏む足に全体重をかける。フロントグラスにはぜるように虫が当った。

息を詰めて焼跡に走り寄った。瓦礫を蹴散《けち》らす。手当り次第にそこらへ投げ捨てた。

「おい、何をするんだ」

警官と消防夫が走って来た。

「触ってはいかん」

「うるさい」と怒鳴り返す。

後から強い力で肩をつかまれた。それ以上の力で振り払った。

「おれの手元を照せ」

這いつくばると工具棚の柱を肩で持ち上げた。ぬくもりを残し、異様に重い木片。がらくたが金属音を響かせて崩れる。廃油に足を取られて二度も転んだ。

そして見つけた。

炭化した木桟の下から、焼けただれた真っ黒な腕が出てきた。指が廃油にどっぷりと浸っていた。

わずかに光るものがある。拾い上げると掌《てのひら》の中で金鎖が崩れた。懐中電灯でその先をたどる。たどった先に顔があった。

わたしはまた反吐《へど》を吐いた。

4

風に雨の匂いがした。厚い雲が低く垂れ下り、天と地の間が狭まっている。相模湾《さがみ》は混然とした灰色に包まれて白波が立っていた。疾風が海鳴りと波のしぶきを運んでくる。

また夕刻を迎えた。黄昏《たそがれ》を告げる夕陽はきょうもない。この二日間ずっとそうだった。時間があの時から静止したように思えるにもかかわらず、その間に月は六月と変り、きょう北原は灰となった。

彼は店にあったパイプレンチで頭を割られていた。犯人が火を放ったときはまだ生きていたという。

「しかし苦痛は感じなかっただろう。どっちみち時間の問題だった」

監察医はそのように話した。

犯人が店内を物色しているとき、車の故障した北原が戻って来た。スチールデスクの抽出《ひきだ》しを壊して賊が奪った金は二万円に満たない。小口の支払いに充《あ》てていた常備金で、それ以上の現金などあった例《ため》しはなかったのだ。

預り物の十二隻のボート、保管料代りに客から貰《もら》った二隻《せき》の自家用ボートを含め、残ったものすべては昨日のうちにマリーナへ引き渡した。事実上わたしの店は消滅していた。

北原の遺骨は郷里から父親が引き取りに来た。山仕事で肉体を磨り減してきた彼は、六十歳という年齢が一回りは老《ふ》けて見える小柄な老人だった。いまホテルの特別室でひとり泊っている。

彼は一度も涙を見せなかった。おどおどしているわけではなく、悲しみをどう表現すればいいのかとまどっている感じがした。きょう部屋でわたしと二人きりだったとき、ぽつんとこう言った。

「正幸は、こんなに皆さんに好かれとったんですなあ」

固く膝《ひざ》を揃《そろ》えて座り、自分に言い聞かせているような口調だった。「六人兄弟の五人目で、いちばん損に生まれついとりました」

煙草《たばこ》を根元まで吸いながら、彼はしきりにうなずいた。わたしなど傍《かたわら》にいないかのように。そのあと太く短い指で顔を撫《な》で、窓の外を見やりながらこう言ったのだ。

「あれは何の鳥でしょうか」

脈絡のない彼の言葉に、わたしは少なからぬショックを受けた。風の出た湾岸を忙《せわ》しく飛び回っている黒い鳥は、ただの鴉《からす》だったからだ。おりに触れこのときの言葉や情景が、脳裏に甦《よみがえ》ってくるだろうとなぜか感じた。

わたしは六時にマリーナを出た。三日ぶりの帰宅となる。

駐車場に入った途端、男の姿二人を認めた。わたしを見て車を降りてきた。一人は先日店へ来た樋口《ひぐち》という男、もうひとりは五十に近いと思われるやや肥満体の男だった。丸顔で鼻が太く、眼も大きかった。額の頭髪が後退気味で、童顔、背丈は樋口より少し低く、体重は樋口より少し多いと思われる。服装はグレイの合背広、ズボンの裾《すそ》には折返しがついていた。

「気の毒をした」わたしが近づくのを待って太った男が言った。「新聞を見るまで知らなかった。もっと早くわかっていれば、きみの力になれたと思うが」

抑揚の乏しいしゃべり方だ。鼻の頭に汗をかいている。黙って行き過ぎようとすると、樋口が呼び止めた。

「待ちなさい。うちの副理事長をご紹介したいのだ」

「いいよ、きみ」と男は樋口を制してわたしに言った。

「きみはいま、非常にむずかしい立場に置かれている。わたしはきみが今回の事件に無関係であることを証明できると思うがね。毎日警察に呼び出され、保険金欲しさに自分で店に放火したのではないかといった疑いをかけられなくてすむ」

「結構だ。自分の無実ぐらい自分で証明する」

「そうもいくまい。きみは海で追突されたと言ったが、その事故は証明されていない。確かにきみが乗っていたというボートの破片は発見された。しかし相手の船、つまりきみの言う大型クルーザーが実在しないのだ」

「いったい何が言いたいのだ」

「当日該当する時間に、この付近の海域へ出動していた大型モーターボートはないんだよ。警察は関東一円のマリーナをすべて当たったうえでそのような結論に達した」

「船の所有者が事故の申告をしていないのだ」

「そうではない。船自体が存在しないのだ。全マリーナが公式にそう回答している」

信じられない。船の所有者が事故を隠そうとすることはあり得ても、マリーナがあのような大型船の就航を知らないことはあり得ない。燃料の補給もするはずだし必ず何らかのかたちで営業記録に残される。

「どうやらわかったようだな」男は言った。使い慣れた優越感というものが言葉の端はしにのぞいていた。

「では自分で探そう」わたしは答えた。「事故を隠そうとするからには、相手にそれなりの理由がある。自分で突き止める」

「まさにそこなんだよ、われわれが興味を持っているのも。きみの無実を証明するためにも、われわれに協力してもらえんかね。申し遅れたがわたしは青柳《あおやぎ》という。内閣調査室に所属していると言えばその立場も見当がつくと思うが、きみが巻き込まれた今回の事件に、高度に政治的な問題がからんでいるのではないかと疑いを持っているんだ。その内容はいま言えないが、海上での事故ということに非常にひっかかりを覚える。どうだろう、正直に打ち明けてもらえないだろうか」

樋口が口を添えた。「すべてをオフレコでいきたいんですよ。あなたの秘密は守るし、われわれの秘密も守っていただきたいということです。時期がきたら全部お話しします。見えすいた小細工をして接近しようとしたこともお詫《わ》びします。ですから警察で話した以上のことを思い出してくれませんか」

「どうかね。故意に起こされた事故、あるいは事故にみせかけた故意だったとは思わんかね」

「偶発的な事故ですよ」わたしは言った。

「確かにきみの証言はそれで一貫している。ここへ来る前に警察の関係者から話を聞いてきたのだ。しかしわたしは、そこにかえってきみの意志みたいなものを感じるんだがね。きみは一級船舶の免状も持っている。モーターボートに関してもプロだ。それが相手の船もよく覚えていないというのはおかしいじゃないか」

「本当にわからなかったのだ。日は完全に暮れていたし、雲が厚くて月明りもなかった。海へ逃がれるのが精一杯で、他のことは何も覚えていない」

「しかし衝突しておいて逃げるというのはどう思う」

「向こうのスピードは全速だった。二十五から三十ノットだろう。時速五十キロだ。

背の低いボートはなかなか見つけにくいだろうし、ぶつけたと気づいても、そのときはもう百メートル近く遠ざかっている。まして暗い海上だ。引き返して何が起こったか突き止める者は少ないだろう」

青柳は左の頰を軽く掻《か》きながらうなずいた。必ずしもわたしの言葉を信じたとは見えなかったが、そんなことはどうでもよかった。

「詳しく知りたければ警察にお尋ねになるがいい。用があるので失礼する」

車に向かうと樋口が追って来た。

「待ちなさい、渋谷さん。まだ話は終っていない」

「お断りだとこの前言ったはずだ。秘密は守るが、これ以上関わりを持つのはごめんだ」

「しかしこれは、あんたにとってけっして悪い話じゃないんだ」

「そうだろう。店を焼かれ、従業員を殺された。これ以上悪い話があろうはずがない」

彼の鼻先で乱暴にドアを閉めた。何が事故なものか、と浴びせてやれば少しは溜飲《りゅういん》が下ったかもしれない。しかしそれだけのことだ。鬱憤《うっぷん》を晴らしてみたところで、三日前という時間が引き戻せるわけではない。

湘南《しょうなん》道路を経由して北鎌倉へ抜けると、わたしは横浜に向かった。あの日、小網代湾で助けた西条という老人を訪ねるつもりである。ひとつ確かめておきたいことがあった。

上大岡の手前で日が暮れた。関内へ着いたのが七時半、横浜球場の照明が点《とも》っている。車を駐車場に入れ、徒歩で伊勢佐木《いせざき》町に入った。きくやという洋品店は、松坂屋前を通り過ぎてなお百メートルばかり行った右手にあった。

かなり大きな店で、入口を入るとすぐのところに二階へ通じる階段がある。一階は服飾雑貨とランジェリー売場になっている。女店員が三人と、下着をつけた何人分かのマネキン人形が、上半身と下半身とに分かれて煽情《せんじょう》的に客を待っていた。

「西条徳之助《とくのすけ》さんのお宅はこちらですか」

と女店員に声をかけた。店員が奥へ知らせに行くと、三十過ぎの眼鏡をかけた色白の女が出てきた。顔つきからすると娘のようだ。

「どちらさまですか」

「渋谷といいます。先日小網代湾でお会いした者だとおっしゃっていただければわかると思います。ちょっとおたずねしたいことがあって伺ったとお伝えください」

「いると思いますけどね。家はこの裏なんですよ。ちょっと待ってみてください。連絡してみますから」

そう言って彼女は引っ込んだ。わたしはしばらくブラウンのガードルをつけたマネキンの傍に立っていた。こういうものを脱がせる場合の要領を知るいい機会だったが、どうやらそのメカニズムはわたしの理解力の範囲を越えていた。店の表では三十代の髪の多い男がスカーフを選んでいる。

「裏へ回っていただけますか」女が出て来て言った。

「この真裏なんです。西条ビルというちっちゃな四階建てのビルですけどね、一階が薬屋さんです。横に階段がありますから二階へお上りください。お待ちしているそうです」

それは間口四間ばかりの、奥に細長い建物だった。一階が漢方薬の専門店となっている。左手のガラス戸を押すと階段があり、踊場に西条と書いた郵便受けが二つ並んでいた。幼児の赤い長靴が片方ころがっている。階段は狭く土埃《つちぼこり》がたまっていた。ブザーを押すとスチールドアが開いて、すぐに老人が出て来た。

「やあ、どうぞどうぞ。よく訪ねてくださった」

顔が赤くなっている。黒のだぶだぶのズボンに、カーキ色の綿ジャンパーという姿だった。背がわたしの肩までしかない。

「お取り込み中じゃありませんか」

「なんの。一杯やりながらテレビの野球を見とったところです。あなたもどうです。いえ、お好きでなきゃすすめません。じゃお茶でも入れましょう」

老人はぎごちない手つきで台所に立った。

ダイニングとリビングを兼ねた部屋で二十畳近くある。皮張りの応接セットやマホガニーのサイドボードなど高価な家具と並んで、古い和箪笥《わだんす》がひとつあった。その上に仏壇がのっており扉が開いていた。献花らしいものが飾ってある。造花だった。

老人は塗りの剝《は》げた小さな卓袱台《ちゃぶだい》で晩酌をしていた。出来合いの烏賊《いか》の燻製《くんせい》が皿に盛られ、一合瓶が半分くらい減ってそのままテーブルにあった。テレビは横浜球場のナイターを映し出している。音声がばかに大きかった。

「どうにも身を持て余していますよ。この年になって、何もすることがないんだから」

「お一人ですか」

「去年からね。家内に先立たれた男ほどみじめなものはありません」

彼はテレビを消すとわたしに茶をすすめた。自分は手酌でコップの酒を一口すすった。顎《あご》の髭《ひげ》がまだらに剃《そ》り残っている。

「いけませんよ、働くしか能のなかった人間が暇を持て余すようになっては。酒も、釣りもね、好きというほどじゃないんです。やることがないからやっている。遊ぶのに慣れとらんのです。満州から引き揚げて来て、今日までただ働いて来ただけの人生ですわ。おじいちゃんはもう楽をしろって言われたって、どうしていいかわからなくってね。自分に呆《あき》れております」

「急に生活を変えたからじゃありませんか。少しは仕事もしていたほうがいいかもしれません」

「その通りです」急に熱っぽく言った。「貧乏性だなんだと言われようが、長年の習慣はそう簡単に変えられるものじゃない。そりゃ確かに、もうわしらの時代じゃないかもしれませんがね」

声に怨根《えんこん》の響きがある。顔が上気して眼が光っている。わたしは座り直した。

「今日はちょっとお尋ねしたいことがあって来ました」

「昨日警察が来ましたよ。それから新聞も拝見しました。大変でしたな、ご不幸なことで」

「ありがとうございます。警察は何といって来ましたか」

「あの日、あんたに助けてもらいましたね。その事実があったかどうかを聞きに来たんです。その通りだと答えましたが、お役に立ちましたか」

「ええ、十分立ったように思います。ただ今日お聞きしたいのは別のことなんです。あなたはわたしと出会う前、別のモーターボートにぶつけられそうになったとおっしゃった。そのボートについてお聞きしたいのです」

わたしは自分の事故を簡単に説明した。単なる事故だと強調して。

「そりゃひどい。ええ、その船ですよ、その船に決まってます。ありゃまるで海の暴走族でしたよ」

「どうでしょう。どんな形の船だったか、思い出していただけませんか。わたしのときはもう暗くなっていて、船の形が全然わからなかったのです」

マリーナで借りてきたボートカタログを取り出して見せた。

「屋根の上で運転していた、という言い方をされましたね。あれはフライングブリッジといって、トローリングなどをする大型船にしかついていない装置なんです。魚を追ったり見つけたりするのに都合のいいようになっているわけです。この船などがそうですね」一例を指して言った。

「そうです。こんな船でしたよ。そういえば上にいた人間が運転していたみたいでした。下にもうひとりいたように思います。二人ともわたしの方をちゃんと見とるのに突っ込んで来たんですよ」

「乗っていたのは男ですね」

「ええ、若い男です。だが顔まではわからなかったですよ。どちらもサングラスをかけていたように思います」

「船の名を見ませんでしたか」

老人は首を振った。「書いてはあったんだが。英語でした。わたしは読めません。船の前の方に書いてあったみたいです。ただどの船かと言われても、ちょっとわたしには」

「ぶつけられそうになったときのことを、もう一度話していただけませんか」

いまにして思えば、クルーザーは最初から老人のボートを目標に接近して来たようだ、と彼は言った。老人が気づいたとき、船はもう舳《へさき》を立ててフルスピードで肉迫していた。真後ろからだ。老人は恐怖にかられると、本能的に艫《とも》にしがみついた。

「そしたらあなた、眼の前まで来て、こう、ぐっと急カーブを切って走り抜けちゃったんですよ。ほんの十メートル、いや、それよりもっと近かったかもしれません。そして上に乗っていた男がニヤッと笑ったんです。はっきり笑ったわけじゃないが、白い歯を見せたのをこの眼で見ました。わたしはもう完全に観念したくらいで、それを面白がっておったんです。ひどい話でしょう。あれは絶対わざとやったんですよ。わたしは船の走った跡がくの字型に泡立っているのをはっきり見とるんです」

間違いない、わたしも見ている。クルーザーの去った航跡が、闇《やみ》にほの白くくの字型に印されていたのをありありと思い出す。

あの前後、西の海上で白い船影が漂泊していたことも覚えている。多分わたしは桟橋を出た直後から彼らの監視下に置かれていたのだろう。彼らは老人のボートを標的に見立てて、予行演習までしてわたしを襲ったのだ。

「どの船だったか、もう一度思い出していただけませんか」

わたしはカタログにあるクルーザーの船型をひとつひとつ示して聞き出そうとした。むりだった。老人には多くの船がまったく同じに見えた。

「とてもだめです」と彼は音をあげた。「見分けがつかんですよ、わたしには。こんなにいろんな船があるってことも、いま初めて知ったようなわけですから」

「けっこうです。きょうお聞きしたことだけでも随分参考になりました。あとで何か思い出したことがあれば、どんなことでもいいですから教えていただけますか」

わたしは自宅とマリーナの電話番号を伝えた。

「この船が、今回のお宅の事件と関係あるんですか」

老人はまだ話していたそうだった。

「あるかないかわかりません。それをはっきりさせるためにも、船を見つけなければならないんです」

礼を言って引揚げた。老人はまたひとりになった。

夜が白んでいた。横浜球場で歓声があがっている。都市では異質の笛と太鼓の音が、夜空におどろおどろしくこだましていた。それはもはや人の心を揺さぶらないまでも、やり場のない衝動を表現するにはぴったりの方法であった。そうなのだ、街にはいつだって祭りが必要なのだ。人は楽しむためというより、忿懣《ふんまん》を晴らしに球場へ行く。

そしてわたしは腹立たしい焦燥感に突き上げられていた。なぜ自分が巻き込まれなければならなかったのかという怒り、何よりもその憎悪《ぞうお》をどこへ吐き出せばいいのかわからない口惜《くや》しさが身を責める。道行く人がみなわたしより大きく見えるのを意識した。夜気の冷たさをにわかに感じ、痛む右足を重く感じた。

駐車場入口の公衆電話に向かっていた男が、わたしを見るなりくるっと背を返した。頭髪の多い、表情の暗い男だ。先刻きくやの店内にいた。

バックミラーに注意を払いながら都内に向かった。流れ寄るライトの光芒《こうぼう》を見分ける。

やがて、白っぽい車に気づいた。
わたしはつけられていたのだ。

5

中原街道の丸子橋手前で片側通行となった。警官が出て交通整理をしている。道路脇《わき》にできたばかりのスクラップがふたつあって、あたり一帯にガラス片が散乱していた。ここで尾行車を撒《ま》くことができた。わたしの車が通過した直後にストップのサインが出たからだ。

多摩川を渡るとすぐ左へ折れ、田園調布から自由が丘へと抜けた。尾行車がないのを確かめたのち、駒沢の終夜営業のスーパーへ寄って買物をした。上用賀のアパートへ帰ったときは九時になっていた。

みどり荘と優雅な名前のつくわたしのアパートは、馬事公苑《こうえん》に近い裏通りにある。元は畑の真中に位置していたものが、周囲に人家やマンションが立て込むにつれ、いつの間にか袋小路のどん詰りになってしまった。木造モルタル塗りの二階建、寄棟づくり、建築後四半世紀になろうという中廊下形式の建物である。ガス、水道は室内にあるもののトイレは共同だった。

ここに十八年住みついていた。理由はとにかく家賃が安かったこと。二階の一番奥にあった部屋は四畳という奇妙な空間で、トイレの真向かいにあって西日がさんさんと降り注いでいた。周旋屋は金のない学生だったわたしに三畳並みの部屋代であることを力説したものだ。畳が黄色く変色しているところを見ると、空部屋だった期間のほうが長いらしい。どこからともなく漂ってくる臭《にお》いに鼻をうごめかすと、四千円の家賃がさらに五百円安くなった。そこでわたしたちは、お互い相手につけ込まれたような気分を抱きながら契約書を交わしたのだった。

今は荒れ放題である。建物を取り壊してマンションを建てたがっている家主は、出て行った住民の補充をしないことで立退料《たちのきりよう》の節約をはかっていた。上下十二部屋のうち、いま使われているのは五室、おかげでわたしでさえ、今ではトイレからいちばん遠い東南の角部屋に住んでいる。

スーパーで買ってきたほうれん草を茹《ゆ》で、フライパンで鶏《とり》の唐揚げと野菜コロッケを温めた。それに冷奴《ひややっこ》を添えて今夜の夕食とする。家ではめったにめしを食わない。もうカロリー重点の食事をする年でもなくなった。

食後窓際《まどぎわ》へ腰を下してコーヒーを一杯飲んだ。駐車場となっている前の空地に欅《けやき》の大木が五本ばかりある。その葉陰になる夜の暗さと、梢《こずえ》から漏れてくる光が好きだった。

じつは順子に会いに行くかどうか迷っていたのだ。事件のあと彼女はマリーナまで電話をくれた。それは他に受けた電話と同じ儀礼的なものであったが、久し振りに彼女の所へ行く口実をわたしに与えた。本心を言えば無性《むしよう》に会いたかった。

結局行くことにした。考えた末というより気が大きくなっただけのことだ。だいたいわたしは満腹すると楽天的になる習性がある。

「よっぽど貧しかったんですね」

と評したのは北原だった。わたしの過去を正確に言い当てていたと、とうとう白状しないまま終ってしまった。

外の洗濯場へ行ってからだを洗った。ついでに頭から水をかぶった。バケツ二杯の水を浴びると、冷たさでからだが悲鳴をあげた。それでももう一杯余計にかぶった。

樋口《ひぐち》が来たのは着換えをしているときだった。

「先ほどはどうも」と彼は力のない声で言った。沈んだ顔をしている。

「出かけるところだ。明日にしてくれ」

しかし彼は靴を脱ぎ、黙って上ってきた。装飾性皆無の寒々しい部屋を気のない眼で見回し、窓框《まどがまち》へ行って腰かけた。

「嘘《うそ》をつきましたね」と彼は言った。「あれは事故じゃなかった。あなたは自分が襲われたことを最初から知っていたんだ。西条という老人のところへ何を話しに行ったか、こちらで確かめてみたんです」

「あの尾行はきみがつけたのか」

彼はうなずいた。

「危うく欺《だま》されるところでしたよ。あれくらい頑強に主張されますとね、こちらに反論の材料がないだけに信じざるを得ないものです。ところがどういたしまして。あなたはこれがただの事故でないことを最初から見抜いていた。自分がなぜ襲われたかも知っているんじゃありませんか。なぜ隠すんです」

「それはわたしのほうで知りたい」シャツに手を通しながら答えた。「その理由がわからない以上、襲われたと見ることはできない」

「しかし今は認めるんでしょう」

「その可能性はね」

「ただの可能性ですか」

「肯定しようにも否定しようにも材料が少なすぎる」

樋口は苦い顔で煙草《たばこ》に火をつけた。あり余っていた自信を使い果たしたという顔であった。

「もう許してくれませんか。そして事実をありのままに話してほしいんです」

「それは買いかぶり過ぎだよ。本当に何も知らない。仮りにこれが計画的な事件だったにせよ、なぜ襲われたか見当もつかないんだ。だからあの老人がわたしに出会う前、大きなボートを見たと言っていたのを思い出し、何か関連があるかもしれないと思って確かめに行った。それで初めて、裏に何かあると気づいたようなわけだ」

「それを信じられるといいんですが」彼は眼を据えて言った。「皮肉じゃありませんよ。あなたという人がようやくわかってきたんです。敵には回したくないな」

「どうぞご自由に」

「聞いてください。事件はまだ終ったわけじゃありません。始まったばかりです。ということは、今後も引続き生命《いのち》を狙《ねら》われるかもしれないということです。やつらは店を焼き払い、従業員をひとり殺した。しかしあなたを殺すのには失敗した。このままあきらめると思いますか。簡単にあきらめられるような理由なら、放火や殺人までは犯しませんよ。わかるでしょう、あなたが生きていては困る理由があるんです」

「それは違う。きみたちが接近して来たからだ。きみたちさえ来なければ、こんな事件は起こらなかった」

「そうかもしれません。しかしもともとあなたが秘密を持っていたんだ」

「わたしは自分の小さな義理人情の世界に満足して生きている男だ。秘密など持たない」

鍵《かぎ》を手に、出ようと彼をうながした。

「待ってください。すべてを打ち明けたら協力してもらえますか。この事件には国家的な陰謀が隠されているんです」

「断る。きみはその政治に加担している。わたしは関係のない人間だ」

「これはけっして偶発的な事件じゃないんです。以前にもね、似た事件がありました。そして、それは成功したんです。つまりモータークルーザーを使って海上で人が殺されたわけです。ただそのときは、クルーザーに疑惑を持ちながら裏付けが取れなかった。現在は違う。いいですか、敵は取り返しのつかないミスを犯したんです。あなたを殺せなかったことによって、クルーザーを使った手口が露見したからです」

樋口は煙草を揉《も》み消した。「四年前になります。相模《さがみ》湾でアメリカ海軍の水兵四人が、水死体で発見されたことがあります。これが事件の発端、つまりあなたのケースと同一なんです」

その事件なら知っている。横須賀に入港していた空母ミッドウェイの乗組員が、逗《ず》子《し》から鎌倉へかけての海岸に、つぎつぎと水死体で打ち上げられてきた事件だ。はじめ一つだった死体が日を追って増え、合計四つにもなったことから世間は大騒ぎをした。

樋口は言った。「米軍や警察の発表では溺死《できし》ということになっています。彼らが逗子の海岸から、ボートを乗り出したのは大勢の人に目撃されているからです。だがぼくたちは最初から、故意に溺死させられたのだと見ていた。つまり殺されたのです。溺《おぼ》れ死にしますか。考えてもごらんなさい。屈強の水兵四人が、ボートが転覆したくらいで簡単にみな溺れ死にしますか。当日の相模湾は波もなく、無風の状態だったのですよ。しかも水兵のうち一人は、シスコのサンタクララ・スイミングスクールの出身だった。最初に発見された水死体がこの水兵でしてね。米軍が日本の警察の来る前にさっと横須賀基地へ運び込んでしまった。自分たちに日本での捜査権がないのを承知でです。なぜか？当時米海軍は必死で彼らの行方を探していたからです。そしてこの水兵の遺体に打撲傷のあるのを発見しています。仕組まれた故意の事故ですよ。彼らが乗ったボートを襲ったものがいるのです。しかしそのときはその原因を突き止めることができなかった。モーターボートはおろか、その日海に出ていたヨット、漁船まですべてをチェックしたにもかかわらず、該当する船なしという答えしか出てこなかったのです。あなたの場合とまったく同じですよ。やつらは巧みに船を隠してしまったんです」

「水兵はなぜ殺されたんだ」

「正直にいえばよくわからないのです。ただ四人のうち二人は、小遣い銭欲しさにソ連へ情報を提供していた疑惑が持たれていました」

「すると、わたしもスパイに関係のある人間ということになる」

「まさか。ぼくはわれわれがあなたに接近したので、あなたの持っている秘密、それは多分にあなた自身はまだ気づいていなくて、それ故《ゆえ》に今日まで見逃されてきた理由になっていると思いますが、その秘密がばれるのを恐れてあなたの抹殺をはかろうとしたのだと思います」

わたしは少しひるんだ。夜道に車を運転していて、どこかで自分が一瞬眠っていたことに、あとになって気づいたりするような感覚があった。

「水兵が逗子の海岸でボートに乗っているのを目撃されたのは、水死体の上がる数日前だったな」

「そうです。両者にはだいぶ時間の開きがあります」樋口はうなずいて言った。「彼らが目撃されたのは一九七六年の五月九日です。最初の水死体が発見されたのは十五日でした」

「ただし、逗子で目撃されたのは三人だった」

「確かに。四人揃《そろ》っているところを目撃したという証言はひとつもありません。目撃されたのは常に三人、水死体は四人です」

「じつはその三人のほうなら、わたしもあの日、逗子の海岸で見かけている」

「何ですって。見た⁉　あなたも彼らを目撃しているですって」

樋口は叫び出さんばかりの声で言った。からだが電流に打たれたように震え、興奮で声がうわずった。

「ただし目撃と言えるほどのものでもない。通りすがりにちらと見かけただけで、事件が大騒ぎになってから初めて気がついた程度のものだ」

「しかし、これは容易ならん話なんですよ。思い出してもらえますね。最大限思い出してくれますね」

夢中で詰め寄ろうとする彼を手で制した。

「マリーナからの帰りだ。帰りというのは店に帰るという意味だが、湘南《しようなん》道路を利用して逗子の街を通過しようとしたとき、新宿海岸のなぎさホテルの前で友人に会って、車を止めて少し立話をした。そのときホテル前の砂浜を、水兵風の男が三人ぶらついているのを見ただけだ。深く観察したわけでもないし、とくに強い印象も受けなかった」

「時間は何時ごろです」

「六時半頃だろう。日没にはまだ早く空も明るかった」

「水兵たちは何をしていました」

「何をしているという感じでもなかった。どこかに向かっている足取りでもない。ただぶらついているという感じだったな」

「ほかに何か思い出せませんか。周囲に誰かいたとか、変ったものが眼についたとか」

「残念ながらない。あっても気がつかなかった」

「向こうはあなたに気づいたのですか」

「それは考えられない」

「じゃ友人という方はどうだったのです」

「彼は水兵の方に背を向けていた。連中には気づきもしなかったろう」

樋口は溜息《ためいき》をついた。期待が大きかっただけに失望していた。

「その前後の証言ならいくらでもあるんですよ。彼らはその一時間後くらいに、その海岸からボートを漕《こ》ぎ出してますんでね」

「わたしもきみに話したのが最初だ。誰にも話していない」

「この話はしばらく伏せておきましょう。何か思い出したら必ずぼくに伝えてください。しばらく秘密にしておきたいんです」

「きみは自分の仲間も信用していないのか」

「そうじゃありません。少し問題点を整理してみたいのです。あまりにも考えることが多すぎます」

　彼の顔には目標を見失ったためらいがあった。わたしに急《せ》かされて立ち上ったとき放心しているような感じだった。暗い眼で自分の思考に閉じ籠《こも》ろうとしている。自分の思考に怯《おび》えているのだ。

　わたしの視線に気づいて彼ははにかんだ。何かに熱中すると他のことができなくなるタイプの人間らしい。わたしは彼に、初めて消極的な好感を抱いた。

　艶《つや》やかな光を放っている青木の生垣の陰に、明るい茶色のギャランが一台止まっていた。眼鏡をかけた色白の男が身動きもせずに運転席へ座っている。わたしたちを見ても首ひとつ動かさなかった。

「わたしをつけ回すのはやめろ」

「護衛です」と樋口が言った。「あなたに尾行がついていることをわからせればいいんです」

「しかし今夜はプライベートな用事なんだ。遠慮してくれ」

「迷惑はかけません。無視してくれればいいんです。今度の男はあなたの神経を逆撫《さかな》でするようなことはしないはずです」

車に乗り込むと樋口が寄って来た。

「ひとつ教えてください。われわれがあなたの店に伺ったとき、桟橋で釣りをしている男がいましたね。何者ですか」

「知らない。初めて見る男だった」

「ときどきあんな男が来ますか」

「釣人なら珍しくない」

「草原にバイクが停めてありました。ナンバーを控えておけばよかった」

「バイクには気がつかなかった」

「わかりました。明日またご連絡します」

わたしの車を樋口は道の真中に出て見送っていた。孤独然とした姿になぜか心を惹《ひ》かれた。わたしはそのとき、桟橋で心配そうに見送っていた北原の像とイメージをダブらせていたのだ。そして脳裏にくすぶり始めた疑惑の中で、亡《な》くなった野崎の顔が次第にはっきりした輪郭をとってきつつあるのを意識した。それはある戦慄《せんりつ》を伴って背筋に冷めたく訴えてきた。

6

喫茶店「かわの」は、小田急の千歳《ちとせ》船橋駅から東京農業大学の方へ五分ばかり向かった商店街の出外れにある。河野という老人夫婦がやっている世田谷でいちばんうまいコーヒーを飲ませる店だった。ただ夫人は持病の痛風をこじらせているとかで、最近はほとんど店に出て来ない。順子は夜だけここで働いていた。

裏通りに車を置いて店の前まで来たとき、時刻は十時十五分になっていた。閉店時間を十五分も過ぎている。

照明を落とした店の中で、掃除を終えた順子がエプロンを外しながら、食器を洗っている老人と談笑していた。順子は白に水色のストライプが入ったブラウスに、マリンブルーのフレアスカートという服装で、髪を短く切っていた。それで首が少し長く見える。もともとうなじがきれいだった。それがしゃんと立っているのを見ると、にわかに気遅れを感じた。それに河野老人はまた少し老《ふ》けた。頰のたるみが来るたびに目立つようになり、いま求めているものが何よりも安らぎであるとからだ全体で語っているように思える。

わたしは立ち止った。安易に出かけて来たのを後悔した。老人との約束を、とうてい果たせそうもなくなった自分に改めて気づいた。

老人夫婦は店を畳んで郷里の九州へ帰りたがっていた。夫人の健康が冬の暖かいところを必要としていたからだ。実際に不動産屋が見積りに来たこともある。偶然その場に居合せたわたしは、できたらこの店を買いたいと言った。屋号もそのまま、店の内部もそのまま、磨きこまれた褐色のカウンターや、太い木組みに白壁、小さなテーブルから夫人がひとつひとつ縫い上げた木椅子《いす》の座蒲団《ざぶとん》、木彫りの看板から入口の赤《あか》煉瓦《れんが》囲いの小さな花壇に至るまでそっくり残して。

買ってくれ、と老人は言った。愛着がないわけじゃないんだ、私はカウンターの中でコーヒーを挽《ひ》き、あなた方の話題の中にいつまでも加わっていたい。買ってくださいよ、渋谷さん、あなたや順ちゃんのような人にこの店をやってもらいたい。

それから一年になる。

即金にこだわる必要は少しもないと老人は言った。いずれその好意に甘えるつもりだった。それなりの努力もしてきた。しかしいまやわたしは完全な無一文だった。

このまま引き返そうかという思いが頭をかすめた。その卑劣さにやりきれない思いをしながら、わたしは店のドアを押した。

ふたりともわたしを見て驚いた。しかし老人はすぐに表情を柔らげ、いらっしゃいと言った。順子は微笑を浮べるのに少し手間取った。身ぶりで座れと椅子をすすめただけだった。

「お久しぶり。お元気そうで何よりです」とわたしは河野老人に言った。

「ね、私の勘がやはり当ったでしょう」

老人は明るく順子に言った。

「きょうあたり、お見えになるんじゃないかと言ってたところなんです」

「ええ、どうやら家へ帰って来られる程度には片づきましたのでね」

「コーヒーでも入れましょう」

「いや、いいですよマスター。無性に寄ってみたかっただけです」

「なに、かまいませんよ。私だってご一緒します。こんなときでないとゆっくりできませんからね。あ、順子さんはもうしなくていいの。そこに座ってなさい」

老人に言われて、順子は横に来て座った。カウンターに両手をのせ、かすかにほほえみかけてくる。

「疲れているみたい」と言った。

「それほどでもない」

「大丈夫なのね」

「大丈夫だ。だから真っ先にここへ来た」

こみあげるものがあり、順子の顔が見る間にこわばった。喉《のど》がふるえ、もの言いたげに唇がうごめいた。彼女は眼を光らせてわたしを見つめ、それから怒ったような顔で眼を外《そ》らした。表情が次第に沈み込んでいき、彼女は黙りこくった。わたしたちは生き生きとした仕草で老人がコーヒーを入れるのを黙って見ていた。

時間の感覚が遠のいていく感じだった。この店へ来始めて二十年近くになろうとしている。いったい何が変ったというのか、老人がうっとりとした表情でコーヒーの香に酔っている姿がいま眼の前にある。彼の後には細かく仕切ったカップの棚があり、左端の上から二段目にはわたしのカップも入っている。初めてヨーロッパ遠征に出かけたおり、チューリッヒで買ってきたストーンウェアだった。さして高価な品ではない。しかし灰色の厚い生地の上に、今もって名を知らぬ藍色《あいいろ》の花が墨絵のようににじんでいるこのカップが好きだった。思い出からくる愛着だろう。あるいは愛着を示すことで過去にこだわっているだけかもしれない。しかし好きなものは好きなのだ。そのカップを抱えてここでコーヒーをすすっている一瞬は、すべての時間が静止したような安らぎを与えてくれた。

しょせんは錯覚だと知っている。自分の作り出した幻想の中で、演技するふりをしているだけなのだ。しかしそのとき、わたしはいつだって幸福だったのではないか。いま、時は確実に過ぎ去り、友人の姿はなく、老人は老い、サフランの入った洋風おじやをふるまってくれた夫人はその傍らにない。そしてわたしは、互いにこだわりを捨て切れないでいるひとりの女性と、こうして座っている。

「奥さんの具合はどうですか」

わたしは言った。

「相変らずですかね。そんなに悪い訳じゃないんですよ。気が弱くなっただけでしょう。順ちゃんが来てくれるようになって、すっかり安心したところはありますね」

「ずいぶんお会いしていないな。もう二年になる」

「おや、もうそんなになりますか」

「この店だって今年まだ二回か、三回くらいのものですよ」

「皆さん次第に忙しくなるわけだから、それは仕方ありませんよ」

「しかし気がつくと、これで暇になってしまった」

その意味がわかると、老人は淋《さび》しそうに笑った。「気を落としちゃいけません。まだやり直しの効かない年じゃありませんよ」

「ありがとう、マスター」

わたしたちは三人でカウンターに並び、老人の入れたとびきり濃いコーヒーを飲んだ。普通の世間話が交わされ、自分の声を気にしながらわたしたちは笑った。二人は今回の事件に触れようとせず、わたしはその心遣いに感謝しながらも、自分の内部にあるこだわりに苦しんでいた。

店を閉めて三人で外へ出たのはその一時間後だった。河野老人はこれから百合《ゆり》が丘《おか》にある自宅まで帰る。

「雨だわ」順子が掌《てのひら》で受けて言った。

「そろそろ梅雨ですね」

老人がつぶやいた。細かい雨が降りかかってきた。雨が降ると夫人の痛みがつのると聞いている。わたしたちは彼に礼を言って別れを告げた。背を起した老人は小さな鞄《かばん》を手に雨の中へ去って行った。

順子を送ろうと車に誘った。走り始めるとどこからともなくギャランが姿を現した。

「どっかへ行くかい」

「そんな気分？」

鋭く問い返されてわたしは赤面した。

細い糸を引く雨が力を増し、アスファルトをとらえるタイヤの音が低く籠り始めた。湿った路上に光が流れ、街の灯がしっとりとうるんでくる。夜気に人恋しくなるような冷気があった。

「マスターのからだが見るたびに小さくなっていく」わたしは言った。

「わかる？」

「どこがというわけじゃないが、いつもそれを感じる。彼を見るのがつらいんだ」

「奥さん、最近は床についていることが多いらしいわ」

いつもこうだ。わたしたちは他人を話題にしているときだけ、会話が淀《よど》みなく流れた。順子の父親が二年も病床にあることなど、彼女は一度も口にしなかった。河野老人を通して知ったのである。

「お店をやめたがっているのよ」

「知ってる」

「買い取るつもりだったんでしょう」

「彼が話してくれたのかい」

「さっきね。あなたの噂《うわさ》をしていたとき」

そう言ってわたしを見た眼がきつかった。

「軽はずみだった。そんな金もないくせに、かえって彼を縛りつけてしまった」

「どうするつもりだったの」

「感傷さ。あの店をそのまま残しておきたいと思った。きみにやってもらおうと思って」

「やはりそうね。私は雇われママに昇格するわけ」

「そうじゃない。きみさえよければ二人でやるつもりだった。ただわたしには客商売は無理だ。それできみにまかせようと思った」

「ごめんなさい」順子は顔をおおって言った。「私、今夜はどうかしている」

「いいさ、どっちみち夢で終ってしまった。今度マスターに会ったら謝るよ」

「北原さん、かわいそうね」

一度だけ店に連れて行ったことがある。ボートに乗せるという約束であったが、海を見ているほうが楽しいと言って、北原と並んで岸壁から足を投げ出し、一時間ばかり話していた。憑物《つきもの》が落ちたようにさっぱりした北原の顔を見て、彼がいつの日か太平洋に乗り出す夢を話していたものと察したことだった。

順子のアパートは、東北沢の東大宇宙航空研究所の裏手にあった。鉄骨造りの一D

K形式で、わたしの住まいからすれば格段に高級ということになるだろうが、高梨《たかなし》の死後わずか二ヵ月で永福町の賃貸マンションからここへ越して来たときは少なからず驚いた。彼女がその後二年余りかかって、高梨の残した負債を返済したと知ったのはさらにのちのことだ。

二階への階段を上っているときに電話のベルが鳴りはじめた。

「私の部屋だわ」

順子はかすれた声で言い、あわただしく中へ入って行った。

タイミングを失ったわたしは廊下に立っていた。すると順子が呼んだ。

「あなたによ」

思わずうろたえた。順子の電話番号を人に教えた覚えなど絶対にない。

受話器をつかむと樋口《ひぐち》の声が聞えてきた。

「申訳ない。非常識かとは思ったんですが、どうしても連絡したかったんです」

「どうしてここにいるとわかった」恥辱と怒りが声に出た。

「いじめないでくださいよ。ボートです。例の船を見つけたんですよ。といって、まだ確認したわけじゃありませんが、それをこれから確認したいんです。力を貸してください」

「こんな夜中にか」

「そうです。どうもやつらの動きがおかしいので、今夜中に尻《し》っ尾《ぽ》をつかまえておきたいのです。いずれにせよ、正面から乗り込むわけにはいきません」

「気が進まん。きみに加勢するのも、利用されるのもいやだ」

「そんなことを言ってる場合じゃないでしょう。もうあなたは、否応《いやおう》なしに巻き込まれているんですよ。それとも、まだ自分ひとりで戦うつもりですか。自分だけならともかく、周囲の人を自分ひとりの力で守れると思っているんですか」

危く罵声《ばせい》を浴びせるところだった。これは脅迫だ。あからさまに順子を指して協力を迫っている。

振り返ると順子は台所で洗いものをしていた。ガスコンロに湯沸しをかけている。

「渋谷さん、聞いているんですか。どうなんです」樋口が叫ぶように言った。声に切迫感があり、彼のほうでも苛立《いらだ》っている。「お願いしますよ。今のぼくは、あなただけが頼りなんです」

「わかった。承知する」

「じゃとりあえず、ぼくの所へ来てくれませんか。打合せをしたいんです。ただ申訳ないけど、少し泳いでもらうことになるかもしれませんよ。それも昼間なら、絶対に泳ごうなんて気は起こらない海です」

　樋口は青山にあるマンションと電話番号を教えた。

「それからもうひとつ大事なことなんですが、ぼくの所へは尾行を撒《ま》いて来てくださ い」

「なぜだ」

「いまのところ、誰にも知られたくないんです。味方を欺《あざむ》くわけじゃないが、確認が取れるまで極秘で行動したい。方法はまかせますから、とにかくやつを撒いてください。ただ、いまあなたにくっついている男は相当に手強《てごわ》いですよ。そのつもりで」

　言うなり、自分のほうから電話を切った。冷静さを欠いている。そこにいやな予感を覚えた。

　座卓の前に座って順子が茶を入れている。

「きみの電話番号を人に言い触らしているなどと思わないでくれ」

　わたしは忸怩《じくじ》とした気持で言った。

「気にしないわ。緊急に連絡したい用があって、さっきからあっちこっちに電話して尋ねていたんだって。警察の方」

「似たようなものだ」

順子はわたしのあいまいさに気がつかなかった。

「私、さっきの電話に随分あわてたでしょう。てっきり田舎からだと思ったの。ゆうべもかかってきたので」

「お父さんが悪いんだってね」

「ええ、今度は覚悟しておくようにと姉が言ってきたの。多分時間の問題でしょうね」

「帰らなくっていいのかい」

「いずれ、帰るわ、その時はね。でも、どうしても臨終に立ち会いたいって気持はないの。正直言って、やっとという気持なの、やっと終る。ただそれだけ。ひどい娘でしょう、私、もうあんなものまで用意して。ね、誠実なやり方じゃないわね」

泣き出しそうな顔で言った。壁に黒のスーツが下っていた。見覚えがある。喪服だった。三十という年で、順子は夫と父親、二度も喪服を着ようとしていた。

「お父さんに批判的なんだな」

「そんなんじゃないわ」かぶりを振って言った。「でも私は父を憎んでるの。もっと早く死んでくれたらと、どれだけ思ったかしれやしない。母がかわいそうなのよ、この二年間に二十も年を取ったわ。先に母のほうが参ってしまうんじゃないかって、ずっとその心配ばかりしていた。私ね、父が死んだって、涙も流れないんじゃないかと思ってる。泣くものかって、今から意地になっている。もし涙がこみ上げてきそうになったら、この二年間のことを思い返すわ。それ以前の何十年もの思い出やイメージを、父が自分の手でぶちこわしたんだって。早く死んでくれたほうがみんなのためだなんて、最愛の娘から言われるような父じゃなかったのよ。私は若い頃、結婚するなら絶対父みたいな人をと思っていた」

「聞きなさい」

「いや」激しく言って彼女は顔を被《おお》った。「慰めなんか欲しくない。どうせなら非難して」

わたしの言葉を待ち受けるかのように静止した彼女の白い手に静脈が浮き出ていた。

順子は質素な生活をしていた。部屋はセットみたいな感じがするくらい整頓《せいとん》されている。と言うより女の生活を匂《にお》わせる華やかなものは何もないのだった。

和箪笥《わだんす》と洋服箪笥、小さな姿見などは以前から使っていたものだ。右の壁に本棚と、窓際《まどぎわ》へ寄せて木製の片袖机《かたそで》があり、書棚から広辞苑《こうじえん》が抜け、梅が丘にある区立図書館の印を押したマードックの小説とともに机の上にのっていた。さっき電話を使ったとき、赤い付箋《ふせん》をつけたゲラ刷りが広げてあったのを見ている。書籍の校正は彼女の本職だった。夜だけ「かわの」で働きはじめたのは、老人に乞《こ》われたせいもあるが山陰の実家へ仕送りするためだったろう。

以前は和箪笥の上に博多人形のケースがのっていたと思うが、それはなくなっていた。わたし自身この部屋を訪れなくなって三年になる。書棚の本が一部不自然に膨れ、なにげなく直そうとして本の後から額入りの高梨の写真を見つけ出した時はショックだった。その写真は机の上に立ててあったのではないかと思う。わたしが不意に訪問したため、あわてて本の後へ突っ込んだのだ。以後特別な用でもない限りここへ来なくなった。許されていなかったという思いが、今でも卑屈なまでにわたしを苦しめていた。

わたしは言った。「きみはお父さんを憎もうとしている。しかしきみが苦しいのは、父親に憎しみを持っているからではなく、憎もうとして憎み切れないからそれが苦しいんだ。肉親というのは、そんなに簡単に割り切れるものじゃないよ。言葉の世界じゃなく、感覚の領域だからだ。わたしは中学生のとき父親を失ったが、これが丁度そうだった。父は善人で、不遇で、惨《みじ》めな男だった。その淋しさをまぎらわせるために酒を飲み、飲んでは鬱積《うっせき》した不満を爆発させた。酒乱というのは非常に顕著な兆候があってね。眼が据《すわ》り、普段はできない歯ぎしりを、ガラスでも噛《か》み砕くみたいにする。

すると母はわたしを横抱きにして逃げ出したものだ。それを父がバットを持って追いかけてくる。父にとってその怒りは、家族以外どこへ向けようもないものなんだ。そのくせ酔いが醒《さ》めると、土下座して泣きながらわたしたちに謝る。常にその繰り返しだった。いっそ死んでしまえと、どれだけ願ったかわからない。肉体的に対抗できればこの手で殺してやりたいくらい憎かった。幸か不幸か、中学一年のときその夢が実現した。酔っぱらって路上に寝ていて、トラックに轢《ひ》かれたんだ。誰もわたしに遺体を見せてくれなかったと言ったら、どんな死に方だかわかるだろう」

「やめて」小さい声で彼女は言った。「そんな話をさせるつもりじゃなかったのよ」

「ほっとしたと思ったんだよ、その時はね。最初に考えたのは、人前でどんな演技をすればいいだろうかということだった。ところがいざ柩《ひつぎ》を前にすると、他愛《たわい》なく泣き出してしまった。そんなはずはない、そんなはずはないと思いながら、確かに悲しくて泣いているのだ。かわいそうに、やっぱり子供だねえと、近所の人が陰で言っていたのを知っている。誰もわたしがなぜ泣くのか、理解できなかったのだ。しかし人は、父親を失ったという事実だけで十分に泣けるものだよ。今から泣くまいと構えているのは、その悲しみに耐えられない自分を知っているからだ。泣いているとき、わたしは父が酒乱だったことなど思い出しもしなかった」

「ありがとう、取り乱してごめんなさい」眼頭を押えて順子は言った。「このところ疲れ気味で、いらいらしてたの。誰か訴える人があったら発散させてやろうと、待ちかまえていたのね」

そういえば少しやつれた感じがする。顔色が病的なまでに白く、目尻《めじり》の皺《しわ》や顎《あご》のたるみも以前より目立ち始めた。唇にも生気がない。しかし元来が厚い化粧を好まぬ女だった。頬の赤味は自然のものだし、きれいに通った鼻筋と品のいい唇のバランスが、女の情感を十二分に漂わせている。そして長い睫毛《まつげ》とときおり光る大きな眼。その瞳《ひとみ》に潜む強固な意志と激情を読み取ると、わたしはいつも心がこわばるのを感じた。

「もうやめましょうね、こんな話。お茶を入れ換えるわ」

微笑を見せて台所に立った。

「おなかは空いていない？　お茶漬けぐらいならできるわよ」

といった言葉には無意識の媚《こ》びがあった。それにくすぐられるものが、わたしの中にはち切れんばかりに詰っている。

「いや、ゆっくりもしていられないんだ」

「まだ用があるの」

「これからまだ人に会わなきゃいけない」

「さっきの電話なのね」

席に戻って来たときの順子には、いま見せた媚態《びたい》はどこにもなかった。

「ひとつ聞かせていただきたいことがあるの」他人行儀な声で言った。「これからどうするの」

「まだ決めていない」

「お店を再開するつもり」

「じつはいちばん痛い質問なんだ。北原の件がなかったら、損害そのものは大したことない。むしろ火災保険が入ればお釣りがくる。しかし信用は取り戻せない。いま店をマリーナに返せば傷は少なくてすむ。だがわたしとしては、自分から投げ出したいとは口が裂けても言えない」

「やめていただきたいわ、差し出がましいとは思うけれど。私、あなたが今の商売に向いているとは、どうしても思えないの」

「昨日、藤村にも同じことを言われたよ」

「藤村さんに会ったの」

「いや、見舞いの電話をくれたんだ。そして彼の店を手伝ってくれないかと口説かれた。断わったけど」

「今の仕事、自分には畑違いだって思わない」

「考えすぎだよ。きみのほうでこだわっている。山のことだったら何とも思っていない。遅かれ早かれ足を洗ったはずだ」

「でも背を向けることはないわ」

「いいかい、これは遊びじゃないんだ。山はしょせん遊びであり趣味であったが、今のわたしは生活している。平凡な日常生活の中に埋もれてしまって当然なんだよ。未練を残す余地があったらおかしい。山はもう思い出なんだ。ええ、山ですか、いえ、わたしもね、これで若い頃は少し鳴らしたもんですよ、いやあ、懐《なつか》しいですなあ。それだけのことさ。その程度の思い出なら、もう十分に残した」

「それはわかっているつもりよ」

確かに理解している。しかし同意はしていない。

「私が言いたいのは、同じ生活を選ぶなら、他にいくらでも方法があるってこと。あなたが過去を振り切るために、自分を罰するような生き方を選んでいるように思えてならないの。ね、今の生活なんて、けっして望んでいなかったはずだわ。さっきお父さんの話をしてくれたわね。それを聞いていて私、ふっと、あなたがお父さんを憎んだことと、悲惨な死に方をしたこととを自分のせいにしているんじゃないかって、そんな気がしたの。そうでも思わないと、私、あなたがわからない。あなたは耐えてみせることに自己満足を見出《みいだ》す人なの？　ね、淋《さび》しくない」

「きみが淋しいくらいには淋しい」

順子は淋しそうにほほえんでみせた。

「私をどうしても刑部《おさかべ》順子として見てくれないのね」

浴びせてくる視線は、まぎれもなく憐《あわれ》みだった。憐憫《れんびん》と軽侮、どうにもならないうめき、自分を無にするには、わたしたちは余りに手傷を負い過ぎていた。相手に与えた傷口が見え、自分の傷を相手に覚《さと》られていることを知っていた。

「すまない、もうすこし時間が欲しいんだ」わたしは追い立てられる気分で立ち上った。「行くよ」と。

何しに来たのだと自問する。自責と悔いとが今夜は夜っぴて苦しめるに違いなかった。順子とて同じだとわかっている。

彼女の表情が白く固くこわばっていた。おやすみを言い交わしたとき、頰がひきつったように歪《ゆが》んだのを見た。

7

樋口《ひぐち》の住む南青山ビューハイツは、広尾の日赤医療センターに近い静かな裏通りにあった。白色セメントで化粧仕上げをした十階建ての豪壮な建物で、付近に林立するマンション群の中でもひときわ大きい。大理石の壁に真鍮《しんちゅう》を嵌《は》め込んだ表示は英文で出ており、玄関のドアの把手《とって》には一抱えもあるステンレスが使われていた。

地下の駐車場へ降りる通路は、玄関前を通り過ぎて民家一戸分行った前方にあった。すずらん風の白熱灯が燦然《さんぜん》と雨に洗われており、その下でまんじゅう型に盛上っているつつじがまだ花をつけている。そこからスリップ止めをした誘導路がゆるいカーブで下っていた。

若い男をひとり見かけた。駐車場入口の軒先で、首をすくめて空を見上げていた。

駐車場は長方形で三十台程度の収容能力を持っている。八割方車が入っていた。男は車来客用のスペースを探して奥でUターンしたとき、二人目の男を見つけた。男は車の陰で靴紐《くつひも》を結んでいた。

ちょうどそのとき黒塗りの大型車が入って来た。わたしは道を譲る恰好《かっこう》となって外に出た。そしてそのまま車を進め、道路に戻った。

路上に何台かの車が停車している。その脇《わき》を通り抜けて表通りに出た。

公衆電話を見つけて樋口を呼び出した。

「何をしているんです」樋口が苛立《いらだ》った声で言った。

「もう一時半じゃないですか。時間がないんですよ」

「尾行を撒《ま》くのに手間取ったんだ。歌舞伎町《かぶきちよう》へ乗り入れてやっと目的を達したんだぞ」

「それで、いまどこです」

「すぐ近くだ」

「ここがわからないんですね」

「そうじゃない。いま地下まで行ったんだが、気になることがあったのでそのまま出て来た。きみは地下にも見張りを配しているのか」

「見張り？」

「若い男が二人駐車場にいた。どちらもスポーツシャツで、ひとりは皮手袋をはめている。そいつはわたしの車が入って行くと、靴の紐を結ぶふりをして顔を隠した。もう一人は軒先で外を見張っている。ただし、これはわたしの思い過しかもしれない」

短い沈黙のあと樋口は言った。「わかりました。地下の方はぼくが確かめてみます。

十五分後に、外で会いましょう。場所は、そうだな、外苑《がいえん》がいい。神宮球場の正門前ならわかりいいでしょう。ただしぼくが遅れても三十分は待ってくださいよ。それからここへ引返して来てはだめだ。あなたは素人《しろうと》なんだから、こういうことはぼくにまかせるんです。いいですね、じゃあとで」

わたしは素人だから物見高い気分で舞い戻った。待てというくらいなら樋口だって三十分は待つはずだと解釈した。

玄関の少し手前で車を止め、前方をうかがった。路上の車はさっき確か六台を数えた。一台減っている。

五分ばかり待ったろうか、眠りに落ちた街が無心に雨音を聞いているだけだ。何も起りはしなかった。

そして樋口の車が、むっくりと姿を現した。乗っているのは彼ひとりだ。精悍《せいかん》な排気音を轟《とどろ》かせると、スカイラインは水しぶきを上げて向うへ走り去った。

わたしは苦笑しながらエンジンのキイを回した。いや、回そうとして手を延した瞬間、その音を聞いた。

夜気をふるわせて爆発音が響いた。

フロントグラスが音をたててふるえ、前方の一角がかっと明るくなった。

何が起ったか、十分すぎるほどわかった。

樋口の車が炎上している。

闇《やみ》の裂け目へオレンジ色の光が噴き上っていた。黒煙がつむじとなって狂喜し、炎がばちばちと何か嚙《か》み砕くような音をたてながら渦巻いた。ボンネットの一部が傍らの木塀に突き刺さっている。コードを引きずったヘッドランプの残骸《ざんがい》が、えぐり出された眼球を思わせて路上に転がっていた。飛び散った金属片のひとつひとつから白煙。さらに蒸気とも煙ともつかぬものが、地表を這《は》いながら四方へ広がろうとしていた。

燃えさかる鉄塊の中に、人の形を見たと思った。それが果たして人と言えたかどうか、数分前まで生きていた人間が、あれほど激しく音たてて燃え落ちることが許されていいはずはなかった。

人が駆けつけて来る。車が来る。

わたしはうろたえて車をバックさせ、いま来た一方通行路を逆にたどって逃げ出した。

驚くほど動悸《どうき》が早かった。みじめなほど動揺し、ハンドルを力一杯握りしめていた。からだのふるえを、それで辛うじて支えていたのだ。

どこを通り抜けたかほとんど覚えていない。アパートに逃げ帰り、車を入れて外に出たとき、生垣や立木の陰に潜む暗闇が、これまでと全く意味を違えて眼に映ることに気づいた。風の言葉も変っていた。

鍵《かぎ》を下した部屋の中で、電灯もつけずほぼ一時間近くうずくまっていた。何をするでもない。敵意に囲まれた小動物のように。

考えるべきことが山ほどあった。しかしどうしても思考をつなげることができなかった。いくらか気持ちが落着いたのを待って、夜具を敷いた。

やはり眠れなかった。

まどろんだかと思うと眼を覚し、思考に迷っているかと思うと夢の中をさまよっていた。はっと気づいて時計を見ると、さっきからまだ二十分とたっていないのだった。人なつっこい野崎の顔が、何度も夢の中に現われた。いまや思い出したくない記憶に直面していることを、認めないわけにはいかなかった。本当はその記憶をたどることがこわかったのだ。

米水兵が失踪《しっそう》したあの日、わたしが逗子《ずし》のなぎさホテルの前で立話をした友人というのは野崎だった。

彼はカメラボックスを肩にかけていた。頼まれものを出発前に片づけようと思って、と彼は言った。二年がかりの南米撮影旅行に出かけたのはその三日後だ。結局それが彼と会った最後になった。逗子に戻って四日後に彼は死んだ。水兵四人が死んだと同じ海で。

べったりと寝汗をかいて眼を覚した。動悸が早く、夜が寒かった。下着を換えながら、棚のウイスキーに眼が行った。痛切に酔いしれたい。だがここで酒の力を借りるのは逃避だ。そうと知っている以上手が出せなかった。

代りにコーヒーを沸した。雨がまだ降っている。窓を開けてそのしぶきを頬に感じながらゆっくり飲み下した。もう認めていいころだ。わたしをこれほどぶざまにうろたえさせているものは、恐怖に他ならないことを。人並みに失うものを持っているつもりで恐怖している。何を恐れているのか。いつまで現実から顔をそむけていれば気がすむ。

自分が小心で、臆病者《おくびょうもの》であることを認めたせいか、少し気が楽になった。再び横になると、今日一日の重い疲労を感じた。けっして快い疲労ではなかったが、やがて眠りがきた。

そしてどこかで雀《すずめ》の騒ぎたてるのを聞いた。欅《けやき》で尾長の声がする。まぎれもなくいつもの朝を迎えていた。

雨が上っている。白い光が窓に当り、薄日が差し込んでいた。雨に洗われた欅が色鮮かだ。階下の女性が庭先に植えているデイジーに、白い花が一輪ついていた。あたりを二匹の蝶《ちょう》が飛び歩いている。

ざっと部屋を片づけてベーコンエッグをつくった。朝食はこれにチーズとトマトを添えてすませた。そのあと下着数枚を揉《も》み洗いして窓際《まどぎわ》に干した。

庭を見下しながら今朝二杯目のコーヒーを飲んでいると、電話のベルが鳴った。

「昨日お会いした青柳《あおやぎ》だが」重苦しい声が言った。「至急お会いしたい。事務所までご足労願えないかな」

「あいにく出かけるところですがね」

「急ぐのだ。手間は取らせない」

「わたしも急いでいる」

「樋口君が死んだ」

「お気の毒です」

「殺されたんだ」

「わたしも従業員を殺された」

「犯人を挙げるのにきみの協力がいる」

「警察にお頼みになるがいい」

青柳の声が怒りに変った。「わたしをからかっているのか」

「からかってはいない。だがわたしは人の都合を無視するほど礼儀知らずじゃない」

「店を失ったきみにどんな用があるんだ」

「殺された従業員の父親が、遺骨を持ってきょう故郷《くに》に帰る。その見送りに行く」

口調が変った。「失礼した。突然の変事なのでこちらも大混乱をきたしているところだ。そのあとでいい。何時頃なら都合をつけてもらえる」

「午後遅くなら大丈夫です」

彼は承諾した。わたしは事務所の所在地と電話番号を聞いた。

徒歩で家を出た。路上に何台かの車を見かけたが、もう興味はない。誰がわたしの護衛であろうと、知ったことか。

用賀駅から新玉川線で渋谷へ出て、銀行へ行く。開店第一号の客となったわたしが定期預金の全額解約を申し出ると、上品に血相を変えた数人の男が詰め寄って来た。わたしは彼ら以上に血相を変え、時間がないんだと怒鳴り返した。そして銀行強盗を見送るような眼で二十分後に送り出された。誰もティッシュはくれなかった。

地下鉄経由で上野駅に着いたとき、十五番線ホームにもう山形行き特急が入線していた。マリーナから付き添ってきた運転手の木下と総務の船本が、いらいらしながらわたしを待っているところだった。

北原の父親はグリーン車の中程に、白布で包んだ骨箱を抱いて座っていた。座席に浅く腰かけ、初めて一人旅に出る子供のように緊張している。わたしを見ると中腰になって頭を下げた。

語るべきことは何もなかった。落着いたら墓参に行かせてもらうと言い、わたしは自分の手にたった三十分しか居つかなかった五百万円の金を彼に押しつけた。

「恥ずかしいがこれだけのことしかできないんです。ほかに何もしてあげられない」

北原は生命保険を掛けていなかった。マリーナの社員扱いで加入していた労災保険があるだけ。あと二百万円を越える本人の預金があるはずだが、通帳や印鑑が焼失したため、まだ引き出せなかった。ついに太平洋を越すことなく終ってしまった北原正幸の見果てぬ夢がこめられた金だ。しかし父親がその金を手にするときは相続税が課せられる。

アナウンスが出発を告げている。

わたしは後も見ずにホームへ引返した。船本が指さすので振り返ると、北原の父がよろめきながらデッキまで来ていた。

遺骨を抱え、金の入った封筒を握りしめたままだ。

顔が紅潮し、右手が激しくふるえていた。彼は重いものを背負うかのような恰好《かっこう》でわたしに頭を下げた。そして眼からぼろぼろと涙をこぼした。

ベルが鳴る。

マリーナから来たふたりが横に並んだ。

「渋谷さん」と彼は叫んだ。「わしは口惜《くや》しいです」

わたしも口惜しい。

老人をのけぞらせてドアが閉まった。

四囲を山に囲まれた郷里へ彼らは帰って行った。海の風が吹くこともないと聞いている。

8

上野駅でマリーナに帰る二人と別れると、わたしは山手線で浜松町に向かった。

昨夜からずっと樋口《ひぐち》がしようとしていたことを考えていた。彼はどこへ行くつもりだったかを言わなかったが、その口振りは目的地が都内かその近くであることを匂《にお》わせていた。あの時間帯から言っても東京湾の外ではあり得ない。相手は大型クルーザーである。どこかの施設へ預けてあるのが普通で、都内にも小規模のマリーナならいくつかある。自分で調べれば直接この眼で確かめることができると思った。浜松町の駅から徒歩で数分行った芝大門に藤村の経営する藤村スポーツがある。マニア向けの登山用品店に過ぎなかった小さな裏店《うらだな》が、十年たってみると表通りに進出して四階建のビルを持っていた。わずかばかりのマージン欲しさに企画した海外冒険旅行などというセットツアーが、知恵と力以外は過不足なく持ち合せている昨今の若者にばか受けして虚名を信用にまで引き上げてしまった。今では老舗《しにせ》という看板をかけたって、誰も疑いはしない店となった。

今朝は車が使えなかったため、藤村のところで借りるつもりだった。藤村には少々貸しがある。高校時代、母に代って帳簿づけをしていたせいで、わたしは少し簿記ができた。それで期末になると、空中から鳩《はと》でも取り出すみたいにして数字をでっちあげ、この手品を信じようとしない税務署と何度か渡り合った。その後初めて入社した経理担当女子社員を、藤村は半年で辞めさせてしまった。自分の姓を名乗らせるためだ。結局わたしは匙《さじ》を投げ、彼も経理事務所に正当な報酬を払う気になった。

藤村はいなかった。支店の開設準備で出かけているという。通勤に使っているゴルフは置いてあった。わたしは顔見知りの関口という古手社員からキイを借り、店を出た。

駐車場へ請け出しに行く前に書店へ寄り、マリン施設の一覧があるガイドブックを買った。都の区分地図と首っ引きでコースを決め、羽田付近から逆上ってくるつもりで出発した。

一時間後にはもう徒労に終りそうな空《むな》しさにとらわれていた。

羽田と平和島二ヵ所のマリーナを訪れた。いずれも現地へ着くなりむだ足だったと知れるような施設だった。マリーナと言うより小型ボートの錨地《びょうち》に過ぎない。しかも死んだように淀《よど》んでいる海さながらに活気がなかった。

三番目に訪れた港マリーナはまだましなほうだったろう。浜離宮の傍《かたわら》を流れる築地川に三十隻《せき》からのボートを浮べており、大型クルーザーが何隻か眼についた。しかし平日とはいえここにも人影はなく、船の舷側《げんそく》には水垢《みずあか》がつき、シートには水や埃《ほこり》がたまっている。

一隻だけ新しいヤマハのサロンクルーザーがあった。国産ボートでは最大級のクラスだ。船の名はキャスリーン。いつでも使える状態だと見た。わたしは河畔《かはん》に車を止め、テトラパック入り牛乳と菓子パンの昼食を取りながらしばらく眺めていた。感ずるものが何もなかった。ただの勘に過ぎないが、この手の船ではないような気がする。

足の速さからいっても、あの船は外国製の精悍《せいかん》なクルーザーだったに違いない。

晴海《はるみ》でさらに一軒見た後、江東区へ入ったときは二時を過ぎていた。

一般に都内のマリーナは規模が小さく、オープンスペースが極端に少ない。リゾート施設を持つところは皆無で、クラブハウスさえないところが大半だった。規模や収容能力を示すカタログの数字にもかなり誇張があり、駐車場の収容能力二十台というのがそこらの路上を計算に入れているとしか思えないものもある。

枝川町で見つけた首都マリーナは、公称数字が艇庫二十、陸置十、ポンド二十、駐車場十という収容能力で、外見からはほぼカタログ通りの小マリーナであることを思わせた。前面に一メートル足らずの低いコンクリート塀があり、引違いの鉄格子戸《てつごうし》が開け放してある。右手に艇庫と陸置場。陸置場にはセーリングクルーザー一隻とオープンデッキの小型ボート五隻が置いてある。どちらも廃船に近かった。左手が駐車場となってその左奥に平屋の事務所、整備場が棟続きに並んでいる。フォークリフトが一台放置してある。

海は正面にあった。と言っても黒く淀んだ掘割で、対岸は倉庫街の灰色の建物が隙《すき》間《ま》なく埋めている。護岸に切込みを入れたポンドの中央に栈橋が走り、十隻近い船が舫《もや》っていた。目についたクルーザーが二隻あった。

どちらもほぼ同じ三十フィートクラスの船体である。手前の船名はシークイン。背後の船はレギーネと読み取れた。ただスペルが英語ではないらしくこの読みには自信がない。

シークインの方はユニフライトのスポーツセダンだった。記憶に誤りがなければ二十八フィートの船体に五百馬力のエンジンを乗せている。胴がずんぐりと膨らみ、デッキを取り巻くガードレールが船尾まで巡らせてある。フライブリッジの庇《ひさし》に特徴があり、前から見るとマスクをしたミッキーマウスを連想させる。舷側に這《は》わせたブルーのラインは最近塗り直したもので、船齢は三年ぐらいだろう。アメリカ製の船である。

後の船には見覚えがなかった。やはりフライブリッジを持ったセダンタイプだが、ユニフライトに比べると船長がやや短い。胴づまりでブリッジの腰が少し高いため優美な感じはしない。フライブリッジの線がすっぱりと直線に切ってある。パイプのガードレールは水平に回してあった。全体的に見てごつごつした武骨な印象を与える船だ。船齢は五、六年になるらしく、白い船体もどこか薄汚れている。救命ブイだけが真っ赤に塗ってあった。

わたしは桟橋に降りて行った。どちらの船首にも、ものをぶつけたような痕跡《こんせき》はない。ただしあったとしても吃水下《きっすい》に沈んでいるはずだ。上半身裸の若者で、整備でもしているらしく汗と油にまみれていた。二十四、五歳だろう。どことなく北原を思わせる幼なさがあった。

「これは何という船かね」わたしは声をかけた。

「ユニフライトと言いますがね」若者は素っ気なく答えた。

「高いんだろうな」

「即金で七百万ならいつでも売りますよ」

「どういう人がこんな船を持ってるのかな」

「これはうちの船ですよ」

「おたくのだね」

「いいや、うちの自前の船ってこと。クルージングやトローリングの会員を募集して乗っけるんですよ。船は持ってないけど、トローリングをしてみたい人間はけっこういるんです」

「なるほどね、面白い商売だ。いくらだい」

「人数にもよりますがね。日帰りで二、三万ですか」

「それで、釣れるかい」

若者は歯を見せてニヤッと笑った。「まあ期待しないほうがいいね」

「正直でいいな」つられてわたしも笑った。

「この前海に出たのはいつだった」

「日曜日じゃなかったかな。大島まで行って来ましたよ。六人の客を乗せて、鯖《さば》が二匹とまな鰹《がつお》が一匹釣れた」

わたしが襲われた前日のことだ。

後の船を指さして聞いた。「こっちは何という船かね」

「トーリィクラフトですか。そいつはだめだよ、別に持主がいるから」

「持主は」

「どっかの会社ですよ。こんな船、自前で持ってちゃ金がいくらあっても足りませんよ」

「だいぶ使い込まれているみたいだ」

「そうでもないですよ。最近使ったのを見たことないね。接待も最近はゴルフの方が安上りだからね」

ある嘲《あざけ》りをこめて若者は言った。わたしは礼を言って引き返した。

事務所をのぞくと若い女がひとり座っていた。二十歳前後で紺の事務服を着ている。化粧が薄く頭はウルフヘア、頬にはニキビがいくつかあった。けっして美人ではないがまだ多分にあどけなく、若さの持つまぶしさのようなものがからだ全体から発散していた。彼女は無心に爪《つめ》を磨いていた。

「ちょっとおうかがいしたいんだが」だしぬけに言った。この場合、彼女が狼狽《ろうばい》してくれるほうがありがたかった。

「おたくはトローリング教室をやってますね」

「はい。あの、お申込みでしょうか」

「いや、そうじゃないんだ。七六年の五月にね、大島沖で日本トローリング協会の大会が開かれたときに、おたくからも参加してもらったんですよ。シークインと、それからあれはレギーネと読むのかな、確か二隻が参加してくれたと思うけど調べてくれませんか」

「私、その頃はまだここにいなかったんですが」娘はおずおずと言った。

「いや、帳簿を見てくれたらわかりますよ。営業日誌かなにかあるでしょう」

「あの、どちら様ですか」

「日本トローリング協会です。先日案内を差し上げたはずですが、第二回全国大会をこの九月に開く予定でしてね。ただ当方の手落ちで第一回大会の記録が残ってないんですよ。それでわたしがこうして再チェックに回っているわけですが」

彼女はそれを見つけるのに数分かかった。

「五月の何日ですか」やっと見つけたらしい。

「九日です」

「ないみたいですけど」

「おかしいな。たしかおたくからも参加者があったはずだが」

「でも、五月の九日には船はひとつも出ていません」彼女は前後の日付けを再確認して言った。

「ひょっとすると前日に出発していませんか」

「いえ、五月は七日も八日も何も記録してありません」

「どれどれ、ちょっと見せてください」

娘の差し出す帳簿をカウンター越しにのぞき込もうとしたときだ。奥に通じるドアが開き、背の高い男が出て来た。

上がランニング、下がバミューダショーツというでたちで、シャワーでも浴びていたか、水のしたたる頭にスポーツタオルをひっかけていた。男は無表情にわたしを見た。骨太な体格だが肉付きはさほどでもなく、腕には青く静脈が浮き出していた。眉《まゆ》が薄くて眉間《みけん》が狭い。顎《あご》には毛がちらほらとしかなかった。年齢は三十か、それより一つ二つ下。唇は終始半開きで、呼吸するたびに咽《のど》がかすかに鳴った。

「お客さんかね」

と、どちらに言うともなく言った。

「はい、あの、ちょっと」

女事務員はうろたえ、男が帳簿を見咎《みとが》めた。

「その帳簿をどうするんだ」

「いや、ちょっと尋ねたいことがあって来た者だ。彼女を叱《しか》らないでくれないか」わたしは言った。

「あんたは誰だ」

「先週ボートの衝突事故が相模《さがみ》湾であった。それを調べている」

「警察じゃないな。二、三日前にそんな問合せがあったばかりだぞ」

「わたしは当て逃げをされたほうの人間だ。自分でそれを調べている」

「うちの船じゃないぜ。うちにはそんな無謀運転をする人間や、当て逃げをするような悪質な客はいない。第一その日は、ボートは一隻も出ていないんだ」

「それをいま聞いたところだ。どうもありがとう。彼女を叱らないでくれるかね」

「それで、なにかい、自分のボートを沈められたのか」

「そうだ」

ヘッと、男は人を小馬鹿《こばか》にした態度で言った。「最近は海にもろくなやつがいないな」

「まったくだ」

娘は固い表情で自分の机に座っていた。眼にわたしの姿など入っていない。ひどく後ろめたい気持で首都マリーナを後にした。すらすらと嘘《うそ》の言えた自分に嫌悪感《けんおかん》を感じた。探偵稼業《かぎょう》などわたしには向かない。

三時半に浜松町へ戻った。車を返し、藤村の店へ行く。店へ入るなり、見知らぬ店員が揉《も》み手《で》をしながらすり寄って来た。この店に来るたびわたしの知らぬ人間がふえてくる。

四階の事務室に上ると、藤村が足を机に投げ出して電話をかけていた。他に社員が二人と、ダイレクトメールの発送作業をしている学生アルバイトが三人。藤村はわたしを見ると、休眠中のじゃがいもが芽を出したようなウインクをした。

男爵芋《だんしやく》のような藤村の顔は、学生時代と全然変らなかった。ただし今では、金と赤で刺繍《ししゅう》をした得体の知れないワッペンつき紺ブレザーを着ている。シャツがえんじで幅広のネクタイが小豆色、ズボンが明るいベージュ色だ。馬子にも衣裳《いしょう》というが、彼を見るたび馬子を選び損ねた衣裳に同情したくなる。

藤村が社長室を指さすので、わたしは彼の部屋に入って待った。机の上に三檣《さんしょう》式の軍艦がそっくり返って帆走しているポスターのラフコンテがのっかっている。前方には岩だらけの孤島。コピーに曰《いわ》く『反乱する若者は南を目指す』。全体の文脈から察すると、この船は戦艦バウンティ号ということになるらしい。

「何だい、こいつは」

藤村が入ってくるなりわたしは言った。

「ちょうどいい。講師の身分で行ってみないか。あごあし付きで招待するが」

「本気でピトケアン島まで押しかけるつもりか」

「商売とあればどこへでも行くさ」

「ようやるわ。誰がこんなうろんな商売を思いつくんだ」

「しかし、まじな話だぜ。この秋、二十日ほど身体《からだ》を貸せよ」

「やだね。ホエブスやメタがなきゃ、めしも炊《た》けないような若造のお守りはまっぴらだ」

藤村はにやにや笑ってわたしの肩を小突いた。「もっと参ってるかと思ったが、そうでもないな。けっこうだ。もう片付いたのか」

「そうでもない。これからが残務整理で大変だ」

藤村に事務室の方へ電話が入った。知らん、と彼は大声で叫んだ。当分留守だぞ、といってドアを閉めた。

「まったく、糞《くそ》もおちおちひらしてくれない」

「けっこう板についてきたぜ」

「慣れだよ、慣れ。商売なんて要領さえわかればあとは同じだよ。こんなツアーはもう道楽みたいなもんでな、おれの欲求不満を発散させるためにやってるようなもんだ」

藤村スポーツは、シーズンオフの徹底した現金仕入れであてた。スキー用品などはシーズン終了直後に売れ残りを七、八割引きで買い叩《たた》く。夏に大バーゲンセールと銘打って、五、六割引きで売り捌《さば》くのである。今ではどこでもやっていることだが、そこにいち早く眼をつけたところに藤村の商才があった。

彼は言った。「いま新宿に支店を出す準備をしているのよ。頃合いの物件がひとつあって、市場調査をしているとこだ。三光町の交差点横だがね、月末までには契約するつもりだ。そこでだ、真面目《まじめ》な話だが、おまえさんこれからどうする」

「わからん、まだ決めかねている」

「いい加減に意地を張るのはよせ。やめたほうがいいよ。おまえさんには向かない」

「誰も、向いていると言ってくれるやつがいない」自嘲《じちょう》気味に言ったが彼はにこりともしなかった。

「どうだい、おれと一緒にやらないか。新宿の店を見てもらいたいんだ」

「おれには客商売はむりだ」

「店に出る必要はないさ。全体を見てくれたらいいんだ。べつにおためごかしで言ってるんじゃないぜ。相棒が欲しいんだ。おれにブレーキをかけてくれる人間が必要なんだよ。こう見えても、しょっちゅう損もしてるんだ。今年のモスクワオリンピックなどもいい例だ。そんなとき、何よりも相談する相手が欲しい」

出前のコーヒーが届いた。

間を取ったあとでわたしは言った。「ありがたい話だとは思うが、じつは田舎に帰ろうかと思っている。おふくろも年を取ったし、帰ってもらいたがっている。ここらが潮時かも知れんと思うのだ」

「旅館をやってるとか言ったな」

そうだ、とうなずく。

「そういえば、おまえは一人息子だったよなあ」

彼は身を起して言い、わたしたちは黙ってコーヒーをすすった。

「そうか、いよいよおまえも田舎に引っ込むか。みんないなくなる」

「止《や》むを得ん。いずれ帰ってやらなければならない」

「くそ、だんだん淋《さび》しくなるばかりだ」

藤村とはもう二十年のつき合いだ。共に行動しなくなってからのほうが時間は長いが、意識だけはいまも分け合っている。他にもいなかったわけではない。ただひとり去りふたり去り、気がつくと普段顔を合わせる人間はめっきり少なくなっていた。

「それで、彼女をどうするんだ」

藤村が突然言った。わたしは思わず口ごもった。

「何だい、何もないのか」

「何もないさ」

「おかしいな。おまえたちはどうして一緒にならないんだろうと、誰かが言っていたように思うが。高梨《たかなし》は嫉妬《しっと》していたって言うぜ」

わたしは秘《ひそ》かに赤面した。直情型の藤村は早くから高梨とは反りが合わなくなっていた。順子との交渉は「かわの」を通じてからのほうが多かったはずだ。しかし高梨がわたしを嫉妬していたことは、周囲の連中はみんな気づいていた。ひとりわたしだけが知らなかった。今でも思い返すたび、その事実があの氷棚に降った雪のように、冷え冷えと身を凍らせてくる。

「そうだ。今夜あたり『かわの』へ行ってみないか。マスターも呼んで、みんなでめしを食いに行こう。おまえの厄払いだ」

「だめだ、もう一件用が残っている」

「なに、おれも遅いほうがいいんだ。そっちの用がすんだら電話をくれよ。マスターにはおれのほうから連絡しておく。いいかい、すっぽかしたり、抜け駆けをしたりするなよ」

にやにや笑って彼は言った。

「何か魂胆《こんたん》がありそうだな。彼女にへんなことを言うと承知しないぞ」とわたし。

「よせよ、騒いでうさ晴らしをしたいだけだ。最近おれは欲求不満なんだ」

だが彼はそのあと事務室の中で、一時流行《はや》った順子という歌の節をこれ見よがしに口ずさみはじめた。わたしは彼を蹴《け》とばしてから外へ出た。

タクシーを拾うつもりで増上寺の手前で道路端に立つと、白っぽい車が来て止まった。

「乗れよ。お待ちかねなんだぜ」

と不機嫌で、さもしそうな眼つきをした男が押しつけがましい口調で言った。昨夜帰宅時にわたしをつけていた男だ。丸子橋の手前で撒《ま》かれたのを、根に持っている態度が露骨にうかがえた。

わたしは前の助手席に乗り込んだ。

「そうか、やはり今日も尾行つきだったのか」

「探偵ごっこはやめてもらいたいな。手がかかってかなわん」

男は冷笑を浮べて言った。

9

彼らのオフィスは神谷町の高台にある古ぼけた三階建のビルだった。玄関のプレートに日米学際協力振興会も含めて三つの表示が出ていた。すべて英文でルビに日本語が振ってある。

いやに姿勢の正しい守衛に用件を告げると、待合室兼用のロビーで十分ほど待たされた。壁に留学生募集の掲示が貼《は》ってあった。ほとんど人の出入りがなく、猛烈な早さでタイプを打っている音だけがずっと聞えていた。しかしわたしが二階に呼ばれる寸前に七、八人の男が外へ一度に出て行った。この間白人は二人しか見かけなかった。通された部屋は、煙草《たばこ》と肺ガンの因果関係を否定する秘密集会がいま終ったといわんばかりの趣きだった。会議用テーブルには三つの灰皿が山のように盛り上り、それでは足りなくて一部は床の上で踏み潰《つぶ》されている。すえた匂《にお》いがこもっていた。その痕跡《こんせき》を消そうと、ＧＥのクーラーが換気にやっきとなっているところだった。

部屋はありふれた事務室で、会議用テーブルの他には両袖《りようそで》机が一つあるだけ。そこに上体をもたせかけるようにして青柳《あおやぎ》が座っていた。肘当《ひじあ》てのついた会議用の椅子《いす》にシュタイン。彼も足を出して、椅子の背に深くもたれている。彼らの顔はどす黒く、疲労と倦怠感《けんたいかん》を全身から発散させながら眼だけを光らせていた。

青柳は無言でわたしに椅子をすすめ、自分はしわくちゃになったハンカチを取り出すと不快そうな表情で首筋の汗を拭《ぬぐ》った。

「コーヒーを三つ」彼は机の上にあるインタホンのボタンを押して命じた。「それからしばらく、緊急以外の連絡は遠慮してくれ」

イエス、と事務的な女の声が答えた。

「ご覧の通りだ」青柳は投げやりな口調でわたしに言った。「客を迎えるのに礼を尽せる時ではないんでね。挨拶《あいさつ》抜きで話をすすめさせてもらうよ。用件はおわかりだろう。昨夜の話を聞きたい。樋口《ひぐち》君に会ったね」

「そう、わたしのアパートまで来た」

「そうではない。夜半の話だ」

「会っていない」

「渋谷君」青柳は苛立《いらだ》ちの声をあげた。「場合が場合だ。正直に言ってもらいたい」

「会わなかったのだ」わたしは言った。「会う約束があったことは認める。しかし彼のマンションを見つけ出せなかった。それで彼に電話して、外で会うことに変えた。彼はそこへ行く途中に死んだ」

「なぜ尾行を撒いた」

「彼に撒いてくれと頼まれた」

「おかしな話だ。これまで全く非協力的だったきみが、突如として協力的になるとはね」

「買収されたんだ」

「買収？」

「そう、めしを奢《おご》ってやると言った」

「車のトランクに、バスタオルや水中用のライト、水中眼鏡などがあった」

「そんなコレクションをしていたとは聞いていない」

「樋口君は水泳パンツをはいていたんだ」

「脱ぎ忘れたんだろう」

彼は絶句した。怒りで唇が震え、女のような白い手を握りしめた。

「わたしを愚弄《ぐろう》するつもりか。きょう一日、都内をうろついていたのは何のためだ。きみの前に土下座して、どうぞ協力してくださいと言わなければならないのか」

「知らないものは知らない」わたしは負けずに声を張り上げた。「何と答えたら納得してくれるんだ。よろしいか。わたしはほんの一週間前まで、あんたたちとは何の関係もない湘南《しょうなん》のけちなボート屋に過ぎなかった」

「それはわかっている。局面が予想外の方向へ急展開したため、われわれとしてもその対応に苦しんでいるところだ。それをまず理解してもらいたい。むろんきみの立場には同情する。だがいまは、個人的な問題は抜きにして話し合いたいのだ」

「そうはいかない。そちらがカードを伏せたままで、わたしにだけ手の内を晒《さら》せと言われてもごめんだ」

青柳はややたじろいだ。「樋口君から何も聞いていないのか」

「四年前の、水兵の遭難事件と関係がありそうなことだけは匂わせた。しかしそんなことはどうだっていい。一方的にプライベートな問題を詮索《せんさく》されたり、護衛と称して四六時中見張られたりするのがたまらなく不愉快だ。囮《おとり》なら囮だとはっきり言ってくれ。わたしが必要なら端的にその理由を言えばよい。協力できるものなら協力する」

「もっともだ。言葉が足りなくて誤解させたようだ。きょうはすべてを話すつもりできみを呼んでいる。そのうえで協力を仰ぐ。これでどうだね」

「いいだろう」わたしは答えた。「樋口君は昨夜遅く、心当りのボートを見つけたので一緒に行ってくれと言ってきたのだ。わたしは断ったが、彼は敵の動きがおかしいから、どうしても今夜中に確かめたいと言った。それで結局承諾した。それがどこか、電話では場所までは教えてくれなかった。しかし少し泳いでもらうという言い方をした。尾行を撒いたのは、まだ内密にしておきたいので、今夜は二人だけの問題にしておこうということだったからだ。あとはいま述べた通り、彼とは会わずじまいだった。わたしは爆発音を聞き、最初に現場へ駆けつけただけだ。きょう都内をうろついたのは、あの時間から出かける所と言えば、都内かその近辺だろうと思ったので、自分で調べてみるつもりだったからだ。しかし、収穫があったとは言えない。その点は尾行員にお聞きになるがいい」

「最初に現場へ駆けつけたというのは、きみがすぐ近くにいたと考えていいのかな」

「確かに近くだった。わたしが自分のいる位置を確認できなかっただけで、数分と距離は離れていなかった」

「きみが着いたとき、樋口君は絶望的な状況だったのかね」

「火に包まれていて、とても手がつけられなかった」

「わかった。何でもいいが、怪しい車とか、不審な人間とか、その前後に見かけたものはないかね」

「わたしは他人をそのような眼で見る訓練を積んでいない」

彼は納得した。百パーセント信じたとは見えなかったけれど。

「樋口君は非常に用心深い男だった。敵に不意を襲われることなど、あり得ないような男だった」

「だが昨夜は少し冷静さを欠いているように見えた。興奮している感じだった」

「功にはやるような男じゃなかったんだが」

青柳はつぶやくように言い、サイドテーブルに置いてあった湯呑《ゆの》みを引き寄せると、眼を落として一口すすった。あとしばらく、両手で湯呑みを抱え持って眺めていた。自慢の茶器を自分の不注意で欠いてしまったといった眼つきだった。

「樋口君は全部を自分の頭に入れて、証拠になるものはメモ一枚残さないような男だった。それが今回、捜査の大きな壁になっているのだ。どんな人間を使っていたか、末端の情報提供者にどんな人間がいるか、われわれには皆目《かいもく》わからない。だいたい、そんなことは問題にしたこともないのだ。結果さえよければすべてよしというのがわれわれの世界でね」

そのとき、コーヒーが届いて話が中断した。運んで来たのは髪をひっつめにした三十過ぎの日本女性で、度の強そうな眼鏡をかけていた。コーヒーは喫茶店のカップに入り、別に大皿に盛ったサンドイッチがついてきた。ラップで包んである。

「どうかね」青柳がわたしたち二人にすすめた。シュタインはうんざりした顔で首を振った。わたしは今夜の藤村との約束を思い出して首を振った。どうせ勘定は藤村持ちだ。彼の財布を軽くするほうがまだ気持がいい。

「気をきかせるならもっと別なものを頼んでくれればいいのに」と青柳も苦笑して言った。

「今日一日こればっかり食っとるのだ」

彼はコーヒーには形式程度しか口をつけなかった。日本茶党なのだろう。盆に急須《きゅうす》、茶筒などが用意してあり、後の窓際《まどぎわ》には花柄つきのポットが置いてあった。

シュタインはコーヒーを二口ばかり飲むと肩で息をした。今日は上着なしでシャツの袖をまくっている。テーブルの上に置いてあったラークをくわえ、ライターで火をつけた。そのライターを音のしないようテーブルに戻した。傍観者的立場を最初からずっと守っていた。

「今度はこちらが話す番だな」

いくらか元気を回復した声で青柳が言った。顔には微笑を浮べていた。

「きみはわれわれをどのように見ている」

「普段の付き合いはしたくない」

「みな、きみと同じ人間だよ。それぞれ個人的な悩みを持ち、生活上の問題を抱えている。情報の収集と分析に従事しているだけで、いわゆるスパイではない」

「世間ではそういう仕事をスパイと呼んでいる」

「通常の社会活動だよ。高度に専門化し、組織化されているだけだ」

「通常の社会活動なら、死人が出たり、家が焼かれたりはしない」

彼は動じなかった。むしろ積極的にうなずく姿勢を示した。

「これはビジネスなのだよ。純粋なビジネスだ。われわれの仕事の対象が、国家に照準を合わせていると言うに過ぎない。合法だとか、非合法だとか、情報活動にはそのような明確な区別をつけにくい部分もあるのだ。モラルの問題ではないということだな。必要なことがあればやる、それだけだ。国家という複合の組織体は、自分を相手より常に有利な立場に置かなければならない宿命を負っている。そのために全機能を常にフル回転させていなければ国としての地盤は低下する。相手とのバランスが取れて初めて平和が維持されるわけだ」

「パックス・アメリカーナだな」

「むろん中小国の問題ではない。だが大国は、多くの中小国に対して責任を負っているという点で、この命題を放棄するわけにもいかないのだ。まあここできみと国家論を闘わせるつもりはないが、問題はいまの社会が国家に対してそのような忠誠を尽せなくなっていることだ。早い話、祖国、同胞といった言葉など、いまどきの青年には死語同然になってしまった。国家とはたまたま彼が生まれ落ちたところ、あるいは現に自分が住んでいるテリトリーの一つに過ぎなくなっている。これは絶対的価値観というものを失ってしまった社会の責任にはちがいないが、かといって国境の存在を、自己のほしいままに自由への拘束と受け取る人間がふえてくるのも困るのだ。国家の存在基盤を危くするだけだからな」

「わたしは非常に結構なことだと思うがね」

「わかっている」彼は手で制して言った。「きみの言わんとしていることは理想論だ。だが国家の対立というのは、現実には利害関係の対立なのだよ。複雑な利害関係がからまる以上、人類はみな兄弟と言える日など永遠に来ない。ところがその一方で、現実を認識せず、国家に何の価値基準も置かない人間がどんどんふえている。悪《あ》しき個人主義の横行と言ってもいいかな。いまや世界各国とも、この手の人間の対策に手を焼いているのが現状なのだ。それは日本やアメリカだけでなく、ソ連や中国でも同じなのだ。まあこれは、一種の前置きだと思ってもらっていいが」

青柳は小さな咳《せき》をすると茶を口に含んだ。

「六年ほど前のことになる。モスクワ在住のあるアメリカ人が、街で一人の青年に声をかけられた。ソ連の若者が、相手をアメリカ人と知ったうえで接近して来たのだ。それ自体は別に珍しいことではない。ソ連にだってドル買いもいればポン引きもいる。だが彼は何も売りつけはしなかったし、買いたいとも申し出なかった。自由社会への漠然とした憧《あこが》れ、あるいは現実に対する不満が、アメリカ人を眼にして何気なく声をかけさせただけかもしれない。ところが幸か不幸か、このアメリカ人は大使館の海軍武官で、表向きの肩書き以外の任務を持った人物だった。彼はこの青年に非常な興味を持った。その人物像にではなく、彼の職業と職務にだ。つまり彼は空軍士官だったのだな。相手に利用価値があると見た場合、徹底的に利用しようとするのは情報活動の常道でね、アメリカは国を挙げてこの若者を利用しようとした。また現に利用した。われわれはこの青年をベレンコ中尉《ちゅうい》の名で知っている。ミグ25で函館へ亡命して来た男だ」

彼はわたしの反応をうかがった。期待するほど驚いてやれない。わたしには対象が遠すぎる。

「ベレンコ中尉の強行着陸は、自主的な亡命だということになっている。むろんそれは彼の意志であったにはちがいないものの、半分はアメリカにそそのかされたものだ。お土産が最新鋭戦闘機ミグ25というわけだな。ソ連の戦闘能力を知ることが最大の目的であるアメリカにとって、ミグ25くらい恰好《かっこう》の贈物はないことは容易に想像がつくだろう。ミグの性能を解明すれば、その戦闘能力を無力化することができるし、それ以上の戦闘機を作り出すこともできる。だいたい敵の実物が手に入ることぐらい関係者にとって喜ばしいものはないのだよ。いい例が先の太平洋戦争だ。開戦当時の日米の戦闘機には、優に五年の開きがあるといわれたくらい性能に差があった。それくらいゼロ戦は優れていた。それがわずか二年足らずで逆転したのは、単に工業力の差だけではない。アリューシャン列島のアクタン島に不時着していた無傷のゼロ戦を米軍が手に入れたからだ。米軍はこれを徹底的に調査し、テスト飛行だけでも五十回以上という分析を試みてゼロ戦の性能を完全に手の内に入れてしまった。ゼロ・ファイターが丸裸にされたとき、日本の制空権はもはや時間の問題でしかなかったんだな。で、今回のアメリカも、それと同じことを狙《ねら》ってベレンコとの接触をつづけていた。彼が極東勤務になったのは、その狙いをさらに現実的なものにさせた。私の言っている意味がわかるかね。つまりアメリカはベレンコ中尉をミグ25ごと極秘で亡命させ、その事実は世界の誰にも知られないはずだった。にぎにぎしく函館入りさせるつもりは毛頭なかったし、機体をソ連に返すつもりはなかったということだな。むずかしいことではない。空母にミグを着艦させ、素早く収納すればそれですむことだ。ソ連とすればベレンコ中尉は沿海州のどこかに墜落したと思うほかないだろうし、よしんばそのとき北太平洋で行動中の第七艦隊に疑惑を持ったにせよ、それを確かめる方法はない。アメリカが口をつぐんでいる限り米ソ関係にも響かない。アイデアとしてはまことに絶妙であったわけだ、うまく成功していたらの話だが。ところで一つだけ問題があった。ベレンコ中尉に空母着艦の経験がないことと、ミグが艦載機でないことだ。ふつう艦載機には機体後部にかぎ型のフックがついている。一方空母の甲板にはアレステイング・ワイヤーが張られていて、航空機が着艦するとフックにこのワイヤーがひっかかって強制的に停止させる仕組になっている。ミグにはフックもない。そこでアメリカ海軍は、ミグ収容用の特殊なネットを考案した。一種の網のようなものだったらしい。とにかくミグの機体が甲板に触れさえすれば、安全、かつ確実に捕捉《ほそく》できる装置だと思えばよい。空母への着艦は、あれで発進よりはるかに簡単なのだそうだ。五メートルぐらいの高さで接近して、甲板内に入るとエンジンスイッチをオフにする。すると機体が瞬間的に落下してワイヤーに引っかかる。それだけだそうだよ。とにかく米軍はそのテストを南シナ海で何度も繰り返した。そして準備万端整ったところで、彼らは母港の横須賀港に帰って来た。それが七六年五月六日のことだ」

少し対象が近づいてきた。わたしがうなずくと、青柳《あおやぎ》は唇を湿してつづけた。

「ここで一人の水兵が登場する。名前はどうだっていいが、仮りにジョーンズとしておこう。第七艦隊の空母ミッドウェイに乗り組んでいる二十三歳の二等水兵だ。当局にはソ連側への協力者として知られていた。彼と接触していたのは日本人で、これもわかっている。いわば当局周知の泳がされていたスパイということになる。ジョーンズには思想的背景はなく、軍のことをしゃべると小遣銭になる内職を一つ余分に持っていたという程度の男に過ぎない。もちろん彼を排除するのは簡単だが、そうすればほかの水兵がひっかかることは眼に見えている。ジョーンズはただの甲板員であって、彼が持ち出せる情報といえば、どこの軍艦年鑑にも載っている程度の代物《しろもの》にすぎない。監視つきで泳がしておくほうが、まだ実害が少ないというわけだな。軍のような膨大な組織の中には、この種の人間が何人かいるものなのだよ。ただ、今回ばかりは少し具合が悪い。改良の余地がないワイヤーを差しおいて妙なネットのテストなどすれば、甲板員にだって特殊目的で使用されることぐらいわかる。通報されれば当然ソ連の疑惑を高めるだろう。ここはどうあってもジョーンズを排除しておく必要があった。そこで海軍はこのテストを開始する前の三月に、抜打ち的な人事異動を行なってジョーンズ二等水兵を第七艦隊の旗艦オクラホマシティに転属させた。カモフラージュ用に無関係の水兵や下士官が何人か同時に動かされている。しかし巡洋艦オクラホマシティもミッドウェイと行動を共にしており、やはり五月六日、横須賀に入港した。翌七日、水兵の外出許可が出てジョーンズは上陸した。CICという米軍内の対敵情報部の尾行つきだ。その日は横須賀市内の日本女性のところで一泊したのが判明している。だが翌日、尾行員は横浜市内で彼の姿を見失った。うまく撒《ま》かれたのだ。ジョーンズがそのつぎに発見されたのは、五月十八日。逗子《ずし》湾一帯で水兵の水死体がつぎつぎと上がって、日本中が大騒ぎを始めたさなかだった。十八日に鎌倉の由比《ゆい》ケ浜《はま》にあがった最後の四人目の水死体が彼だ」

青柳はここでわたしの言葉を待った。うなずき返すだけにして、黙っていた。彼らが絶えずこちらの表情をうかがっている以上、意地でも無関心を装《よそお》うとするものがわたしの中にある。

「彼らが全員死んでいるのでこれから先は推測だが、初めに発見された三人の水兵は、いずれも空母ミッドウェイの乗組員で、ジョーンズ二等水兵とは交友があった。そのうちマクガイア二等航空兵という男は、ジョーンズの意を受け継いでいたのではないかと思われるふしがある。つまりこの二人がしめし合せて逗子で落合おうとしたもので、残り二名は誘い出されて巻き添えをくったものだ。当局もジョーンズが、ミッドウェイに新しい内通者を残していることは十分考えていたものの、この段階では誰かまだわかっていなかった。ジョーンズさえマークしておけばよいと考えたのが、まず第一の誤算だ。そしてジョーンズが尾行を撒き、まったく予想もしなかった逗子へ現われたのが第二の誤算。完全に裏をかかれたわけだからな。その日、つまり五月九日の夜、彼らがどのような方法で接触し、その後何が起こったかは想像できない。マクガイア航空兵ら三人が逗子の海岸をうろついていたところや、夕方ボートに乗って海上に漕《こ》ぎ出したところは、目撃した証言がいくつもある。しかしジョーンズらしい人物を見たという信頼できる情報はついに得られなかった。その足取り、死、すべて謎《なぞ》だ」

「彼らは殺されたのか」わたしは言った。

「多分ね。あるいは、事故であったかもしれない。なぜならソ連側が、このような形で協力者を抹殺してしまうことなど、普通はあり得ないからだ。そんなことをすれば協力する者などいなくなってしまう。ただこの四人が夜の逗子湾で落合い、その死にモーターボートが関係していたことは間違いない。きみに対する仕組まれた事故でやっと判明したことだがね。樋口《ひぐち》君はそのように言わなかったかな」

「確かに、彼もそのような意見だった」

「きみはその日、何をしていた」

「ごく平凡な一日だった。心当りになるようなものは何もない」

「その日、海に出たという記憶は」

「出ていない。一日中陸にいた」

「ちょっと」シュタインが口を出した。「こういうことは考えられませんか。事件の真相に関係のある何かを、あなたが知っている。あなたが気づいているかいないかは別です。恐らく気づいていないことだと思うが、それゆえにあなたは今日まで見逃してもらうことができた。ところがそこへ、突然わたしと樋口君とが訪ねて行った。彼らはにわかに身の危険を感じ、あなたの口を塞《ふさ》ごうとした」

「そんなところでしょう。樋口君も同じことを言いました」

「これでわかったろう。きみの相手はＫＧＢ、ソ連国家保安委員会なのだよ。きみ個人で立ち向える相手ではない」青柳が言った。

「そして、あなた方はＣＩＡなのか」

「それ以上の存在だと思ってくれていい。シュタイン氏がアメリカなら、私は日本の立場を代表している。だがこの問題は後回しにして、さっきの話をつづけると、米軍が必死になってジョーンズの捜索を行なっているころ、当人たちはとっくに死んでいたわけだ。むろんそのときはまだそんなことは知らない。ジョーンズの失踪《しっそう》が今回のミグ捕獲作戦と関係がありそうだと知って、彼らは大いにあわてた。ところが愚かにも、海軍はあくまでも独力で解決をはかろうとしたんだ。この作戦自体がＣＩＡの対抗組織にあたるＤＩＡという軍情報部の独断行為でね、セクショナリズムの弊害がもっとも悪い結果となって表われたことになる。われわれが事件の全容を知らされ、協力態勢を敷いたときはもう遅かったのだ。ＤＩＡ、つまり国際情報局は陸海空三軍を統括した情報機関で、ＣＩＣ、ＮＩＳなどの海軍機関はその下部組織ということになる。職務の性格上メンバーに日本人は加わっていない。だから隠密に市中活動ができるわけもないのだ。明らかにＣＩＣのメンバーと思われる白人が血眼になって動き始めれば、いやでもソ連諜報《ちょうほう》機関の眼に止まる。事実ソ連は、すぐに米海軍の異様な動きに気づいた。不審に思ったのだろう、牽制策《けんせいさく》に出た。何のために動き回っているか、こちらはちゃんと知っているんだぞ、と思わせる一種の駆引きだな。こういう場合一番いい方法というのは事件を隠すことではなく、むしろ明るみに出して、日本国民を大騒ぎさせることなんだよ。ソ連がやったのもまさにそれだった。マチェーヒンというノーボスチ通信のソ連記者が、スパイ容疑で日本の警察に逮捕されたのを覚えているだろう」

わたしは首を傾《かし》げた。言われてみればそんなスパイ事件もあった。しかし米水兵事件とつながったかたちでは記憶に残っていない。スパイ騒ぎを面白がるよりも、急速に冷えていくボートブームに右往左往していた時代だ。

「マチェーヒンのスパイ容疑は、日本の警察が独力で捜査したことになっているが、実は警視庁に密告電話があって初めてわかった事実だ。電話のあったのが、海軍が大がかりなジョーンズ捜索態勢を敷いた翌日の五月十日夜だ。警察がマチェーヒンを逮捕したのが十二日、マスコミがトップで報道したのが十四日。水兵の死体があがりはじめたのが翌十五日からで、これは十八日までつづいた。どうかね、まさに絶妙のタイミングとなって日本中が沸いたのだ。ソ連はマチェーヒンという取るに足りないスケープゴートを差し出すことで、まんまとアメリカの動きを封じたのだよ。当時の日本中の新聞や雑誌が、スパイもの一色で塗りつぶされていたことを思い出さんかね。一人一人がみんなにわか探偵になったのだ。だいたい情報機関に従事している者にとって、情報量の少なさというものはそう悲しむべき問題でもないのだ。事実は逆で情報量が多いことぐらい泣かされるものはない。たとえば三人の水兵が逗子の海岸をうろついていたことがわかって以来、いったいどれほどの情報や証言が寄せられたと思うかね。市民の証言を鵜呑《うの》みにすると、あの日だけで四十人からのアメリカ兵が逗子近辺をうろついていた計算になるのだ。証言内容もじつにさまざまでね、海兵隊一個師団があの浜へ敵前上陸をしたという証言が飛び出してきても、われわれはもう驚きはしなかったと思うね。こうしてソ連側の思う壺《つぼ》にはまったんだよ。アメリカ側は水死事件の真相を突き止められなかったばかりか、疑心暗鬼に陥って、ついにはこの作戦そのものまで延期せざるを得なくなった。これはあとでわかったことだが、ソ連はベレンコ中尉の亡命計画には気づいていなかった。アメリカの方で勝手に自信をなくし、決行をためらったというのが真相だ。ところがベレンコはそれが待てなかった。

延期になったことで自分の身に危険が迫ったのではないかと疑い、恐怖にかられてやみくもに単独亡命してきたのだ。それが四ヵ月後、九月のできごとになる」

「話がわたしの住む世界とあまりに違いすぎてピンとこない」

「そうだろう。われわれとしては、きみがこの事件とどこかでつながっていることがわかって、正直のところ驚いているのだ。本当ならもうきみから手を引きたいところだよ。きみの力を借りたいと思ったから接近したのであって、それも極秘ですすめたかった。だがこうなってはもう仕方がない。再考できる余裕がないのだ。今となってはきみの力を借りる以外にないという結論に達した。それで今日、こうして来てもらった」

「ずいぶん断定的なものの言い方だな。わたしが引き受けると決めてかかっている」

「断わらんよ」青柳はにこりともしない顔で言った。

「ビジネスだと言ってある。きみには有利なビジネスだ」

「だが恐らく、汚くて、いやな仕事だ」

彼は静かに首を振った。「人を一人運び出すだけだ」

「どこから」

「もちろんソ連だ」

シュタインが軽く合図して部屋を出て行った。一分後にクラフト紙の袋を手に戻って来た。失礼、と言って彼は元の席についた。

10

すでに夜となっている。

青柳が言った。「何度も言うように、われわれは互いに欺《だま》し合い、相手の鼻をあかしながらバランスを保っている。西側に亡命を希望する人間がいて、しかも本人に利用価値があれば喜んで手を貸す。ベレンコの場合本当の狙《ねら》いはミグであったが、今回は人間そのものが目的だ。われわれは彼の頭に詰っているソ連の防空システムという中身が欲しい」

「しかし、なぜそんなことをわたしに頼むのだ」

「彼を救出するのにある高度の技術を必要とするからだ」

「山か」

「イエス」

「なるほど。それでパタゴニア探検の話で釣ろうとしたのか」

「まるっきり嘘《うそ》だったわけではない」

シュタインが袋から写真を取り出した。

先日店に持ってきたのと同じものだ。ただし六枚ある。多少場所はずれているが、いずれも似たような岩壁が写っている。まだ誰も登った者のいない五百メートルの垂直の壁。

「きみでなければ登れない」青柳が言った。

「馬鹿《ばか》げている。わたしの肉体はもう電柱だって登れない。現役の登山家に頼むべきだ」

「その線も十分検討した。そのうえで、きみしかないと結論した」

「わたしなら、気力体力とも十分の若者を使う。大の男一人を吊《つ》り降すのに、どれだけの体力がいるか、わかっているのか」

「その点なら心配ない。相手の男には登山経験があり、岩登りもできる。きみは頂上に下降用のロープを置いてきて、下で待っていればよい。彼が自力で降りて来る」

そういうことか。ソ連のロッククライミング技術は恐ろしく優秀だ。岩登りがスポーツ化されていて、登攀《とうはん》時間の速さを競う競技会も普及している。七六年からは国際岩登り競技会も開かれ、そのつど日本から名のあるクライマーが参加しているが、ソ連勢にはまるっきり歯が立たないのが実状だ。

「そちらの話を聞いていると、いとも簡単な話のように聞える」わたしは言った。

「事実簡単だよ。待機時間まで含めて、順調にいけば三日、長くて一週間ですべてが終る。そしてきみは十分な報酬を手にする」

「三日で一年分稼げるとでも言うのか」

「その通りだ」

「ありがたい話だな。そのうえ危険はゼロとでも言い出すんじゃないか」

「それはいくらかの危険は冒《おか》してもらう。だからこその報酬なのだ」

「もし捕まるとどうなる」

「シベリア送りだろう。強制収容所で二十年働くことになる」

わたしは笑い出した。

「三日で一年分稼ぐか、一年分で二十年働かされるか、どっちの可能性が強いんだ」

甲高い音でインタホンのブザーが鳴った。

「ミスター・シュタイン。奥様からお電話ですが。どうしてもとおっしゃるので」

女の声が英語で言った。この程度の英語ならわたしにもわかる。

「会議中だ。終り次第こちらから電話すると言ってくれ」

シュタインが珍しく強い口調で言った。顔がこわばっている。彼はあわただしい手つきで煙草《たばこ》に火をつけた。煙を疎《うと》ましそうに手で払った。

そちらを無視して青柳《あおやぎ》が言った。「これはギャンブルじゃないんだ。失敗は許されないし、成功の見通しがなければきみに持ちかけはしない。きみなら百パーセント成功する」

「お断りだな。わたしにできる仕事ではない。なぜ自分の配下を使わない。特殊訓練を受けた兵士だっていくらもいるはずだ」

「そうもいかない」

「なぜ。民間人なら万一失敗したとき責任逃れができるというわけか」

「そうではない。きみでなければならない理由がもう一つある」

「何だ」

「この岩壁へ近づく方法だ」

「方法？」

「そうだ、接近するのにパワーボートがいる」

瞬間、頭を殴られたような気がした。ボートだと!?　この岩壁へ接近するのにモーターボートが必要だったのか。

頭に血が登ってくるのがわかった。激しい動揺はまぎれもなく屈辱感だった。今の今までこの岩壁の写真を山のものだとばかり思っていた。事実は海上にそそり立つ絶壁だったのだ。道理でわたしに眼をつけたわけだ。

いまいましさがこみ上げてきた。完全に見透されていたことになる。彼らはわたしに覚《さと》られないことまで見抜いていた。

「どうだろう、検討してもらえんかね」

「いやだ、お断りする」

けたたましく電話のベルが鳴った。青柳のデスクにある直通電話だ。

「奥さんからです」青柳は送話口を手で押えてシュタインに言った。

憤然としてシュタインは立ち上った。顔が赤くなり、眼にはっきりと怒りの色が昇っていた。足音荒く彼は部屋を出て行った。

「ご自分の部屋へお帰りになりましたので、そちらの方へおかけ直し願えますか。いいえ、失礼します」

青柳は丁寧に言って電話を切った。受話器をかけた瞬間に、石のような無表情となった。彼は立って窓の厚いカーテンを閉め、急須の中身を入れ換えて茶を立て始めた。わたしの眼を避けた行為のように見えた。

「あなたにも家族がいるのか」わたしは無慈悲な気分になって言った。

「何が言いたいのだ」

「夫の本当の仕事を知っているのかと思ったまでだ」

「家族のことは関係ない」

「家族はそう思っていないかもしれない。でなければ、夫の職場に電話などしない」

「失敬な言い方はよせ。彼女は彼女で苦しいのだ。夫の職業だけでなく、思考法、習慣、すべて手探りで慣れなければならない。そこが国際結婚のむずかしいところだ」

するとシュタインの妻は日本人か。そういえば、青柳は日本語で応対していた。

「なるほど。あなた方でも個人的な悩みや生活上の問題を抱えていることがやっとわかった」

「皮肉のつもりか。われわれの内面にある悩みなど、きみが考えるほど単純なものではないよ。私などはまだ与えられた職業としてこの世界へ入ってきた人間だが、シュタイン氏などは自分の住む日常がすでにぎりぎりの極限状態だったところから、この道へ入っている。奥さんを理由に、簡単に切り捨てたり裁いたりするわけにはいかん。きみらは祖国という言葉を実感としてとらえたこともないだろう」

「昔、あと二十年早く生まれていれば、特攻隊という名で志願できた祖国がこの国にもあった」

青柳は口をゆがめて笑った。「私は予科練の練習生で終っただけの人間だがな」

彼は後手に手を組み、短い歩幅でそこらを歩きはじめた。怒りを静めるための動きだった。

「昔、ワルター・シュタインという近代建築の大家がベルリン大学にいた。当時、というのは一九二〇年から三〇年代にかけてのことだが、ドイツではバウハウスという近代建築運動が全盛だった。表現主義の流れを汲《く》む一種の芸術運動で、ファイニンガー、クレー、カンディンスキーといった有名な画家も参加していた。と同時にナチスの勃興《ぼっこう》期でもあって、ドイツが非常に揺れ動いていた時期でもあったんだ。バウハウスはすでに衰退期に向かっており、その表現があまりに即物的、機能主義的に陥っている傾向もあった。それをドイツ民族本来の伝統的立場から、こっぴどく批判したのがワルター・シュタイン博士だ。バウハウスをボルシェビキ建築とか、ユダヤ的建築とかいって攻撃していたナチは、このシュタイン博士を徹底的に利用した。博士はドイツ民族主義を掲げる一方の旗頭となり、それ故《ゆえ》にナチ擁護の発言をせざるを得なかった。結局ナチが政権を握り、バウハウスは閉鎖、一つの革命的芸術運動が終りを告げるわけだが、そのあとにきたドイツ建築の主流というのは、何の新しさもない、保守的な復古主義に過ぎなかったのだな。博士は今度はそれを批判した。それはとりもなおさずナチ批判ということになり、博士は大学を追われ、公式の活動の場を一切奪われた。ほとんど囚人同様の身で終戦を迎えた。戦後解放されたあとでアメリカへ渡ったが、かりそめにせよナチスを支持した自分を恥じて二度と公式の場へは戻ろうとしなかった。不遇のまま、最後はアル中となって死んでいった父親を、息子はずっと見ながら育ってきたんだ。兵役のとき、特異な才能を見込まれて情報部に誘われると迷わずこの道を選んだ。それが彼だ」

「くだらない動機だ」わたしは意固地になって言い返した。「過去の恨みや抑圧感からそれほど逃れたかったら、ボクサーにでもなって人を殴っているほうがよほど平和だ」

「つまらん冗談はやめろ。ものの譬《たと》えとして言っているのだ。われわれの仕事はうまくいって当たり前、誰から感謝されるわけでもない。失敗すれば樋口君のように自分の生命《いのち》で償いをしなければならない。誰かがやらなければならないからやっているんだ。よく言われることだが、水と安全はただではないぞ」

「水と安全の値段を釣り上げているのが政治だ」

「言葉の遊びで自由が守れるくらいなら、誰が苦労するか。別に、われわれにもっと敬意を払ってもらおうと思ってこんなことを言っているのではない。きみに協力してもらうに当り、背後の事情説明をしているだけだ」

「わたしは引き受けたとは言ってない。はっきり断ったはずだ」

「その話はまだいい。彼がここへ帰って来てから始めよう」

「なぜ遠慮する。さっきもそうだった。彼が中座した途端、話を外《そ》らした。あんたは彼らに使われているのか」

「話の重複や喰違いを避けるためだ。しかし一つ忠告しておく。もう少し言葉遣いに気をつけろ。われわれはすでに、きみという人物を知っているからいい。だが、よそでは誤解されるぞ」

「恐れ入ります。シュタイン氏がお見えになったら、揉《も》み手《で》をしてお迎えしよう」

青柳は立ち止ってわたしをにらんだ。辛うじて怒りの爆発を押えている。わざと声を落として言った。「私に喧嘩《けんか》を吹っかけても無駄だ。きみのその態度は、動揺の裏返しに過ぎん」

わたしたちは机を挟んでにらみ合った。ドアを開けて入って来たシュタインが、一瞬棒立ちになった。「どうしました」

「なに、近親憎悪《ぞうお》というやつですよ」わたしは言った。「この国には、日本の悪口を言うと喜ぶ日本人もいるが、アメリカの悪口を言うと怒る日本人もいるんです」

「いいかげんにしろ」椅子《いす》に戻りながら青柳が言った。

「これははっきりさせておこう。われわれはきみが、任務を果たしてくれること以外、何も望まない。主義も、主張も、理想も、正義も、この際どうだっていいんだ。われわれはきみを金で雇う。きみはその報酬分だけの働きをしてくれればそれでいい。数日時間を与えよう。検討したうえで返事をしてくれ」

「では、お二人がそろったところでもう一度言おう。お断りする」

「きみは金が必要だ。どうあっても金の必要な理由を持っている」

「やめろ。これ以上プライバシーの詮索《せんさく》をするなと言ったはずだぞ」

わたしは立ち上り、青柳の机に身を乗り出して言った。「帰らせてもらう」

「もっと詳しい話を聞かなくてもいいのか。行先がどこか、気にならないのか」

「なぜそこまでべらべらしゃべるのだ。わたしの口から秘密が漏れることを考えないのか」

青柳は薄笑いを浮べた。「きみは口が裂けたってしゃべらん男だ。万に一つもその可能性があるような人間なら、ここまで打ち明けたりしない」

わたしは後退して部屋の真中に立った。「帰っていいんだな」

「もちろんかまわん。だが返事は早いほどいい。というのも時間を限られているからだ。あと四十日しか日がない。ボートの改装など準備に相当の時間を取られるだろう。横須賀にアベンジャーとサイドワインダーがある。二十一フィートと二十フィートだ。どちらを選ぶかはきみにまかせる」

「そんなボートでソ連まで行けやしないぜ」

冷笑したが青柳はひるまなかった。

「何も東京湾から船出する必要はない。宗谷海峡経由で、根室行きの貨物船を一隻《せき》仕立てる。ボートは知床《しれとこ》岬沖で船から下す。目的地まではたった一時間だ」

「一時間？」

「そうさ。きみに行ってもらうのは択捉《エトロフ》島だ。旧日本領、いわゆる北方領土の一つだよ」

わたしは打ちのめされて外へ出た。

11

シャツの胸をはだけて、生温い風を受けながら電車に揺られていた。疲労と重苦しい気分がかぶさってくる。今日も一日を無為に終えてしまったという意識が強い。あせりと自棄的な倦怠感《けんたいかん》、安易にけりをつけたがっているものがある。

渋谷駅まで来て、初めて藤村との約束を思い出した。すでに八時を過ぎている。やむを得ず電話した。

「彼女、いないぜ」と藤村は言った。「さっき『かわの』へ電話したんだよ。親父《おやじ》さんがゆうべ亡《な》くなって、今朝田舎へ帰ったそうだ」

昨夜の気まずい別れを思い出した。

「どうする」と藤村。

「では、次の機会にしないか」わたしは言った。

「そうか。じゃそうするか。じつはおれもそのほうが助かるんだ。店員の一人が川越で交通事故を起して、いまごたごたしてるんだよ。おれがたまに早く帰ろうとすると、決って何かが起きやがる。最近十一時前に帰してもらったことなんてないんだ」

「社長業の報いだ」

「おい、黙って田舎へ帰ったりするんじゃないぞ。いいな。どいつもこいつもみんな行って、淋《さび》しくなるばかりだ。おれはどうすればいい」

「人生こんなものよ」

「くそくらえだ」

地下鉄で用賀へ戻って、近くの中華料理店で五百八十円の定食を食い、九時にアパートへ帰った。

変りばえのしない小さな空間。人に一坪の土地があれば足りるように、屋根つきの三坪の空間があればその中で生き、老いていくには十分だ。それは閉鎖的で排他的な空間であるにしても、中に棲《す》む者にとってはこよなく優しく温い。それは無限大であり、まぎれもなく現在の証《あか》しなのである。

わたしはタオルを首にかけて銭湯に行って来た。夜具の上に下着一枚の姿で横になる。そして漠然と、天井の薄汚れたしみや節目を眺めていた。たしかに考えていたのだ。わたしの喜怒哀楽だとか、感受性だとか、また自分が築きあげてきた思考だとかは、この部屋ほどの大きさがあれば楽に収納できることを。

犬が鳴いていた。欅《けやき》の木々の間から、濾過《ろか》されたような夜気が匂《にお》ってくる。

起き上ると机の中から住所録を引っぱり出した。順子の生家の電話番号を見つけてダイヤルを回す。五回ほど呼出音がつづいて彼女が出た。

「お父さん、いけなかったらしいね」

「今朝でした」疲れた声で順子は答えた。「お客さんに帰っていただいて、いま母を寝かせたとこなの。姉も引っ込んで、起きているのはわたしだけ。とても静かよ。物音ひとつしない」

「疲れているようだ」

「そうでもないわ。いま台所で、ひとりで冷たいお寿司《すし》を食べたところ」

突然感情がこみ上げてきたか、声が高くなった。「忙しいとね、何も考える必要がないのよ。すごく気が楽。わたし、まだ涙も流していないのよ。言ったでしょう、泣かないだろうって」

「素直じゃないな。どうしてそう片意地を張るんだ。自分が苦しいだけだよ」

「わたしってそういう女なのよ。高梨《たかなし》のときだってろくに涙も出なかったわ。悲しくなかったからよ。今だってそう。やっと終った、やっとすんだなって、ただそれだけ。煩《わずら》わされることがひとつ減って、ほっとしてるのよ。薄情な女でしょ、嫌いでしょ」

「ああ、そんなかたくななきみは嫌いだ」

「どうすればいいの。ねえ、わたしにどうしろと。もういや、たくさんだわ。人のために涙を流すなんていや」

順子は涙声で言った。訴えるような口調だった。

お聞き、とわたしは言った。「きみはどうしてそんなに何かを憎みたいのだ。憎しみの対象がなければ、自分を見失うとでも言わんばかりの口ぶりだよ。そんなこと、どうだっていいじゃないか。悲しいときに泣かないのは、必ずしも不自然だとは思わない。だが現に涙を流して嘆いているのに、それを認めようとしないのはやはり自然じゃない。それを認めたら損とでも言うのかい。なぜ虚勢を張る。そんなきみは好きになれない」

順子は小さな声で答えた。「泣いたからって、どうにもならないのよ。ひとつ難問が片付いたら、またすぐ次の問題が持ち上がって、今度はそれが頭痛の種になるんだわ。嘆き悲しんですべてが洗い流せるなら、わたしだってそうしたい」

「それはみんな同じだよ。世の中との係累《けいるい》を断ち切って、自分ひとりが暮らしてるんじゃないんだ。明日になれば何とかなると、時間を稼ぎながら生きていくしかない。月並な言葉だけど時の過ぎるのにまかせなさい」

「待てということ?」急に鋭い言葉で順子は言った。

「何を信じて。わたしは何を信じて待てばいいの」

わたしは返事に窮した。少なくともその解答として与えられる言葉を持っていない。

「東京へは帰りたくないわ」投げつけるような言葉が響いてきた。「できればここで母とひっそり暮したいわ。逃避じゃないのよ。からだの弱い母をどうするか、この四、五日のうちにはっきり決めなきゃならないの。そのつもりなら、世捨人になったって生きていける」

断定的な口調に順子の意志を感じた。わたしは電話したことを後悔した。彼女は東京へ戻って来いと言ってもらいたがっているという考えが頭に浮び、そんな自分を無性にさもしく思った。

「すまない。きみに言ってあげられる言葉が何もないんだ。いつもきいたふうな、おためごかしのことばかり言って、自分を取り繕うことしかできない。自己に忠実になるのを恐れているのは、わたしのほうなんだよ。だから自分を飾れば飾るほど、きみを傷つけてしまう」

「どうしたの、急に。わたし、いけないことを言った？」

「いや、自分がいやになっただけだ。きみのせいじゃない」

「ごめんなさい。何もあなたを傷つけるつもりじゃなかったわ」

「ちがうんだ。もうよそう。これ以上はしゃべらないほうがいい。今度会ったとき話すよ。もう少しわたしに時間をくれるかい」

順子の心が急速に冷えていくのがわかった。わたしは取ってつけたようにお悔みを言い、そそくさと受話器を置いた。

ありがとうと、順子は紋切型の声で言い、最後にこう言った。

「これから泣きます」

わたしはやりきれない自己嫌悪に陥った。棚のウイスキーに手を伸ばすと、コップに半分ほど注いで一息にあおった。咽《のど》から胃へかけての焼けつくような痛みは、悲しいかな、いま唯一《ゆいいつ》の現実感だった。その現実からの意識の遊離を願って、もう一杯あおった。宙を翔《と》ぶどころか、節足動物のように地を這《は》い回っている気分が得られただけだった。

窓辺に行ってうずくまり、波のようにうねってくる熱っぽさを感じていた。汗が吹き出して胸を流れた。いっそ水でも浴びたら爽快《そうかい》だろう。それとも、熱病の気分で、アルコールが体内を駆け巡るにまかせてみるか。要はどうだっていいのだ。

わたしは電話機を引き寄せ、母に電話した。知らない女中が出て、東京の渋谷さんですかと聞き返された。東京の渋谷さんならひとりだけ心当りがあると声がして、母が出た。

「まあうれしい。いとしのわが子から電話がもらえるなんて、何年ぶりかしら」

「何だ。また飲んでいるのか」

酔っている。

「それがどうしたよ。わたしゃ酔っ払ったからって、酔狂はしないよ」

「ろれつが回ってないじゃないか。医者がいいと言ってくれたのか」

母はげらげら笑い出した。「ほんとに年は取るもんだ。息子がからだの心配をしてくれるようになった」

「わかったよ。明日かけ直す。おやすみ」

「お待ちよ」母は咎《とが》める口調で言った。「何か用があるからかけてきたんだろう」

「そうだよ。だが素面《しらふ》のとき話す」

「何いってんだよ。こんなはした酒くらって、人の話も聞けないほど耄碌《もうろく》はしてないよ。お話しよ、何だい」

以前の母は一滴も飲まなかった。飲酒癖ができたのは、父の死後ずっとのち、旅館の経営が軌道に乗ってからだ。それは多分に、過去に対する補償行為であるような気がする。

「金が欲しい」わたしは言った。

「へっ」と母。「どうせそんなことだろうと思った。親なんてね、そんなものよ。臑《すね》を齧《かじ》るときぐらいしか用はない。いやなこった」

「だから酔っ払いはいやだ。伜《せがれ》の最後の無心だ。ただとは言ってない。おれが家に帰るという交換条件でどうだ」

「おやまあ、悪かない話だねえ」母はいやな声で笑った。楽しむつもりだ。「連れ込み旅館の主《あるじ》になるって言うのかい」

「そうだよ」

「私がビジネスホテルにするから帰っておくれと言ったときは、いやだと言ったくせに。まあ、よくよくのことだとみえるよ。何でお金がいるんだい」

「女だ」

「また毛唐かえ」

「その話はよせ。まじめに話してるんだ」

「でも、変な女を連れて帰るのはごめんだよ」

「ちがうんだ。手を切るための金だ」

「いくら」

「一千万円」

眼をむいている。吹っかけ過ぎだとは思うが、どうせ母のことだ。とことん値切ってくる。

「おまえ、気は確かかい」

「確かだよ。確かだから恥を忍んで頼んでいる」

「それだけの金を稼ぐには、シーツを何枚洗わなきゃならんか、知ってるのかい」

「百も承知だよ。だから今度こそ、心を入れ換えて働くと言ってる」

「いったい、何をやらかしたんだよ」

「そうじゃないんだ。金があると、おれが安心して家へ帰れるということだ」

「値切りなよ。どうせ金目当ての女だろ」

「まあそれはこれから交渉するが、で、いくら出してくれる」

「百万」

「何百万だって」

「阿呆《あほう》、百万だよ。百万ぽっきり」

「それじゃ話にならん」

「ばか」母は悪態をついた。「なに言ってんだい。わたしゃ金のなる木じゃないんだ。まあ百万くらいなら、不肖の息子の最後の無心だと思って聞いてやらんこともないが、それ以上は何様であれいやだよ。ああ、おまえがどうなろうと知ったことか。指を詰められるなり簀巻《すま》きにされるなり、どうともされるがいいや。そんな金出すくらいなら、喜んで親子の縁を切らせてもらうわ。わたしゃ知らんからね。本当に、冗談じゃないわ。あほ」

失敗した。母は言いたい放題毒づくと、自分から電話を切ってしまった。半額程度で話を切り出すべきだったかもしれない。しかし五百万では、満額もらったとしても少々足りなさすぎるのだ。

わたしはへらへら笑った。

効きはじめたアルコールの勢いが、こめかみの辺りで脈打っている。どうってことはないじゃないか。人間を楽天的にさせるには、少量の酒があれば十分なのだ。それは何かを忘れるためには役立たないが、迷いを吹き飛ばして簡単に結論を出したいときには最良の味方になる。あとで後悔する羽目になっても、酒はその全責任を引《ひ》っ被《かぶ》ってくれる。自己弁護と、憐《あわれ》みと、空元気。何よりも根拠なき高揚。

わたしは足を投げ出して、電話機をたぐり寄せた。ダイヤルする。その番号を暗記していた自分を笑いながら。

「いくらくれる」わたしは言った。

「いくら欲しい」青柳《あおやぎ》が言った。

「一千万」

「五百万」

「二十年の強制労働だぞ」

「きみなら一週間の軽労働だ」

「一千万」

「だめだ。五百万しか出せない」

「あほらしい」

受話器を叩《たた》きつけて置いた。

五分後に電話がかかってきた。

わたしたちは七百万で手を打った。

第二部

1

バウが切る白いスプレーの間から、それはいきなり見えてきた。

空と陸の際《きわ》をわずかに認めたと思った。

島影だと気づいた時には、黒々と闇《やみ》を吸い取った山肌が、のたうつ蛇の胴のように視界の果てへ横たわっていた。

冷たい体表の感覚とは別に、オイルスキンの下に醒《さ》めた激情がある。胃液が痛みを伴って分泌《ぶんぴつ》してきた。

旅の終りだ。

風が唸《うな》っている。海底を探り当てた波が、最後の力を振り絞って牙《きば》をむく。尖《とが》った三角波が膨《ふく》れ上り、吠声《ほえごえ》をあげて陸を襲おうとしていた。

即座にアベンジャー21のスピードを落とした。巻波がよりはっきり見えてきた。断《だん》崖《がい》の隆起が鈍い光の強弱となって前方に現われた。崖《がけ》の下に白く砕ける波。重なり合ってこだましている波音と、岩角を切って崖を駆け上る風音を聞く。眼の届く範囲内に一条の光とてない。

雨は上り、時化《しけ》はさらに収まっている。風はビュフォートの風力階級で三ぐらい、足の速い低気圧はすでに東の空遠くへ去っていた。

いかなるレーダーにも引っかかっていないという自信があった。小型の強化プラスチック船は電波の反射力がきわめて弱い。今回のようにボートが右後方からの西風を受けて侵入してくると、風下に位置する択捉島《エトロフ》のレーダーには無数の海面反射波が現われて、正確な探知はまず不可能のはずだ。

ナビゲーター席で伸び上ったガイドの蛭間《ひるま》が、手で左方向を示した。方位測定機を使うまでもなく、わたしにもここが択捉島の西端寄り海岸だと見当がつく。

暗礁《あんしょう》を避けるためボートを少し沖へ戻した。地形に合せて隊伍《たいご》を整えている波の線がでこぼこにゆがんでいる。波長がひどく短かった。うねりを横方向から受け、一時ボートは激しく揺れた。

蛭間が前方の一点を指さして怒鳴った。

「クンネウエンシリ鼻です。萌消湾《もえけし》の入口はあの向こうです」

オーケーのサインを送り、ボートをさらに沖へ出した。左から二メートル近い高波が襲ってきた。距離のロスを承知で船首を波に立てる。スロットルレバーを引き、スピードをデッドスローに落とした。巨大なうねりがボートを弓なりに持ち上げ、船の位置が波の頂点を越したと見た瞬間、レバーを前に倒す。轟音《ごうおん》が炸裂《さくれつ》し、からだがボックスシートに押しつけられるような加速でボートが飛び出した。滑走が始まり、舵《かじ》を右に切る。行く手に立ちはだかる暗影、ボートの真正面に萌消湾をとらえた。

　闇が口を開いている。潮流が複雑に乱れ、小波が鉛直に立って船底を気味悪い音で叩《たた》いた。かと思うと海は突然渦を巻き、白く濁った波紋が妖《あや》しく噴き上げられている。左手に島様の影が流れた。確かに萌消湾だ。空気までが変ろうとしていた。静寂の持つ圧迫感が待ち構えているのを意識した。

　不意に気配が一変した。

海面が静止した水となってボートを取り巻いた。さざ波ひとつなく、濃密に淀《よど》んだ空気がマシンの爆音を小さくこもらせた。百五十馬力エンジン二基の爆音がしじまを掻《か》き乱せないのだ。ひどく耳障《みみざわ》りな水泡のはじける音を聞き、ぎょっとして振り返ると、ほかでもないボートの蹴散《けち》らした波音だった。夜目にも白く一本の航跡が、ボートを追い詰めるかのように執拗《しつよう》に後へつづいていた。波さえ立たず、白い泡だけがいつまでも残っている。明らかに水までが異質だ。これは海のイメージではない。沼だ。

山峡の狭間《はざま》で一度として水を入れ換えたことなく静まり返っている沼、死を湛《たた》えた水。紋めつけるような威圧感が押し寄せてきた。周囲に屹立《きつりつ》しているのは完全な闇だ。その壁が見る間に高度を上げながら距離を狭めてくる。超自然的な力を得た壁面が、まるでわれわれを押し潰《つぶ》そうとでもいわんばかりに。

頭上を仰ぐとわずかに空。灰色の明色の何と明るく、薄っぺらなことか。雲が切れ、星がひとつ点《とも》っているのを認めた。それは天上を貫いた弾痕《だんこん》でしかない。旅人や航海者が分け与えた星の意味などとうに失われた。

速度を落とすと右にターンした。湾内の北西クンネウエンシリ鼻寄りの岩棚に向かう。湾内で小舟を着けられる唯一《ゆいいつ》の場所として、古地図にもその名が出ている。ニイチセウニ、アイヌ語で何を意味するか知らない。

進むにつれ山際がさらに高くなった。空がほとんど真上でしか見えない。海中にいきなりそびえ立つ五百メートルの絶壁、萌消湾の周囲すべてがその連なりなのだ。

エンジンスイッチをオフにしたとき、蛭間が生唾《なまつば》を呑《の》み込んだ音が聞えた。顔がゆがんでいる。そうなのだ。二人とも戦慄《せんりつ》していた。

両舷《りょうげん》でパドルを使い、ボートを絶壁の下まで南方向に進めた。約五分後に目ざす岩棚を見つけた。単なる岩の裂け目だ。幅二メートル半、奥行七メートルの亀裂《きれつ》が洞穴のように岩を穿《うが》ち、入口に丸い瘤《こぶ》をつくった岩が突き出ている。二十フィートクラスのボートならこの中に完全に隠せる。たとえ湾内に船が入って来たにせよ、すぐ手前まで来なければ発見される恐れはないだろう。

舷側にフェンダーを下すと後ろ向きにボートを中に入れた。アンカーは岩瘤の窪《くぼ》みへ固定し、船首にもロープを取りつけて岩角にくくりつけた。エンジンはそのまま。万一のときはこの位置から全速で飛び出すことができる。

二時半であった。百十キロの航程を二時間半で来たことになる。時化ていたのと燃料を節約するため必要以上のスピードは出さなかった。まずは予定通りということになる。あと一時間足らずで夜が明ける。北の海は夜明けも早い。

岩の上に這《は》い上り、周囲を観察する。足場がひどく不安定だが、曲がりなりにも人間が二本の足で立てる場所は、湾内すべてを通じてここしかない。青柳《あおやぎ》らはじつに絶好の隠れ場所を見つけたということになる。萌消湾の周囲五キロ以内には一軒の人家、施設もなく、緊急時の避難以外この広大な無人の湾内に入ってくる船はまずない。水深が底なしとあって入港しても錨《いかり》ひとつ下ろせないのである。

「あんまり気持のいいところじゃありませんな」蛭間が岩に這い上って来て言った。

「わしらはみな、化物湾と言うとりました。気味悪がって誰も近づかんかったですよ」

「するとここは初めてですか」

「初めてですよ。島の者でも、嵐《あらし》のときにここへ逃げ込んだもんはそうおりゃしません。機帆船に乗っとる男をひとり知っておりましたけど、生きた心地がせんかったそうで、二度とごめんだと言うとりました。露助《ロスケ》も使うておらんところを見ると、やっぱし同じなんでしょうな」

萌消湾は択捉島南西部にあるカルデラ湾でオホーツク海に面している。蝮《まむし》の頭部に似た円型をしており、周囲の四分の三までは陸、湾口部にも萌消島はじめいくつかの岩礁が点在する。湾内の直径は約八キロ。そのすべてが三百から五百メートルの絶壁で囲まれている。海に面した巨大な山が、噴火によって中央部だけ円錐形《えんすいけい》にえぐり取られ、あとに海水が流れ込んだところを想像すればよい。水深は陸との境界でさえ百メートル以上に達し、湾の中央部では五百メートルを越える。赤く焼けただれた絶壁とみどり色の水、戦前でもここは近づく者のない秘境であった。

わたしは蛭間に手伝わせ、船尾に積んできた予備タンクを外して燃料の補給をした。空タンクは水を入れて海中に沈める。燃料はまだ五ガロン入り予備タンク二つを含めて二百五十リットルある。知床《しれとこ》半島まで、フルスピードで優に往復できる量だ。電流計、温度計、油圧計、メカ関係すべて異常なし。エンジン同様。マシンはマーキュリーV1500型、千九百九十八CC、V六気筒で百五十馬力、五千五百回転。パワーをいくらか落とし、その分燃費をよくした昨年登場の新製品である。

スクリューの点検をしている間に夜が明けてきた。

くすんでいた風景が濃淡を鮮明にしはじめ、萌消湾がようやく全景を見せようとしていた。色彩が少しずつ増してくる。黒のフィルターをかけたような、物憂《ものう》い、沈んだ色。荒々しい岩の地肌と対照的な白い空が強いコントラストを見せている。断崖の頂点には樹木がある。双眼鏡を当てると山上を渡る風が見えた。草木の繁茂した部分と焼けただれた地肌の部分とがはっきり分れている。絶壁に当るところには青草一本認められなかった。

一定の明るさまでくると、夜明けの進行が急に遅くなった。すべてが重苦しい、鈍い色相のままにとどまるかに見える。光を跳ね返すものがあまりに乏しいのだ。岩塊は赤く、なおかつ黒ずんだままであった。水は白のかった鉛色、その厚味だけを思わせてわずかに蒸気を這わせていた。

静かだった。ひそとも物音がせず、空気さえも動いていない。いかなる風もここまでは舞い降りて来ず、さざ波ひとつかき立てようとしない。動きあるものすべてが静止した完全な静寂の世界。独立峰の中心部をすさまじい火熱で吹き飛ばした火山がその活動を停止したときから、ここは永遠に塗り込められた死の世界となった。ぐるりを取り巻く岩は凍てついた化石となり、水は濃縮された溶液に変った。

気温が下がってきたのを感じた。体感温度は十五度をはるかに切っている。洞窟に潜む冷気が岩の裂目から吹き出していた。水面に立ち昇る蒸気がゆらゆらと揺れはじめた。

わたしは着替えをすませた。上にはナイロン製のヤッケを着込み、足には履き古しているドリュの登山靴を履く。蛭間は灰色のズボンに長袖《ながそで》の綿シャツ、その上に薄い綿ジャンパー、われわれを知床沖まで運んできた貨物船にいたときと同じ服装に戻った。

彼が床に何かを落とした。清酒の一合瓶だった。彼はあわてて拾い上げ、わたしから眼《そ》を外らした。ボートにいざ移ろうというとき、厨房《ちゅうぼう》で何か温い飲物をもらってくると称して、彼が一杯引っかけてきたのを知っていた。

「飲んだってかまいませんよ」わたしは言った。

「いや、なに、これは違うんです」

蛭間は口を濁した。まさかのときのためだといったことを口の中でつぶやいた。

わたしたちは船から持って来たサンドイッチの残りを食べ、ポットの紅茶を分け合って飲んだ。

さしあたり、少し寝る必要がある。毛布を持って思い思いに荷物の間へうずくまった。ボートの半分以上は頭上の岩がないため、横になると空が見える。頭上からのぞかれたら丸見えというのが、この隠れ場所の最大の欠点だ。

空が薄青く広がっていた。風は完全に止《や》み、日中はいい天候になりそうだ。

「霧になるかもしれません」

蛭間がぼそりと言った。身じろぎもせず上空を見つめていた。

六十五だという。五十そこそこにしか見えない頑強な体躯《たいく》を持った漁師だった。ひとりで根室に住み、今も小舟で蛸《たこ》を取っている。身内はわたしと同じ年代の娘が一人だけ、札幌に嫁いで子供が二人いると言った。寡黙《かもく》で非情なまでに他人に対して無関心なところのある老人だった。この島で生まれ、終戦まで島の中央部に当る留別村に住んでいた。それは今のわたしたちがいる地点から六十キロ遠い北にある。

青柳がどういう基準で彼を選んだかは知らない。わたしは初め、ガイドをつけるという彼の案に反対した。他人を巻き込むのは気がすすまなかったからだ。しかしボートの番をしてくれる人間はいてくれたほうがいいし、突発事が起これば別の場所へボートを移してもらう必要もあった。萌消湾での登攀《とうはん》が不可能となる情況が起こった場合には、湾外に出て左に西海岸を数キロ行ったポンモイというところにボートを着ける予定にしている。いわば第二案であったが、外波の影響をもろに受け、海上からも発見されやすいのでできれば避けたかった。いずれにせよ、安心してボートを離れるには、誰かいたほうがありがたいのは確かだ。その人間が信頼できるならばの話だが。

わたしは必ずしも蛭間《ひるま》徳を信用していなかった。ある種の先入観を持って見ているのかもしれない。だが彼の表情に巣喰っている翳《かげ》りのようなものがずっと気になっていた。暗い雰囲気が強すぎるのだ。

2

目覚めると、いきなり眩暈《めまい》を覚えた。

空の雲が異様な速さで遠ざかっていた。空を支えている壁が揺れている。いまにもその壁が頭の上に倒れかかってきそうだ。間違いなく天と地のバランスが崩れている。どこかで過去の悪夢と結びついた錯覚。そうだ、これは錯覚だ。わたしはうろたえて起き上った。

たちまち、形容しがたい恐怖感に襲われた。わたしは音響のない、井戸の底に取り残されていた。円錐形にくり抜かれた大地の底。もう早朝の、あのモノトーンじみた色彩は消え、きらびやかな光が斜めに差し入って岩肌を輝かせていた。だがその光はあくまでも凍結した光だ。

凄絶《せいぜつ》な光景だった。わたしが知るどんな荒涼とした風景とも異なっていた。頂きには木々の濃い緑があり、足元にはしわぶきひとつもらさない海がある。それは一見穏やかといっていい物静かな風景に他ならなかった。だがこの場に立会う者を、無言で威嚇《いかく》せずにはおかないという点で他のいかなる風景とも違っていた。高鳴っている鼓動は明らかに恐怖を伴った焦燥感だった。地の底に取り残されているという感覚が苦い唾液《だえき》となってこみ上げてくる。崖《がけ》の頂上まで登り切ったところが初めて地表なのだ。

「気色悪いところですわ」

上で蛭間の声がした。岩の窪《くぼ》みに腰を下して煙草《たばこ》をふかしていた。足に地下足袋を履き、ズボンの裾《すそ》はゲートルで巻き込んでいる。首に双眼鏡をかけていた。

「いつ起きたんです」

「ほんの三十分前」

「それにしては眼が赤いな」

蛭間はうれしそうに笑った。左手が岩を撫《な》でていた。

「誰もおりゃしません。何も通らん。静かなもんです」

七時三十分だ。約四時間眠った。老人の手から双眼鏡を受け取ってのぞいた。湾内の入口にある萌消島《もえけし》を境に外海にはまださざ波が残っている。空はきれいに晴れ渡り、水平線上には積雲が少し。気温が急速に上昇していた。

萌消島は別名をライオン島といった。その名の通り、獅子《しし》がうずくまった姿に似ている。島の周辺には岩礁《がんしょう》が散らばり、群れている海鳥が見えた。カモメ、ウミウのほか、嘴《くちばし》の赤い鼻筋の白く通った海雀《ウミスズメ》科の鳥。

「鴨《かも》みたいな鳥がいる」

「鴨かもしれません。島に住みついた鴨も多かったですよ。あそこで鉄砲玉みたいに、不器用に海へ突っ込んどる鳥がいるでしょう。エトピリカです。わしらはオイランドリと呼んどりましたが」

崖上を取り巻くグリーンのベルトは、主として広葉樹林だった。下生えには笹が密生している。白樺《しらかば》、楢《なら》、榛《はん》の木、枝の一部を立枯れにしたエゾ松もある。植物相自体は北海道とそれほど変りがない。ただ強い風を受けるためか、木はみな痩《や》せていた。また山頂近くの崖は一部でかなり崩落を起し、傾斜がその分ゆるやかになっている。

岩質はほとんど安山岩だった。安山岩特有の柱状節理が発達し、安定した岩場は少ない。だが壁面が広大であることを考えると、登るのにとくにむずかしいわけではなく、時間さえかければすべてフリークライミングで稼ぐことができそうだ。できるだけ人工登攀は避けたい。ハーケンを打ち込む音を、小鳥の囀《さえず》りと思ってくれる気のいいロシア人がこんなところにいるとは思えなかった。

ボートに戻ってパドルで船を少し外に出し、今度は沖から登攀ルートの選定を始めた。岩壁の高度は湾の中央部が最も高く、そこから左右に少しずつ下がって岬の突端で約三百メートル、ボートの係留地付近で約四百メートルだった。しかも頂上付近が相当崩れているため、最後の五十メートルは歩いてでも登れそうだ。むずかしいのは中間の三百五十メートルということになる。

十五分後にボートを戻した。アンカーを下していると蛭間が来て言った。

「どうしてもここを登らんといかんのですか」

「一番安全なんですよ」

「しかし登っている途中でやつらが来たらどうします。上から狙《ねら》われたらいちころだ」

「そのはずはないという話ですがね」

彼は首を傾《かし》げた。「気がすすまんですな、どうも。船を安全に着けるところなら、まだいっぱいあるのに」

「わたしはここを登るために雇われたんです」

「そりゃわかっとります。わしはあんたの命令に従うように言われとりますんでね、反対はしませんが」

妙に歯切れが悪かった。慰めるつもりで言った。「心配いりません。順調にいけば明日か明後日は、日本で祝杯をあげていますよ」

「わしにはこの島も日本です」彼は険しい顔で言った。

「失礼」

蛭間の心の一端を理解できたように思った。彼は島の一部とも言えぬこの地点から引返すのが不満なのだ。のびのびと手足も伸ばせないこの岩に上がったくらいでは、上陸したという気になれないにちがいない。自分の記憶にある陸や浜を眼で見、じかに触れてこそ故郷に帰ったという実感が初めて得られるのだろう。しかし、彼の望みはかなえてやれそうにない。

蛭間をうながして岩の上に登攀用具を揚げた。用具をふんだんに持ってきた。ザイルはエーデルリットルの四十メートルと八十メートルのもの、各ピッチ毎に固定《フィックス》ロープを渡し、しかも回収はなし。自分の荷もほとんど持つ必要がなかった。荷物を揚げるだけで同じところを数回も登ったり降りたりしなければならない本来の単独登攀に比べると大変な違いだ。

百メートル上方にかなり大きなテラスがある。とりあえずそこまで取りつき、滑車を使って亡命者アレクセーエフが使う荷物を揚げるつもりをしていた。それまではすべてフリークライミングでこなせるだろう。ハーケン、ボルト類の代りに、大量のナット、いわゆるクライミングナッツを用意してきた。使い方に制約があるが、岩の間に挟むだけなので物音をたてない。

荷物を三つに仕分けした。アタックザックに入れて持っていくもの、残しておくメインのザック、アレクセーエフのために頂上へ置いてくるセールザック、この中にはザイルや下降器、ザイル回収器などが入っている。

「これはどうします」

船に残したわたしのザックを指さして蛭間が言った。

「それはわたしの私物です。予備の予備みたいなもので、まず使う必要はないでしょう」

このザックの中には、使い慣れた古い道具が一通り入っている。必要ないとは思ったが、非常食もすべて補給してきた。この袋さえあればどんな所でも一週間や十日は生きられる。現にアラスカでそのために命拾いしたこともある。念のためというより精神的な安定感を得たくて持ってきた。

綿シャツとニッカーズボンの上から安全ベルトを締めると準備は整った。

九時半になる。

わたしたちは正式の朝食をした。食事はコンバットフーズと呼ばれる米軍兵士の前線食で、一食分ずつ紙の箱に入り、十二食分で一セットになっている。主食の缶詰は肉だが内容が全部違うため、いわば十二通りのメニューがあることになる。今回食べた缶のラベルはターキーとなっていた。これにクラッカー、ジャム、フルーツの缶が組合わされ、さらにコーヒー、塩袋までがついている。フルーツはパインだった。味つけがややしつこいが、質、量は十分だった。何しろ一日分で四千からのカロリーがある。

「さっきは悪かった」わたしは言った。

「何がです」

「いや、ここが日本領であることを忘れていたからさ」

「いいですよ」蛭間は気軽に答えたが、声は不機嫌だった。上を指さし言った。「ここらは国有地でしたけど、この島の土地や木にも、ちゃんと持主がいることを知ってますか。わしんとこの家や畑も、まだ根室の法務局に登記してあるんです。税金は払っとりませんけどね」

知っている。ある程度の下調べはしてきた。しかし、知らなかったと答えた。

蛭間は猛々《たけだけ》しい眼であたりを見回していた。丸い顔は錆《さ》びた銅のように日焼けしており、髭《ひげ》や眉《まゆ》、短く刈り込んだ頭には白髪が目立ち始めている。目蓋《まぶた》が厚く、眼はいくぶん吊《つ》り上り気味で、小鼻がふくらんでいた。

彼はフォークを使っていた手を休めると、「あんた、本当にこの島が還《かえ》ってくると思いますか」と言った。

わたしは首を横に振った。

「やっぱり、わしの眼の黒いうちはだめかの」

「わたしの眼の黒いうちもだめでしょうね」

「政府に本気でやる気があるとは思えんもんなあ。口先ばっかりだ」歯の間に挟まった肉片を指先でせせった。彼はある怨念《おんねん》を慨嘆するように言うと、こめて言った。

「わしらは政府の恩恵を受けた思い出を、何ひとつ持っとらんですよ。島の開拓だって生活だって、みなが助け合うて自力でやったもんです。昔は日本人全部の眼が南方に向いておったから、千島のことなんか誰も気にかけもせんかった。ソ連が乗り込んで来たときも口出し一つせんと見とっただけで、今頃になって北方領土なんて言うとる始末だ。ソ連は初め、おずおずとこの島へ進駐して来とるんだ。あのとき政府が強い態度を取っとったら、やつらすぐ引揚げたことは間違いないよ。それが指をくわえて黙っとるもんだから、露助のやつ、調子に乗って全部取ってしまいよった。わしは終戦のとき、召集を受けて天寧の守備隊におりましたよ。それで捕虜になって、内地へ船で送り帰されたんです。家族はまだみな島に残されたままで、兵隊だけ先にです。それでも内地から来た兵隊が多かったから、みな日本へ帰れるというんで喜んどりました。ところが夜が明けてみると、船はどこへ着いとったと思います。日本どころか、ウラジオストックだったんですぜ。日本からわざわざソ連へ連れてかれて、家畜みたいに二年も働かされたんだ。向こうで死んだ兵隊も多い。みんな犬死にだ。露助に向けては鉄砲一発撃っとらんのに。たとえ島を取られたにせよ、政府がさっさと船を寄こしてくれたら、誰ひとり死なずに内地へ帰れたのだ」

わたしは老人を批判できる立場にない。黙って聞くだけだ。今回下調べをした段階で気づいたことは、千島に関する資料や文献が驚くほど少ないことだった。れっきとした地理図鑑の類《たぐ》いにも、沖縄本島と同じ面積を持つ国後島《クナシリ》や、鳥取県と同じ大きさの択捉島《エトロフ》に、数行の記述と二、三枚の写真しか割いていなかった。千島の住民は海岸近くの平地に寄り添うように集まり、冬の寒さに対する配慮を全く欠いた住居をつくり、ひとつの共同体を一家族とする素朴な暮しをしていた。その数は、千島全体を合せて二万に満たない。恐らく戦前の日本でも、これほど牧歌的な別天地は他に求めることができなかったであろう。そうした彼らの生活を、真に生き生きとした記録に残した日本人はいなかった。わずかにこの地を紀行したステン・ベルクマンや、太平洋横断飛行の途中ここへ不時着したチャールズ・リンドバーグ夫妻の手記にその片鱗《へんりん》をうかがうのみである。

「こんなことを言うと年寄りの愚痴と思われるでしょうが、実際こんな暮らしよいところはありませんで。北極に近いと思う人も多いようだが、冬は旭川や帯広よりよっぽど暖いんです。川だってまず凍りません」

「熊はどうでした」

「そりゃおります。だが北海道ほど悪さはしません。山でばったり出っ喰わしても、じっと見とると黙って向こうのほうで行きよります。こんなもん、無理に使わんほうがいいですよ」

彼はポケットから取り出した拳銃《けんじゅう》を見せて言った。銃は貨物船の中で、船の指揮を取っていた安宅という男から一梃《ちょう》ずつ貰《もら》った。手に余るほど大きな拳銃で、銃身に

COLT MKIV と銘が打ってあった。熊除《よ》けの護身用ということであったが、安宅は自殺用でもあることをほのめかした。甲板で試射もしてみた。七発撃って標的の空缶に一発も当らなかった。まあいい、自殺用ならロープを使う手だってある。

「ではそろそろ行きますよ」

ヘルメットを持って立ち上がると、お気をつけてと蛭間が言った。声に力がなく、虚脱感に取りつかれたように見えた。

ハンマー、カラビナ、ハーケン、ナットを腰につけた。手袋をはめると、まず岩瘤《いわこぶ》の上から横に十メートルばかり移動した。山形の隆起があって起点とするのに都合がよかったからだ。

「霧だ」と叫ぶ蛭間の声が聞えた。

振り向くと、湾口が乳白色に閉ざされているのが見えた。水面を巻くようにして立昇る霧が、炎のようにゆらめきながら寄せて来ようとしていた。それはあたかも灰色の津波であり、いっせいに鎌首《かまくび》を持ち上げて海上で咆哮《ほうこう》をあげているかに見えた。霧は音もなく滑り寄ってきた。そして頰を刃物のような感触が撫《な》でていったかと思うと息もつかせずわたしたちを包み込んだ。

3

霧は刻々と深くなった。すでにあたりはぼうとした白一色となり、しかもなおその色を深めながら上へ上へと吹き上ってくる。冷え冷えとした気配が立ちこめて空気が重くなった。服はじっとりと湿り、岩には水滴がつきはじめた。

物音がまったく消えてしまった。わたしの呼吸と、岩をつかまえる靴音、引きずられてついてくるザイルのきしみだけしかない。いましがた、ワンピッチを稼いだばかりだった。手頃な岩角に補助ザイルの輪をかけてシュリンゲを通し、メインザイルを通して自己確保《セルフビレイ》をはかったところだ。

これまでのところすべてフリークライミングで登っていた。最初のうちはけっこうホールドがあり、さして体力も必要としなかった。だが四十メートルも登ったあたりから急にむずかしくなった。広大な一枚岩やオーバーハングこそないものの、確実なホールドを求めて進路を変えることがたび重なりはじめた。わたしは油汗を浮べていた。自分の体力が落ち、平衡感覚が鈍っていることを改めて思い知らされていたのだ。むろんトレーニングを始めたときからうすうすは感じていた。わたしが過去の自分とはもはや別物に過ぎないことを。それに四十日余りの時間ではからだをつくるにはあまりに短かすぎた。まあ何とかなるだろうと、過去の経験だけを頼りに、かつてのわたしならもっとも忌《い》んだ安易な気持で出発してきていた。

六十メートルばかり登ったところに十メートルほどのバンドがあり、楽に腰かけられる広さがあった。一服してもう海面がまったく見えないことに気づいた。現在の視界は三、四十メートル程度だろうか。霧はまだ濃さを増している。岩が滑りやすくなって状況は次第に悪くなる。

夏期の択捉島が二日に一日の割りといわれるくらい有数の濃霧地帯であることは承知していた。しかしこの霧はやはり想像以上だった。考えてみれば、わたしはこれほど深い海霧に遭遇したことはないのだ。霧はむしろこちらにとって有利に働くと考えたのが甘かったことになる。

唯一《ゆいいつ》の希望は、海霧がそう高いところまで立ちこめはしないことである。数百の高さを持つ山の頂きならまず霧の上に出るし、はなはだしい場合は船のマストが霧の上に突き出たりする。この霧もその程度のものであってくれるとありがたい。

やや気温が落ちてきた。流れた汗が体熱を奪おうとしている。動いていたほうがいい。わたしはからだを起し、少し右へ移動して先程目標を定めておいた裂け目《クラック》のひとつに取りついた。その途端、下で水音が起った。

二つの水音が同時に起った。水を掻《か》くような音がする。蛭間《ひるま》の名を呼んだ。答えがない。さらに声を大きく叫んだ。うめき声が答えた。海に落ちたのだ。

ザイルを岩にかけ、懸垂下降《アップザイレン》で一気に下まで滑り降りた。

蛭間は水の中で岩につかまったままぐったりしていた。額が割れて鮮血が吹き出している。引っ張り上げるとボートに運び込んだ。

服を脱がせタオルでからだを拭《ふ》いてやる。蛭間の唇は土気色で全身に鳥肌が立っていた。水は冷たく湘南《しょうなん》でいえば春先ぐらいの水温だ。彼のからだを毛布で包み、タオルで皮膚の摩擦をしようとすると、蛭間が拒んだ。

「すみません。申訳ないことをした。足を滑らせてしもうて」

「いいから静かにしなさい」

「わし、そんなつもりじゃなかったんだ」

「幸い怪我《けが》は大したことない。皮膚が少し裂けているだけです」

「そんなのいいんだ」蛭間はからだを震わせて言った。

「リュックを落としてしもうたんだ。海の中に」

「リュック？」

「何にもすることがないし、せめて下まで運んであげようと思うて」

あわてて岩場に引返した。消えている。メインザックと、すぐにも引き上げるつもりだったアタックザックのふたつがない。愕然《がくぜん》とした。

「わし、潜って取ってきます」

よろめきながら立とうとする彼を手で押えた。補助ロープの先に岩をくくりつけ、彼の転落した場所へ垂らしてみる。ロープは何の抵抗感もなく真っ直《ます》ぐ沈んだ。十メートル垂らして何の手応《てごた》えもなかった。

苦々しさがこみ上げてきた。装備のほとんどを一挙に失ってしまった。

「二つを一度に運ぼうとしたんですか」

「わしは力仕事には慣れとるんです。あれくらいの荷はいつも運んどりました」

しかし現に落とした。ザック二つを合わせれば、四十キロからの重量になったはずだ。真っ直ぐ立つこともできない岩場でそんなむりをする必要は少しもなかった。

「申訳ない。わしにできることなら何でもします。どうしたらいいですか」

蛭間は眼を赤くして言った。

「今さら荷物が取り返せるわけじゃない」

「そう言わんと、何とかしてください。お願いします」

「何とかしますよ」

「そうですか、わしに何でも言いつけてください。どんなことでもやります」

「いいからしばらく一人にしてください。考えたいんだ」

思わず邪険に言った。

わたしは岩場に戻った。使用中のザイルが二本ある。アレクセーエフ用のザックにも二本あるし、わたしの私物のリュックの中にも四十メートルザイル一本が入っている。けっして絶望というわけではなかった。ただし時間がかかる。

これまで登った感触では、頂上までフリークライミングで通すことも不可能ではなかった。極端なことをいえばアレクセーエフ用のカプセルを背負ってそのまま登り切ればよい。わたしは第二案のポンモイと呼ぶ海岸へ降りてそこで蛭間と落ち合うことができる。見通しの効かない岩場を行き当りばったりで攻めてなおかつ攻め切れる体力があるならばだ。残念ながら今のわたしにはそれだけの自信がなかった。背負う荷物にしても、八十メートルザイル一本で四キロあるのだ。

アレクセーエフのための準備は、少なくとも明日の午前中までに整えなければならなかった。

山上の中央部の近くに一本の巨大な枯木がある。恐らくエゾ松だと思うが、高空からのスパイ写真でも容易に判別できるくらいだから、山の稜線《りょうせん》に上ると一目で見つけられるはずだ。脱出用の荷はそこへ置いておくことになっていた。わたしたちは明日の午後から待機態勢に入り、三日間は待つ。それはアレクセーエフの択捉滞在の日程と一致する。彼の一行は今日の午後一時に、国後島から択捉の天寧、ソ連名ブレベスニクに着陸する。わたしたちが待っていることは昨夜のFENの暗号メッセージで受け取っているはずだった。CIAの諜報員《ちょうほういん》による直接のコンタクトが取れたのはウラジオストックまで、以後はラジオの一方通行による通信しかできないのである。

わたしは迷っていた。その迷いをいや増すかのように霧が濃くなってくる。すでに視界は二十メートルを割っていた。際限のない霧だということがやっとわかった。状況がさらに悪化することを覚悟しなければならない。

寒さを覚え、ナイロンヤッケを着込むためにボートに戻った。蛭間は毛布を頭上から被《かぶ》り、海図《チャート》を広げていた。

「この霧をどう思いますか」わたしは言った。

「よくないです。こうなると、まだまだひどくなりますよ。それこそ一寸先も見えんようになります。二、三日続くかもしれません。そうかと思うと急にからっと晴れ上って、嘘《うそ》みたいないいお天気になります。夏はこの繰り返しです」

地勢図を広げようとすると、蛭間がチャートの一角を指さして言った。

「ここならボートを隠せますよ」

それは第二案とは反対の方角だった。萌消《もえけし》湾を右に出た東側に当たり、内保湾寄りのとっつきに当っていた。

「ここにちょっとした入江があるでしょう。チプトマリと呼んどりましたです。トマリと言うのはアイヌ語で舟を着ける所という意味でして、連中が磯《いそ》伝いに舟を進めるときの碇泊地《ていはくち》だったんでしょうな。波も静かで風の影響も少ないいところですよ。ちょっと浅いけれどこれくらいのボートなら平気ですし、岩が多いからいくらでも隠せます。岸から見てもわかりゃしませんよ。上からのぞくと丸見えのここより、よっぽどいいと思いますが」

彼の言う地名は、海図、地勢図、どちらにも出ていなかった。ごく小さな入江で、木をくり抜いて作ったアイヌの小舟なら絶好の避難港になったことは想像できる。水深はかなり浅く、一、二メートルの等深線が広い範囲にわたって広がっていた。位置は萌消湾の東岸の先端である萌消崎から約三キロ入ったところである。

そこからさらに三キロ余り内保湾寄りに行くと、マンマエと呼ぶ旧日本時代の小部落の跡に出る。戦後ソ連がここへ魚の加工工場を設けたが、飛砂がはなはだしいため放棄され、今は廃墟《はいきょ》を残すのみとなっている。

陸上はなだらかな丘陵が萌消湾めざして上っている。萌消湾そのものがかつてはかなりの高さを持つコニーデ山だったことは疑いない。噴火で中央部に円錐形《えんすいけい》の穴があいてしまったため、湾の縁が稜線となって残った。周囲のゆるやかな裾野《すその》を登りつめると、足元がいきなり垂直に切れて下に海が見えるというわけだ。戦前はその山裾に電信道路と呼ぶ小道があった。国後島《クナシリ》から敷設した海底電話線がタンネモエに上陸、この小道を通って島の中心地紗那《しゃな》へ通じていた。タンネモエからマンマエまで二十四キロ、この間人家は一軒もない。いま電信道路は、幅七メートルの軍用道路と変っている。タンネモエ及び太平洋岸のポンノボリ、さらに国後水道を見下す標高千二百二十一メートルのベルタルベ山には軍の監視哨《かんししょう》があり、軍用道路には近づくなと警告されていた。

「このチプトマリから、山裾を回って登ってみてはどうですか。登りはゆるいし、笹《ささ》っ原《ぱら》だから隠れるのも楽です。それにここらにゃ熊もおらんですよ」

わたしは同意した。「行ってみよう。一度偵察してみるのも悪くない」

「えっ、そうなさいますか」

「どっちみち、この霧では動きが取れない。準備をしてくれますか。わたしはロープを引き上げてくる」

蛭間は活気を取り戻した。わたしは岩壁へ行き、捨て縄を残してザイルを回収してきた。ポンモイにボートを着ける第二案を考えないでもなかったが、こちらは傾斜が急で深い樹林がある。チプトマリ経由のほうが距離こそ少し長くなるものの登りが楽だ。とにかく偵察して決めようと思った。

ボートを湾に突き出してエンジンスイッチを入れ、アイドリングさせて様子を見たうえでシフトレバーを倒す。霧の中に爆音がこもり、ボートはスローで前進をはじめた。

視界は極度に悪い。蛭間が身を乗り出して前方に注意を集中する。高速ボートは微速前進が得意ではないのだ。

萌消島と萌消崎の間を抜ける方が距離は近いが、岩礁《がんしよう》が多くて潮流も複雑である。それでクンネウエンシリ寄りに遠回りして外海に出た。右旋回して十分ほど走り、微速に落としてバウを陸に向ける。前進停止、前進停止を繰り返して少しずつ陸へ接近した。海にはうねりが残っているが風はほとんどない。内保湾は陸が広く湾曲しているだけで湾内、湾外の区別がつけにくいところだ。だから波や海面の変化で陸の見当をつけるのがむずかしい。一寸刻みに接近するほかはないのだった。

息苦しいまでの深い霧だ。視界はすでに十メートルを割り、ときによると三メートル先の船首まで隠れてしまうことがあった。濃淡にひどくむらがある。それが乳白色の陰影となって一瞬の休みもなくうごめいていた。さらに深くなりそうだ。

「停めて！」

蛭間が鋭く言った。即座にエンジンスイッチをオフにする。蛭間はパドルを持って船首に飛び出した。

岩を洗う波音が聞えた。わたしたちはパドルを使い始めた。ボートはわずかに横揺れしながらゆっくりと水を切って進んだ。

濃い霧が押し寄せて来た。と見る間にそれはそそり立つ岩塊となって眼の前に現われた。

蛭間がパドルで岩を突く。ボートは頼りなげに進路を変えた。波音がはっきり耳を打つのが聞える。また岩。這《は》うように船を進めた。

やがて崖《がけ》が現われた。霧で高さが見極められない。危険を避けてまた少しボートを沖へ戻した。右に左にと岩礁を見ながら進む。水深を測ってみると二、三メートル程度だ。かなり浅いうえ海岸線が複雑に入り組んでいる。青柳《あおやぎ》らが霧の場合はタンネモエ寄りの海岸をすすめたのは当然だった。少しでも波があったら、とうてい近寄れる海岸ではなかったのだ。

海岸線が少しずつ単調になり、周囲の状況がのみこめてくるのに約三十分かかった。わたしは海図に何度も眼を通し、いまいる場所がチプトマリらしいと見当をつけた。海岸はごろ石となり、玄武岩や凝灰岩の酸化して赤黒くなった岩が露出している。

「ここなら上陸できます」蛭間が言った。

「もう少し進めてみる」と答える。

わたしはボートを着ける場所を探していたのだ。できれば海中に大きな岩があり、その陰になって波の影響を受けない場所がよかった。霧が晴れた途端、外海から丸見えというのでは困る。

「そこなら傾斜がゆるい」と再度蛭間。

わたしは無視した。彼がここらの地理をさして知らないのは明らかだった。彼にはまだ、船がチプトマリへ入ったという認識がない。本当にそういう地名があるとしての話だが。

少し行くとまた陸が海へせり出してきた。その先はまた岩。するとここは、百メートルばかりの海岸線を持つごく狭い入江だ。まちがいなくチプトマリということになる。

舟を着ける場所としては悪くない。深度が安定し、暗礁もない。逃げ出すときは全速で飛び出しても危険はないだろう。問題は隠れ場所だった。ひとつ恰好《かっこう》の岩陰を見つけたが、岩が小さかった。船体の半分近くがはみ出してしまう。水深は二メートルちょっと。いま干潮時でまだ少し潮が引くが、それを計算に入れても深度は十分だ。一応岩伝いに陸へも上れる。結局そこに決めた。

アンカーを沈めてとりあえず上陸した。付近の岩には海鳥の糞《ふん》が無数についている。彼らの天敵ヒト科の動物が近くにいないという証明になるかもしれない。

ごろ石の奥の岩陰にわずかばかりの砂浜があった。夜営するのに丁度いい。起伏のゆるやかなごつごつした岩場がその背後に広がり、そこを越えると土の上に出た。笹、丈の低い灌木《かんぼく》がある。地を這っている痩《や》せこけた植物は、驚いたことにハイ松だった。日本では北海道でもかなり高く登らなければ見られない松だ。それが海岸線近くまで降りてきている。

トクサ、ヨモギ、ヤナギランがある。ハマナス、紫紅色の花をつけたハマエンドウ、赤黒い穂を散らしたワレモコウの類。そしてネマガリダケの別名があるチシマザサの群生。笹原はゆるやかな傾斜を見せて霧の中に没していた。陸上での霧はいくらか薄く、視界がまだ四、五十メートルは効く。白い闇《やみ》は多分に流動的で、これから濃くなるのか薄くなるのか見当もつかない。

ざっと付近の状況を確かめただけで海岸に戻った。蛭間《ひるま》は荷を降し終え、砂の上に毛布を敷いて座っていた。くわえ煙草《たばこ》だ。見るとさっき濡《ぬ》らした拳銃《けんじゅう》の分解掃除をしていた。くすんだ顔に、妙に眼だけが鋭くなっている。わたしを見ると「軍隊でよく将校のナンブを掃除させられましたもんで」と弁解する口調で言った。

一時半だ。

「一時間ばかり偵察してきたいんです。その前にめしにしよう」

「少し登ってみなさるか」

「そのつもりですがね。陸の方は少し霧が薄いようだ」

「しかし霧のことは、あんまり期待せんほうがいいですよ。恐らくあしたまではこんな状態だと思います」

「この辺の地理にはくわしいんですか」

「いや、来たのは初めてですけどね。ま、島におりましたから見当はつきますが、あんたは藪《やぶ》を歩き慣れていなさるみたいだから大丈夫でしょう」

手早く食事をすませた。

ナップザックひとつで出発する。持ったのは銃、磁石、地図だけ。蛭間が岩の上まで見送りに来た。わたしは直登で笹の原野に足を踏み入れた。笹は深い。すぐに下半身がぐっしょりと濡れてきた。

しかし百メートルと登らなかった。すぐ左にコースを変え、数百メートル行って海岸に舞い戻った。そして手頃な岩の陰に潜み、蛭間が出て来るのを待ち受けた。

彼が二つのザックを海に投げ込んだ理由を突き止めなければならない。補助ロープに岩をつけて水深を測ったとき、それが濡れていたことに気づいた。蛭間は予《あらかじ》め水深を測り、あそこが底なしであることを確かめたうえで荷を放り込んだのだ。わたしに岩壁を登らせないために。

4

約十五分待ったとき、霧の中へ不意に灰色の影が現われた。

やはり蛭間だ。足早にマンマエの方角めざして歩いて行く。手ぶらだ。ジャンパーの右ポケットが拳銃でふくらんでいた。

わたしは覚《さと》られぬよう注意を払いながら、後をつけ始めた。霧のためにあまり距離を取ることができない。しかし蛭間は、後方には全く注意を払っていなかった。彼の足取りは速く、その後姿には訓練と経験を積んだ兵士のような確かさがあった。これまでついぞ見せたことのない身のこなしだ。

二十分ばかり歩くと周囲が砂地に変った。足跡がつくため追跡がむずかしい。斜め後方に位置を変えた。蛭間がときどき立ち止ってあたりを見回すようになった。位置を確認している。

砂の中にコンクリートの土手が現われた。初の人工構築物だが砂に埋もれて崩壊し、廃墟化している。砂の侵蝕《しんしょく》を喰い止めるための堤の跡だ。役に立たなくなってかなりの歳月がたっている。

蛭間は堤防の跡を右にたどった。間もなくコンクリートの壁が一部残っている廃屋が姿を見せた。ここも半分は砂に埋もれている。蛭間の顔に笑みが浮かんでいることに気づいた。声もなく冷ややかに笑っている。

蛭間が突然身を伏せた。頭を上げて周囲のようすをうかがうと、今度は小走りに前進する。そして小さな灌木の後に身を潜めて動かなくなった。

ある音を聞いた。霧を縫って車の音が近づいて来る。トラックだ。わたしたちは軍用道路の近くまで来ていた。

蛭間は茂みの間から前方を注視した。爆音が大きくなり、かすかな地響きの音を残して通過した。わたしの位置からは何も見えない。

蛭間は今度は慎重に行動した。頭を低く下げ、足音を忍ばせて前進する。そのからだには力感がみなぎり、ほとんど精悍《せいかん》でさえあった。そして彼は一本の未舗装路の上に出た。

道は笹原を切り開いて左右を横切っていた。湿っぽい霧が流れているだけで他には何もない。蛭間は数分そこにとどまると引返し始めた。そのからだから見る間に精気が失われた。まだ笑みを浮べていたが。それは微笑に近いものへと変っていた。海岸近くへと下りて行き、傍らの草木をまるで庭木でも見回るようにのぞき込んだ。そしてしきりとうなずいたりする。先ほどとは別人だった。

わたしは彼が後手に手を組み、ひょうひょうと帰って行くのを半ば呆然《ぼうぜん》と見送った。彼はハイマツの上に倒れ込んでいた倒木を脇《わき》に除いたりしたのだ。それは漁村の老人が、早朝浜を見廻りながら、打ち上げられた海藻やごみを、無意識にポイと海へ戻したりする仕草とまったく同じであった。

わたしはしばらく周囲の偵察をつづけた。萌消《もえけし》湾へ至る傾斜はゆるやかで、五十メートルの高度を稼ぐのに一キロ近く距離がありそうだ。内陸部に入るほど闊葉樹《かつようじゅ》がふえてくる。また木の高さでおおよその高度を知ることもできる。冬の北西風が強い海岸では、ミヤマハンノキがわずか一メートル足らずの高さしかなかった。

戻って来ると、蛭間が空缶に盛ったキイチゴの実を差し出した。

「うまいですよ。食いませんか」と愛想笑いを浮べて言う。「誰も取るもんがいないからいっぱいありますわ。クロマメの木も実をつけとるが、これはまだ熟しておらんです」

「出歩いたのですか」

「すみません。じっとしておれんで、昔の電信道路のとこまで行って来ました。道は立派になっとるが、人はおりませんな」

わたしはキイチゴの実をつまんだ。思ったより水分が多く、甘味も強い。甘酸《あまず》っぱい味が口の中に広がった。

「うまいでしょう。わしらはエゾイチゴと呼んどりましたが、キイチゴの中じゃ一番うまいでです。こんな木の実がいっぱいあるんですぜ。北の島じゃから自然の恵みは何もないと思うたら大間違いです」

「うん、これはちょっとしたものだ」

「で、そちらはどうでした」

「どうやら行けそうです。一時間ほど休んだら出かけるつもりですがね」

「この霧の中を。第一もう陽がないですよ」

「かといって、霧の晴れるのを待つわけにもいかない。多分今夜は夜営するようになるだろうが、明朝には帰って来ますよ」

自分のザックを点検して荷の詰直しをした。アレクセーエフ用の荷まで含めると二十キロからの重さになる。減らそうと思えば減らせるが、それができない性分だった。以後三十分ほど砂の上に座り、インスタントコーヒーを飲みながら地図を見て過した。この霧の中では地形をしっかりと頭の中に叩《たた》き込んでおく必要がある。霧が晴れた場合も想定して、眼に入ってきそうな地理上の特徴を暗記した。

それが終ると蛭間と最後の打合せをした。明日正午まではいかなることがあってもここで待つこと。霧が引続きこの状態であればわたしが帰るまで午後も待ちつづける。もし霧が晴れ、午後になってもわたしが帰って来ない場合は萌消湾にボートを回す。わたしは今朝いたニイチセウニに下降するし、それが不可能な場合は崖の上に白い布を下げておく。そのときは湾を出て、タンネモエ寄りのポンモイへ船を回す、と三段階に分れた手筈《てはず》を整えた。

「どんなことがあったって、わしひとりで逃げたりはしません」

蛭間は真顔で言った。なぜか、明日にしたほうがよくはないかと引き止めたがった。しかしわたしは出発した。

彼は帰れというところまでついて来た。

「心配はいりませんよ。予定通りいけば、朝の八時には帰って来ます。朝めしを一緒に食いましょう」

「わし、あんたにどう詫《わ》びていいか、つらいんです」彼は歯切れ悪く言った。

「朝のことなら気にしなくていいですよ」

「しかし、わしはあんたのリュックをわざと海に落としたんだ」

怒鳴るような声だった。

「どうしてもこの足で、島に上陸してみたかったんです。ここはわしのおやじやおふくろが眠っとる故里《ふるさと》なんだ。それでどうしてもここへ船を回してもらおうと、わざと細工したんです。あんたを欺《だま》した」

「知っていましたよ。ロープがかなり濡れていましたんでね」

「知ってて許してくださったんか」

「というより、何が目的であんなことをしたか、その理由が知りたかった。それであんたの誘いに乗ったんです。じつはわたしも、さっきあんたが道路まで行ったとき、あとをつけていた。それまではソ連のスパイかもしれないと疑っていました」

蛭間はとまどいと微笑を浮べた。「わしがソ連のスパイだったらどうするつもりでした」

「そこまでは考えていなかった」

わたしたちは笑って別れることができた。

まず針路を、山の中腹を巻く南西に取った。

霧は行く手を遮るものすべてを水浸しにして流れていた。湿度は百パーセントに近く、三十分もすると汗と湿気で全身が濡れてきた。背のザックさえ次第に重くなってくる。

最初の三キロに一時間かかった。時刻はすでに五時。地形はなだらかでも、けっして歩きよいコースではなかった。藪《やぶ》こぎの連続といってよく、しかも群生するチシマザサの背丈は次第に高くなった。掻《か》き分けてやみくもに進むより、避けて通るほうがはるかに楽だ。わたしは高度を稼ぐことをあきらめ、山裾《やますそ》を迂回《うかい》して目標地にまで近づくほうに針路を変えた。

休憩するたびに地図を開いてみるが全然役に立たない。地形に特徴というものがまるでないのだ。植生図があったらまだしも手がかりが得られたろう。判然と分れているわけではないが広葉樹林もあり、イタヤ、ナナカマド、それに桜の木まで見かけた。どの木も成育が悪く、背丈は低い。

疲労で歩行速度が鈍ってきた。今朝窮屈なボート上で四時間の仮眠をとっただけだし、その前夜は蒸し暑い貨物船のかいこ棚だった。肉体が痛切に休息したがっている。蛭間の言った通り、何もむりして今日決行しなくてもよかったのだという思いがつのってきた。

七時頃から急速に暮れてきた。霧の状態は内陸部に入っても変化はなく、かなりのむらがあるものの視界はせいぜい四、五十メートルである。その茫《ぼう》とした空間が、いまや鈍色《にびいろ》に変ろうとしていた。この分では月明りなど期待できそうもない。うまくすれば四、五時間で目的地へ着けると考えていたが、完全な幻想に終りそうだ。たとえ目的地に着けたとしても、この霧の中で一本の木を探すのは容易なことではないだろう。

汗と湿気で不快感も限界だった。思考も鈍ってきた。それが証拠に、こうなれば稜《りよう》線《せん》に出たほうが早いという考えを思いつくと、もう矢も楯《たて》もたまらず直登をはじめたのだ。今は一刻も早く頂上の一部に立ちたかった。そこもまだ霧に閉ざされていれば、初めて自分に納得がいく。今さらコースなど変えようが、大した違いはない、自分にそう強弁していた。

八時前に夕食をとった。すると急に気力が萎《な》えてきた。とにかく疲れた。シーチキンをむりやり水で咽《のど》に流し込んだものの、満腹したときのあのゆったりした満足感はやってこなかった。むしろ腹部に膨脹感を覚え、からだがむやみと横になりたがった。

ほんの一時間横になるだけでいい。わたしは岩陰にフライシートを敷き、特殊アルミ加工の防寒シートを広げて中に潜り込んだ。これは宇宙船用にNASAが開発した厚さ十二ミクロンの極薄シートで、折り畳めば煙草《たばこ》大の大きさしかない。そのくせ毛布三枚分に匹敵する保温力を持っている。

やがて上半身からぬくもってきた。したたかに湿っているだけに、けっして快い温かさではない。眠ろうとして眼を閉じたが、目蓋《まぶた》に何か混入したような異物感がある。眠れなかった。神経がこの二日間の環境の激変についていけなくなっている。

昨夜遅く船上から知床《しれとこ》岬灯台の群閃光《ぐんせんこう》を眺めやったときは、これが見納めになるかもしれないと思ったにもかかわらず、何の感慨も湧《わ》いてこなかった。悲愴《ひそう》感《かん》はもちろん、さしたる感傷もなく、まるで他人《ひと》ごとのように消えゆくたったひとつの灯を見送った。恐らく虚無的になろうとしていたのだと思う。自分のしてきたことの意味を反芻《はんすう》したくなかったのだ。

わたしは望み通り河野老人の店を買った。店の整理をすると火災保険も含めて三百万円余りの金が手元に残ったし、母が六百万円出してくれた。とりあえず千五百万円の現金を老人に払って、店の名義をわたしと順子のものに書き換えた。順子が自分の力で店をやっていくようになってまだ十日である。その前日までは老人が店に出ており、若干片づけなければならない問題が残っているにしても、経営の肩代りは円満に終り、「かわの」は一日も休業札を貼《は》り出さずにすんだ。そしてわたしは田舎に帰るとか、パタゴニア探検隊の先遣員になるとかいう触れ込みで、彼らの前から姿を消した。とにかく自分のしようと思っていたことは何とか実現したのだ。それでいいじゃないか、というのがそのときの心境だった。

最後に会ったとき、順子はわたしの眼の前でキュッキュッと音をさせてカップを磨きながら「あなたが帰って来るまでに、今以上ピカピカにお店を磨きたてておくわ」と言った。嬉《うれ》しそうだった。彼女はこれで東京へ母親を呼ぶこともできる。

霧に似た不透明な気だるさが、頭の中にどろんと溜《たま》ってくるのを感じた。いつしか眠っていた。半分覚醒《かくせい》しているような眠りだった。

5

はじめ空耳かと思った。あるいは夢かと。

まず人声を聞いた。ついで靴底の鋲《びょう》が岩を踏む音。

反射的に跳び起きようとして五体がすくんだ。物音がすぐ頭上で聞えたからだ。荒々しい呼吸音、払われた木の小枝が折れる音、茂みを踏みしだく音、かなりの人数が集まろうとしている。短く交わされる言葉は疑いもなくロシア語だった。

わたしは細心の注意を払ってシートを抜け出した。岩の下にぴったりからだを寄せて上をうかがう。岩の高さは約五メートル、その上はどうやら平坦《へいたん》になっているらしい。ロシア人が付近に散開して思い思いに休憩を取りはじめたのが手に取るようにわかった。

カチッとライターの音がした。それから二人の男が小声で話し合う声。気配で兵士だと直感した。岩の上から真下をのぞき込まれたらお終《しま》いである。アルミシートの生地はこの霧の中でもはっきりわかるほど白い色に鋭さがある。

シートを引き寄せようとした。ぞっとするほど高い、乾いた音が出た。あわてて手を引っこめた。さっきやみくもにでも藪の中に転がり込むべきだった、と気づいたがもう遅い。わたしはザックだけをそろそろと引き寄せた。

何が食べている物音がする。一度ライトの光が空を切って前方に流れた。霧は依然たちこめたままだ。風がないため今ではほとんど動かず闇《やみ》に溶け込んでいる。不意にばさっと近くへ何かが降ってきた。ごみを投げ捨てたものがいる。

およそ十五分もすると、急ぎ立ち働く物音に変った。短い号令と返事、どんな会話が交わされているか皆目わからなかった。わたしが理解できるロシア語など、単語にしてものの十語もありはしない。彼らが出発の準備を始めたと見たのは早計だった。逆に野営の準備をしていたのである。

わたしはうずくまって、少しずつ荷物をまとめた。下生えに笹《ささ》があるためほとんどからだの位置が変えられない。足がしびれ、筋肉がこわばって関節が錆《さ》びついてきた。先刻までの押し潰《つぶ》されるような息苦しさは消えたが、心臓はまだ激しく脈打っている。時計を見ると十二時だ。上の物音が次第に静まってくる。しかし歩哨《ほしょう》がいた。すぐ上でときおりしわぶきするのが聞えた。立ち疲れると数歩行ってまた戻ってくる。歩哨が動き出したときを狙《ねら》ってシートを畳みにかかった。気の遠くなるような根気と、注意と、時間のいる作業となった。

足のしびれが限界に達し、やむなく地面に横になった。下はじめじめと濡《ぬ》れており、湿気と冷たさがまた這《は》いのぼってきた。気温はせいぜい十二、三度。そのうち寒さで歯の根が合わなくなった。わたしは手と足の指を休みなく動かし、歯を喰いしばって腹式呼吸を繰り返した。

一時半に歩哨が交代した。その隙《すき》を狙って十メートルばかり下にある笹むらに飛び込んだ。丈が約二メートル。その後に隠れたことで、岩の上から見下しただけで発見される危険はなくなった。物音に気をつければ姿勢も楽に変えられる。わたしはザックから乾いたタオルを取り出し、指先の乾布《かんぷ》摩擦をした。皮膚の感覚が少しずつ戻ってきた。

兵士の姿を見届けることはついにできなかった。一度闇の中で煙草の火らしいものを見かけただけである。三時にまた歩哨が交代し、その間を使って脱出に成功した。

百メートル近く滑り降りると初めて余裕が出た。左側に二百メートルほど移動し、ザックを茂みの中に隠した。立木を折って目印とし、地図、磁石、双眼鏡、拳銃《けんじゆう》だけを持って今度は直登を始めた。彼らの横に出るつもりであった。

なぜこんなところに兵士の一団が現われたか、アレクセーエフが脱出に失敗したことも考えられるが、それにしては少し時間が早すぎる。彼が行動を起すのは、少なくとも今日の夜が明けて以後のはずなのだ。

今回のソ連政府要人、軍事関係者の視察行は、ウラジオストックを皮切りに、カムチャツカ半島のペトロパブロフスク－カムチャツキー、サハリン、国後《クナシリ》、択捉《エトロフ》の順で日程が組まれていた。択捉が最終地となったのは視察より保養に重点が置かれているからで、だからこそ彼らは、さしたる軍事基地もないこの島に前後四日も滞在する。クリルスクと名を変えた旧紗那の町は極東の現ソ連領内ではもっとも気候が安定しているし、レイドボ、ルイバキ、キトーブイといった周辺の村は、豊富な野菜供給地となっているほか、天然の温泉を利用した保養地としても知られている。

むろん択捉島内に軍事基地がないわけではない。日本の連合艦隊がハワイ奇襲作戦を行なうため集結した単冠《ヒトカップ》湾岸の天寧、現ブレベスニクもそのひとつである。ソ連は旧海軍の作った飛行場を拡張して、いつでも中距離爆撃機の不沈空母に転用できる基地をつくりあげていた。地下格納庫、冬期の融雪装置などがそれだ。しかしその後のミサイル兵器の急速な進歩は、この飛行場の持つ軍事目的を色褪《あ》せたものにしてしまった。日本からの距離が近すぎて、防衛が極めて困難なのだ。ソ連がいまやブレベスニクを重く見ていないことは、高空から写されたスパイ写真によっても明らかだった。それはＹＳ11が一日数便発着する日本のローカル空港の風景とほとんど変りがなかった。

むしろ現在のソ連は千島全体を、ウラジオストックから太平洋へ通じる関門として重視する方向に変りつつある。宗谷海峡や対馬《つしま》海峡で日本海の咽元を扼《やく》されているソ連にとって、太平洋への自由な通路を確保することはいわば至上の願望だといってよい。軍港としてのウラジオストックが、近年次第にペトロパブロフスク－カムチャツキーに移りつつあるのもその表われで、択捉島の軍事的性格も国後水道や択捉海峡の航行権確保に変ってきているのだった。

およそ百五十メートルも登ったろうか。笹原を抜けて岩礫地《がんれきち》に出た。植生が変り、ところどころに小規模のお花畑がある。ハクサンイチゲ、ミヤマキンポウゲなどが夜目にかすかに白と黄の色を見せている。どうやら萌消湾《もえけし》の外周に当る尾根筋に出たようだ。いくらか明るい。どろんとした夜明けが始まっているのだった。小鳥が啼《な》き始めた。いい兆候だ。昨日の霧の中では、小鳥や海鳥さえ鳴りを潜めていた。

あたりが少しずつ明るくなった。赤茶けた瓦礫《がれき》と岩がむき出しになって左右に連なり、山ひだには矮性《わいせい》植物がしがみついている。尾根の向こうはわずかな下り。地図で見ると高度は約五百メートル、萌消湾のふちまではもう半キロ程度しかない。北の斜面にある針葉樹の枝は、みな南東へと延びている。冬の季節風の強さと方角がわかろうというものだ。

霧が斜面を撫《な》で上げるように登っていた。視界が七、八十メートルに回復している。五時に兵士が起き上る気配を聞いた。わたしは逃げ道にいつでも走り込める岩角に身を伏せ、耳で彼らの動静をうかがった。姿は見えないし、霧は音を通しにくい。三十分ばかりすると何も聞えなくなった。昨日と同じ神秘的な静けさが漂うのみだ。日が昇っているらしい。空を仰ぐと、かすかな青味が感じられる。霧が晴れかけているのだ。

なおも三十分そこに留まって、兵士らが移動したことを確かめた。わたしは尾根を離れ、ザックのところに戻って飢えと渇きを満した。緊張感はつづいているが昨夜のような疲労はない。むしろ一夜の試練に耐えたことで失われつつあった自信が甦《よみがえ》った。わたしはザックをかつぎ出発した。とにかく自分の義務だけは果す。

尾根に戻ると、視界が一挙に二百メートルに開けていた。わずかに下ると、昨夜の兵士が野営していた跡に出た。煙草の吸殻や空缶を見つけた。すぐ脇《わき》に柱状節理の岩面を露出させた饅頭《まんじゆう》型の小山がある。地図で萌消湾の外周にある無名峰のひとつだとわかった。湾の円周の中央部に近く、目的地まではあと二キロ足らずだ。

わたしはザックを隠し、その小山に取りついた。高さは二十メートル程度で、別にむずかしい登りではない。第一兵士が登り降りした跡があった。

白い気流が眼の前を横切ったかと思うと、いきなり左前方遥《はる》かに褐色の山容が見えた。距離はおよそ十キロ。山頂に爆裂火口の跡がある。島の西端にあるベルタルベ山だ。雲海のような霧の上になだらかな裾野を見せて深閑とそびえていた。霧の頭上に出たのだ。

興奮して眼を転ずると、東にロッコー山をはじめ標高千メートルに満たない山々が、朝日の逆光の中で暗紫色の姿をのぞかせていた。日は燦然《さんぜん》たる光を降らせており、猛烈な早さで霧を透明な色に昇華させていた。

北を見ると富士を思わせる秀麗な独立峰があった。内保湾の対岸にある阿登佐岳《アトサノボリ》だ。標高約千二百。その右遠くに薄墨色の色相をにじませて重なり合う山塊。択捉の主峰ヒトカップ山とその山脈だ。そこが島のほぼ中央に当っていた。

それは壮麗で、息を呑《の》むほど無垢《むく》な山々であった。わたしは声もなく見とれ、胸に熱いものがこみ上げてくるのを感じた。この島は植生といい、地形といい、まぎれもなく北海道の一部なのだ。択捉海峡を隔てて、他の千島列島とは完全にちがうのである。

薄れゆく霧の中で、馬蹄《ばてい》型に口を開けた萌消湾の頂部が見えてきた。周囲を囲む濃い緑が色鮮かに萌えようとしている。湾内を閉ざしている霧が、グリーンのベルトだけを見せて幻想的な雰囲気にわたしを誘った。

その霧の果てに一点の影が見えた。見えたと思った瞬間もう霧にかき消されていた。わたしは戦慄《せんりつ》を覚えながら双眼鏡を眼に当てた。霧の切れ間を待つ時間がもどかしいほど長かった。

また、瞬間的に黒い影が浮び上って消えた。それで十分だった。萌消湾の沖合い遠くに船が漂泊している。ソ連の国境警備艇であった。

壮大で神秘的な光景が一変していた。

露わになりはじめた尾根筋に、野戦服を着た完全武装の兵士がひしめいているのをわたしは見た。目標物である白骨化したエゾ松の木が、一キロばかり前方にあるのがはっきり見えた。彼らはその松を取り囲むように尾根筋へ身を伏せていた。

この周囲にもいなければおかしい。そう気づいた瞬間後の方で金具の触れ合う音を聞いた。ぎょっとして振り返り、後続の兵士がぞくぞくとこちら目ざしてやって来るのを認めた。先頭の兵士はすでに二百メートルの近さまで近づいている。

わたしは小山を駆け下り、ザックをつかむなり崖下へ蹴り落した。そして一瞬の躊躇もなく自分の身を躍らせた。笹の中をもんどりうって数回ころがり、ザックの紐をつかんだとみるや、それを引きずって一散に霧の中へ駆けこんだ。

とにかく走った。いったん走り始めると、恐怖のかたちが変ってきた。いつ出会い頭に敵と顔を突き合わせるかしれない。その可能性に気づくと辛うじて足を止めた。霧には不可聴音域というのがある。浮足立っているのを押え、懸命に呼吸を整えた。

音響のひどく伝わりにくい空白地帯ができるのだ。

わたしは数歩行ってはすますという前進をはじめた。少しでも風音や梢《こずえ》の葉が触れ合う音を聞くと、即座に身を低くして安全を確かめた。下方の霧はまだ濃く、平均三十メートルぐらいしか先が見通せない。その霧がいまや激しく動いていた。晴れるまでに海岸へたどり着かねばならない。霧が晴れると脱出がそれだけ困難になる。

そのうち完全に気持が落ち着いた。前進のこつも呑み込め、より機敏に進めるようになった。汗も、疲労も、苦しさも感じなかった。体内に怒りが充満し、それが気力となっている。

潮騒《しおさい》の音を聞いたと思うといきなり足元が切れ、下から冷たいガスが吹き上げてきた。海岸に出たのだ。しかしかなり萌消崎寄りだと見え、崖は高く、海面は見えなかった。石を投げると数秒置いて水音がした。海岸へ一直線に最短距離のコースを取ってきたことになる。

付近の霧はまだ深い。十メートルも視界が効かないこともある。足元に注意しながらチプトマリをめざした。

やっと見覚えのある岩場にたどりついた。

ボートに荷が積んであった。いつでも出発できる態勢になっている。だが蛭間《ひるま》の姿はどこにもない。数百メートル、マンマエ方向へ彼の姿を探しに行ったものの、あきらめて引き返した。今となっては動かないほうがいい。

ザックを積み込み、マシンの点検をした。異常はない。燃料も十分ある。

以後の一時間を、苛立《いらだ》ちと焦燥のうちに過した。その間にも霧がどんどん晴れてきた。気持をまぎらすため、砂浜に座って食事を取った。空缶に昨日食べ残したキイチゴがまだ残っていた。

食事を終ると海図を広げた。海上に出たら萌消湾の沖から真西に針路を取る。ほぼ七十キロで国後島の北限であるルルイ岬に達する。そこで南西に針路を変えると、知床《しれとこ》岬まで約七十キロ、多少ゆとりを見て全航程百五十キロ、このボートで二時間の道のりであった。

警備艇は霧の圏外にいた。そして明らかに萌消湾を見張っていた。ボートがどこに着き、わたしが何をするか、ソ連ははっきり知っていたのだ。しかしわたしたちは、まったく予定外の内保湾に船を着けてしまった。彼らはまだそれに気づいていない。この霧がある限り安全ということになる。しかし脱出は霧のあるうちに行なわなくてはだめだ。

その霧が薄れつつある。動揺が増してきた。

突然、銃声が聞えた。つづいて、たてつづけに乱射音。わたしはうろたえ、銃を握って岩場に駆け出した。銃に慣れていないせいで、どれくらいの距離があるか見当もつかないのだ。

鋭く、甲高い声が耳にこだました。犬だ。鎖から放たれた犬の吠声《ほえごえ》が、地を転がってこちらへ近づいて来る。

バンと別の銃声が鳴った。さらに、もう一発。蛭間だ。彼が応戦している。

わたしは蛭間の名を叫びながら飛び出した。無鉄砲と言うなら言え。刀狩りの伝統が生きている国に育ったおかげで銃器の怖さは知らないのだ。

ばたばたと足音がして、霧の中から蛭間が走り出て来た。足を引きずっている。

「こっちだ」と叫ぶ。

「罠《わな》だ」蛭間があえぎながら叫び返した。「渋谷さん。わしら罠に嵌《は》められたんだ。やつら、待ち構えてやがった」

絞り出すような声だった。全身が泥にまみれ、憎悪《ぞうお》に燃えた眼がぎらぎら光っていた。右頬から血が流れている。

「ボートはすぐそこだ。歩けるか」

「大丈夫だ。犬をけしかけて来たから撃ち殺してやった。やつら、こっちへ来る。早く逃げなせえ」

「待っていたんだ。ボートはすぐ出せる」

彼に手を貸し、浜に走り込んだ。蛭間が苦しそうに咽《のど》を鳴らした。しかしけっしてひるんではいない。手にしたコルトを振り回し、猛々《たけだけ》しさを全身にみなぎらせている。

「しかし、よくまあ無事で」ぜいぜいと咽を鳴らして言った。

「山も兵隊で一杯だ。沖には船まで張り込んでいる」

「やっぱり、くそ、わしらは裏切られたんですぜ。そうにちがいない」

「そうだ。通報したやつがいる」

「逃げられますかい」

「霧が味方だ。絶対に逃げてみせる」

ボートに移るとアンカーを外す。蛭間が腰まで水に浸って後から押した。ぐらりと揺れてボートは岩陰を離れた。

「早く乗るんだ」

岸へ引揚げた蛭間を見てわたしは叫んだ。彼はくすんだ顔でかぶりを振った。

「わしは乗りません。帰る気はないんです」

「ばかなことを言うんじゃない。われわれの仕事は終ったんだ。早く乗ってくれ」

「わしは残ります。あんたひとりで逃げてください」

「きみを残して逃げ出せるわけないだろう。乗るんだ」

「乗りません」固い決意を見せて彼は言った。「迷惑をかけてすみませんでした。しかしわしは、初めからこの島に残るつもりでここへ来たんです。あんたを欺《だま》してここへ船を着けさせたのもそのためだ。わしはこの島で生まれた人間だ。この島で死にたいんです」

「なぜ死に急ぐんだ。ソ連人を殺したからって、恨みをそそげるものじゃないぜ」

「いや、べつにやつらと撃ち合うつもりはありませんよ。わしはただ、生まれ故郷の留別へ行って、墓参りがしたいだけです。あんたに黙って、今朝荷物をまとめて出かけました。いずれあんたが、その書置きを見つけてくれるだろうと思いまして」

　気がつかなかった。そういえば蛭間のシートの上に紙片があり、重り代りにハンドコンパスが載せてあった。気がせくあまり、地図のひとつだと見過してしまった。

「では、最初から覚悟のうえだったのか」

「そうです。だからわしのことは心配せずにひとりで行ってください。ほんとはわし、すごく喜んどるんです。留別へ着くまでは、どんなことがあっても辛抱するつもりだ。墓参りさえすめば、安心して死ねる。誰にも、露助にも迷惑はかけません」

「あなたの娘さんは、このことを知ってるのか」

蛭間は顔をゆがめて、上着の内ポケットから何か取り出した。わたしに向けて突きつけたのは、黒塗りの位牌《いはい》だった。いや、黒色と見たのは、白木の位牌が泥にまみれていたからだ。

「ここにおります。これがわしの娘です。娘はわしのソ連抑留中に、この島で女房と一緒に死んどるんです。え、川の鮭《さけ》や海の蛸《たこ》が手づかみで取れるようなこの島で、栄養失調で死んどるんですよ。だからもうわしは、身寄りも、家族も、なんもないんです。生きてさえおれば、娘はちょうどあんたぐらいの年頃です。普通に世帯を持って、子供が二人ぐらいいて、その孫がもう小学校でと考えんことには、わしはとても今日まで生きてこられんかったのです。それで娘は札幌《さっぽろ》で、勤め人の女房になっとると人には言うておったのです。おやじも、おふくろも、女房も、娘も、みんなこの島の土になっとります。わしもみなと同じところで土になります。できたらわしのために喜んでやってください。この日のために生きてきたんです」

孤独の影が濃くにじんでいた。声にぞっとするような怨嗟《えんさ》がこもっており、一挙に百歳も年取ったかに見えた。あの傲然《ごうぜん》とした意気は失《う》せ、からだまでが小さくなった。

彼の決意は、もう誰にも翻《ひるが》えせない。

「やつらが来ます。早く行ってください」彼は言った。

「留別までは遠いよ」

「六十キロあります。二時間ほど損をしました。やつらが待っているのを、何としてもあんたに知らせなきゃいかんと思って引き返しましたので」

「わたしの荷物を持って行くがいい」

「あります。隠してきました。だから本当にもう心配せずに行ってください。いいですかい。つかまるんじゃありませんぜ」

ロシア兵の声が聞えた。

「ありがとう」

わたしは手を上げた。蛭間は晴れやかに笑い、手を振り返した。

「ごきげんよう」

と彼は言った。これほど温い人間の眼を見たことがない。

ボートが海面に飛び出した瞬間に振り返ると、蛭間の姿はかき消すように消えていた。

6

無性に涙が出た。眼の前が霞《かす》み、手が震えている。怒りとも哀《かな》しみともつかぬ感情に突き上げられ、からだが火のついたように熱かった。

なぜだ、と呪《のろ》いの叫びをあげる。なぜこんなことになってしまったのだ。

霧が息を詰まらせて後へ走っている。ものすごい風だ。前のボートではメーターの針が激しく揺れながら右にぐんぐん傾いている。

しっかりしろ、走っているのはボートだ。速度計の数字を読め。八十、八十五……、そうだ、八十五キロだ。おまえはこの霧の中を八十五キロのスピードで船を走らせている。

ようやくわれに返った。本能的にレバーを引く。コックピットで炸裂《さくれつ》していた排気音が消え、風切音が海鳴りと変った。ステアリングに伝わってくるショックが去ると、腕が初めて自分の感覚を取り戻した。

あわてるべきではない。わたしは完全にボートを止め、海面の観察をし方位の修正をした。視界は約五十メートルしかない。左手で潮の騒ぐ音がする。岩礁《がんしょう》の多い萌消湾の入口が近い。

再びエンジンをかけ、針路を西南西にとった。国後島《クナシリ》のルルイ岬まで、何ひとつ行く手を遮るもののないオホーツクの海だ。エンジンの回転数三千八百、時速六十キロに保つようにする。燃料効率を考えてのうえだ。まだ全速は必要ない。

ときどき右後方に眼をやる。一度もソ連艇の姿を見かけなかった。たとえレーダーでこちらを捕捉し、追跡に移っているにせよ、彼らの速度が最高三十五ノットであることを知っている。いつでも引き離せる。

エンジンは快調に回転していた。ボートは盛んにノーズを振り、海面でバウンドしてはスプレーを撒《ま》き散らした。風防がないため、ときどきしぶきをもろにかぶった。硬い震動が不連続的に腹へ響いてくる。船体が跳ね上るたび下腹に力が入った。

十五分が経過した。

風が変った。左から右へ南風が吹き始め、しかもかなりの強さを持っている。霧が路上に巻き上る土埃《つちぼこり》のような勢いで遠ざかりつつある。国後水道にさしかかった。

見る間に波が出た。速い潮流と風の向きが相反して波は三角波となり、剣先をそろえた白波がボートを複雑に揺すりはじめた。スピードを落とし、海面の動きに神経を集中する。縦揺れはともかく、ボートは横揺れがもっとも苦手なのだ。おまけに詰め込めるだけの燃料を詰め込むために船体の大改装をしたから、ボートは元のアベンジャーとは似ても似つかぬ不安定な船に変り果てていた。さらに通常の百六十パーセントというハイパワーマシンを乗せている。三十ノットものスピードを出すと、まず絶対といっていいほど舵《かじ》が切れなかった。結局時間も足りなくて、性能のほどには疑問を残したまま来てしまった。ひとつ、外海で百キロ以上ものスピードを出すのは自殺行為に等しいことを確認しているだけである。

水道の中間部では霧が靄《もや》と見紛《みまが》うほど薄かった。一キロ近くは見通しが効く。それでもソ連警備艇は見えなかった。夏の日が海上で弱々しく踊っている。海は鉛色だ。白波がささくれ立って泡が飛んでいた。風が肌寒いほど冷めたい。気候のもっとも安定している夏でこうなのだ。

アイヌも、オロッコも、ギリヤークも、その昔みなこの海を命がけで渡った。彼らは島の両岸で何日も海のようすをうかがい、風がわずかでも収まった隙《すき》を狙《ねら》って必死の思いで小舟を漕《こ》ぎ出した。ここは神の加護なしには渡れない難所であった。わずか二十キロしかない狭い海峡であるにもかかわらず。

国後島に接近するにつれ、また霧が深くなった。といっても択捉《エトロフ》ほどではなく、視界はおよそ二百メートル、湘南あたりでもざらに出っ喰わす程度だ。霧に紛れて逃走するという形容にはちょうど手頃かもしれない。そう思うと、陰険な笑みが浮んだ。

わたしは地図と海図を広げ、位置の再確認をした。あと一時間とちょっとで知床岬に着く。

岩礁の発達したルルイ岬周辺に近づきすぎるのを避けるため、やや北西寄りに針路を変えた。岬の沖五キロぐらいのところを通過した。その辺りから急速に霧が薄れてきた。そして再び西南方向にボートを向けてしばらく行くと、左手にいきなり薄青色の陸影が見えてきた。裾野《すその》の厚い山脈がボートの進行方向と平行に這《は》って前方に霞んでいる。国後島であった。海霧地域を通過したのである。

久し振りに薄く雲の張り出した空を見た。頬に受ける風も心地よいぬくもりを持ち、日光は伸びやかな光を海に注いでいる。海はゆったりとうねり、わずかなさざ波を見せているだけだ。

知床岬はまだ見えなかった。その上空と思われる一帯に厚い雲が立ち上り、天気が下降しつつあることを示していた。しかし日没までは持つだろう。日が落ちるまでまだ四時間ある。海上では漁船が数隻《せき》漁をしている。半時間前とはうって変った嘘《うそ》のような静けさだった。

漁船の形が次第に大きく、はっきりと見えてきた。数は三つ。一隻だけ少し船体が大きく、吃水《きっすい》の低い細長い船体と、その上にのった胴詰まりのブリッジとが見分けられた。さらに小さな船がその前後にいる。三隻とも根室海峡方向に船首を向けており、各船の間は数キロ以上離れていた。

不安を覚えたのは、中央に位置する船が漁船特有のずんぐりした形を見せていないことに気づいてからだった。しかも船体は真っ白だ。断じて漁船ではない。

わたしはボートを止め、双眼鏡を取り上げた。一眼見てすべてを覚《さと》った。罠《わな》はここにも仕掛けられていた。

船首に入った763の算用数字がちらっと眼に入った。前部に突き出た砲塔と、鱗《うろこ》を閃《ひらめ》かせるように回転しているレーダーアンテナ。わたしがもっとも恐れていたソ連の警備艇。それも最新鋭のステンカ型警備艇だった。距離五千。

二つの小艇へ懸命に焦点を合せた。相手が小さいのと、海にうねりがあるためとで、なかなかとらえることができない。しかしモーターボートの後部を切って捨てたような特徴のある船体が確認できた。船首が極端なまでに高く上っている。左右に蹴散《けち》らしている水煙。非常な高速で滑走している証拠だ。二隻はまっしぐらにこちらへ向っていた。

わたしは色を失った。ばかな！　なぜこんなところに哨戒艇《しょうかいてい》がいるのだ。重量七十トン。最高速度四十ノット。これらの艦艇はウラジオストックの太平洋艦隊所属のはずだ。色丹《シコタン》島の穴澗湾を基地とする国境海上警備隊に、このような船があるとは誰も教えてくれなかった。強力な三隻の武装艦がわたしの退路を絶っていたのだ。

シートに着くなりスロットルレバーを力一杯前へ倒し込んだ。間髪を入れずマシンが爆発する。アベンジャーは身震いをして水上に飛び出し、船首をぐっと持ち上げると一気に滑走を始めた。タコメーターの針が見る間に跳ね上った。四千、四千五百、五千、震動でその針すら読み取れない。全速だ。二基の百五十馬力マシンがすさまじい唸《うな》りをあげて咆哮《ほうこう》した。

国後島にぎりぎりまで接近して脱出しようと思った。陸に近づけば彼らの船は行動を制約される。彼我のスピード差を利用すれば必ず逃げ切れると。

こちらが南寄りに針路を取ったと見るや、哨戒艇もすぐ右に転舵《てんだ》した。速度が一瞬たりとも落ちない。小回りがきくのだ。二隻が前と後を伴走する形となった。しかも中央の外側には警備艇。わたしの方が外コースを引かされている。知床へ逃げ込むには、いやでも右へボートを回さなければならない。その内側にいる彼らを振り切るには、速度にどれだけの差が必要なのか。さらに常に射程距離外にボートを置くには、距離差がどれくらい必要か。早く計算するのだ。できるだけ早く!

スピードメーターを何とか読み取る。百五キロ前後だ。向こうが四十ノットとして、両者の差は三十キロ。分速にして五百メートル。一分間にたった五百メートル差ができるだけだ。仮りに後方から追越しをかけようとすれば、前後二分間彼らから五百メートル以内の距離にとどまる計算になる。最低一キロの距離は保っておかねばならないわたしにとって、この程度のハンデはないに等しい。

国後島北岸の荒々しい海岸線がアップで迫ってきた。山頂に赤い奇岩を見せてルルイ岳が正面にある。

右斜め前方を行く哨戒艇との距離が約一キロ、海岸まで二キロ。二隻の船は進行方向に向けてほぼ平行している。

いける、と思った。海岸線に沿って直進すればそれほど距離をロスしない。その間にできるだけ引き離せば、何とか振り切れる。

そう考えた瞬間、前方で水煙が上がった。

撃ってきた。威嚇《いかく》射撃だ。振り向くと艦橋と思われるあたりで白煙がはじけるのが見えた。

しかし弾着点ははるかに遠い。そんな脅しに屈するものか。一切無視しようとした。その瞬間、水の引き裂かれた筋が異様な速度で眼の前を横切るのを見た。水煙が今度は百メートルばかり横で上った。そして耳元をかすめて飛ぶ銃弾のうなりを聞いた。

またも水面に亀裂《きれつ》。砲と機銃両方を撃ってきた。標的はまぎれもなくわたしだ。脅しではない。わたしの脱出を阻止するためなら、手段を選ぶつもりなど彼らにはないのだ。

すぐ前で水煙が立ち昇った。海水が音をたてて頭上に振りかかり、思わずレバーを引いた。全身の力を振り絞って舵を切る。ボートは大きく横滑りしながら左へ旋回した。反転しきるのを待てずギヤをトップに戻す。再び全開となったマシンの轟音《ごうおん》。ボートはまた水面上に躍り出た。

彼らが反転した。数秒遅れたうえこちらの小艇より旋回半径が大きい。これでだいぶ距離を稼いだ。そうだ、存分に引きずり回してチャンスをうかがえばいいのだ。

しかしわたしは見た。先程まで後方にいて、今は前方に位置するかたちとなったもうひとつの艇が、大きく右旋回しているのを。

なぜだ。なぜここで、距離損の大きい面舵《おもかじ》なのだ。

すぐにわかった。彼らはむりに追跡しようとは思っていないのだ。両者の速力に違いがあるから、必要以上の接近は危険だと知っている。遠巻きにして退路を絶っているかぎり、わたしが逃げ出せっこないと計算しているのだ。そのうちこちらの燃料が尽きる。

疑いなかった。陣型は再び同じだった。わたしは左舷《さげん》の前後に哨戒艇を従え、中央に警備艇を置いて今度は北進していた。そしてもう一隻、前方の霧の中から、択捉より追跡して来た警備艇までが姿を現わしていた。つごう四隻の包囲網。

状況は絶望的だった。根室方向へ向かうにせよ、北に迂回《うかい》して知床岬を目指すにせよ、わたしは彼らの倍の距離を走らなければならない。このボートに残されている時間は、せいぜい二時間だ。あとは水に浮ぶただの浮遊物になる。

さっき運を天にまかせても、あのまま突っ走ってみるべきだった。弾着点があれほど目まぐるしく変ったのは、全速で疾走する小艇上での射撃がいかにむずかしいかを物語っていたのではなかったか。口惜《くや》しさがこみ上げてきた。銃撃にひるんだ自分の怯懦《きょうだ》を憎んだ。よし、再度試みよう。今度こそ生命《いのち》を張ってやる。

状況の確認をする。三隻の船がこちらと針路を合せて北上している。後方から来る哨戒艇との距離は三キロ近くに離れた。国後島の海岸まで七、八キロ。勝負は次の五分間だ。

いきなり減速すると面舵を切った。すぐ加速、全速航行に移る。後にいた哨戒艇が素早く反応した。船速をフルスピードに上げ、取舵を取っている。わたしのボートに接近するつもりはないのだ。彼らはただ一定の距離を保って海岸線を西下すればよい。

わたしの方で逆に彼らにコースを合わせた。一キロ近くのところまで艇を近づけ、平行して船首を国後に向ける。頭がほぼ並び、それから少しずつ引き離し始めた。マシンの轟音が耳をつんざき、バウが折りあらば水上に立ち上ろうとする。スピードメーターは百十キロを越えた。限界だ。いつ引っくり返っても文句は言えない。どうともなるがいい。もう引返すつもりはないのだ。今度こそ、岩だらけの浅瀬を縫ってでも追跡の手を振りほどいてやる。

無数の白い矢が、後方から糸を引いて前方へ飛び去った。弾道が見えている。それも後からだ。と同時に右手の哨戒艇も撃ち始めた。パパッと水煙がとび跳ねていく。前後二隻の船が十字砲火を浴びせはじめた。

油汗が流れている。ぬるぬるする手で握りしめているハンドルの感触がなんともたよりない。歯が鳴っていた。海岸まであと三キロ、それまでに有効射程の外へ抜け出せるか。爆発炎上するボートの光景が頭の中を過《よぎ》って離れない。なぜこうも死を恐れている。何に未練を残しているのだ。そのような迷いなどふっ切れたつもりだからいまここにいるのではなかったか。

小石が滑っていくような水柱をあげて銃弾が前を横切った。風切音を何度も耳元で聞く。狙いが次第に正確になりつつある。

パッと眼の前で何かが飛んだ。デッキの一部を弾が抉《えぐ》った。つづいてすぐ後でビシッという音。

背を縮めてハンドルにしがみついた。からだを左へ傾けて、ボートを少しでも外へ外らせようとしている。弾雨から少しでも遠ざかる左の外へ。無意味な行為だ。恐怖感に他ならなかった。減速して舵を切ることができないほどすくみ上っていたのだ。わたしは恐怖と敗北感に打ちのめされて左舵を切った。

射撃はすぐに止《や》んだ。彼らは勝ち、わたしは脱出の望みを完全に失った。こちらが戦意を喪《うしな》ったと見ると、彼らは包囲網を再び整えた。わたしはボートのスピードを落として海岸線を北上し、ルルイ岬周辺の薄い霧の中へ逃げ込んだ。

ボートの点検をする。弾痕《だんこん》が三つあった。デッキ甲板の痕《あと》はほんのかすり傷に過ぎないが、すぐ後の弾痕はハンマーで欠き落したように舷側上部を拳大《こぶし》もえぐっていた。弾丸は左舷に貫通し、吃水《きっすい》すれすれのところに卵大の穴を開けて少量の浸水を始めている。そこにぼろを詰めた。自動ビルジポンプが正常に作動していることを確かめる。弾丸があと五十センチ前に寄っていればわたしのからだに穴があいていた。幸運だったことを喜ぶぐらいの謙虚さは持ち合せているが、さして感謝する気になれない。燃料が予想以上に減っていた。

残っていた補助タンク二つのガソリンを補給しても、百四十リットルしかない。今のような気狂いじみた使い方をすると、一時間ちょっとで使い切ってしまう。あとわたしに残されている脱出の可能性は、日没後の夜陰を利用することだけだ。こうなると一滴もおろそかにはできなかった。

しかし条件が悪すぎた。時間はまだ三時半なのだ。暗くなるまでたっぷり四時間もある。時間を稼ぐ切り札であるその霧が、どんどん薄れていた。

地図と海図を広げて状況の再点検をする。国後《クナシリ》水道を通過して、国後島の南岸ないし太平洋沿いに根室へ向うコースは遠すぎて論外だ。やはりここから一直線に知床半島を突くしかない。それまで待てるかどうか。霧は音もなく蒸発しており、どう贔屓《ひいき》目《め》に見てもあと一、二時間が限度であった。

海霧の層が後退する。わたしも後退をつづける。その分彼らが間合いを詰めて来た。視界はほぼ二、三百メートル。追えば取り逃す危険が大きいと知っているから、彼らは包囲網を狭めるだけでむりに追ってこない。わたしはついにルルイ岬の東側へと逃げ込み、さきほどまでいた海上をいまや哨戒艇が遊弋《ゆうよく》していた。

状況が好転するきざしはもはやなかった。燃料は減り、帰路はさらに遠ざかる。このうえ待つことに、どれだけの意味があるというのか。今のままでは最期《さいご》を一寸刻みに引き延ばすだけだ。

海上に突き出した岬を回って、さらに一隻、小艇が出て来た。双眼鏡でのぞく眼に、銃を持った兵士が鈴なりになっているのがとび込んできた。港内艇《ランチ》だ。わたしを狩り出す勢子《せこ》がやって来た。

彼らがボートを見つけた。ランチは向きを変え、スピードをあげた。

エンジンをふかすと、わたしは一気に五分ばかり後退した。

決断すべき時がきている。

海岸は数十メートルの切り立った崖地《がけち》だ。鬱蒼《うっそう》とした針葉樹林を持つ山岳とつながり、まったくの無人地帯である。それがルルイ岬から安渡移矢岬《アトイヤ》の方に向け十キロつづく。わたしは海蝕洞《かいしょく》を探した。そして荷を隠せるぐらいの小さな隙間《すきま》を見つけた。

手早く荷物をまとめ、不要のものをコックピットにばら撒《ま》いた。ボートを岩につけ、二回に分けて荷を上げた。若干のものは別にして手近の岩に置く。ついでズボンや靴を脱ぎ、下着姿でボートに戻った。

ランチの足は速くない。しかも薄いとはいえまだ霧がある。まっ直《す》ぐここへ来るとしてももう少し時間がある。

岩礁《がんしょう》の間を抜けてボートを外に出し、ワイヤーでハンドルを固定した。コンソールボックスの下に潜り込み、自爆装置のプラスチックカバーを外した。まさかこんなところで使う羽目になろうとは思ってもみなかった。アレクセーエフを連れ出した後、もしボートが邪魔な存在となるならということで考え出された処理法だった。わたしたちは知床岬《しれとこ》の赤岩付近にある無人の番屋に潜んで青柳《あおやぎ》らが拾い上げてくれるのを待つ手筈《てはず》になっていた。辺りには漁場があり観光船も通る。不審感を持たれて警察に通報されても困るからだ。

時計を見ながら赤いスイッチを押した。キイを差し込みスターターを回す。エンジンが唸り始めた。スロットルレバーを前に倒すと、ボートは前触れもなく飛び出した。わたしはスターンから海中へ身を躍らせた。スクリューの残して行った水泡の中で浮き上ると、つんのめったような勢いで突き進んで行くボートが見えた。針路は北東だ。偽装用に灰色の塗料で塗りつぶされた異様な船体は最初から棺桶《かんおけ》を連想させた。そのイメージに似つかわしいボートだった。

岸までの二百メートルを泳ぎ戻る途中で爆発音を聞いた。小さな音だ。何も見えはしない。

水が冷たかった。岸に戻ると下着を絞り、それをもう一度着てズボンや靴を身につけた。そしてザイルや双眼鏡を入れたナップザックを背負い、崖を登りはじめた。日没まで山中に潜み様子をうかがうつもりであった。荷物は夜取りに戻る。

崖の高さは四十メートル程度だったろう。半分強登ったところで信じられない物音を聞いた。頭上で人声がしたのだ。

四肢を岩に取られたまま左右に眼を走らせた。身を隠すものは何もない。人声は樹林を掻《か》き分けながら降りて来る。男の声だ。二人ないし三人いる。崖っぷちまで降りて来られたらお終《しま》いだ。

右に張り出した岩がある。その下なら見えないかもしれない。移動しようとして足を滑らせた。浮石に足を取られたのだ。いやな音をたてて石くれが落ちていく。フィンガーホールドで辛うじて身を支えた。今の石音を聞いたのか、声が何か言い交わした。茂みを押し倒す音がすぐ上で聞えた。

間に合わない。

わたしは三点支持の姿勢から、右に見えているひとつの岩角を手がかりに飛びついた。ザザッとからだがすべり、両足が宙に浮いた。右手だけが辛うじて岩に爪《つめ》を立てる。しかしからだを支えきれない。足が空でもがいている。ないのだ。足元に岩が切れて何もない。さらにずるずるとからだが滑った。

右足がかすかに岩に触れた。全身をそちらへ寄せようと必死でもがく。左手で岩を突っぱり、わずかに姿勢を立て直して下をのぞいた。裂け目だ。下に切れ込んでいる裂け目がある。何とかもぐり込めるかもしれない。そう思ったとき崖上に最初の男が姿を現わした。

絶望感が全身の力を奪った。わたしは滑り落ち、観念した。右足が岩の裂け目へひっかかり、上体がのけぞった。右に岩の突起、瞬間的にそいつをつかんでいた。軽い衝撃があって滑落が止った。空いていた左手が力を得て、力一杯からだを右へ寄せた。左足を裂け目へ入れ、上体をねじって押し込む。半ば腹這《はらば》いに近い恰好《かっこう》で、自分のからだがすっぽり嵌《は》まり込んだ。助かった、まだ生きている。

すぐ上を見る。男の姿は見えない。彼からもここが見えない。兵士ではなかった。作業服を着て腰に革ベルト、手に手斧《ておの》を持っていた。森林で伐採作業をしている男らしい。

三人いる。大きな声でしゃべり合っている。ボートの爆発音を聞きつけたのだ。わたしには気づいていないと思う。最初に崖上へ出て来た男はボートの走って行った方向に眼を向けていた。

彼らは十分ばかりそこに留まり、それから引返した。完全に立ち去ったわけではなかった。その後しばらく声がしたり、立木を伐《き》る音が聞えていた。

わたしは姿勢を直した。いまいる場所は、幅が一メートル、奥行きが二メートル程度の亀裂《きれつ》の中だった。入口が狭く高さは四十センチぐらいしかない。幸い岩が平らなので、寝そべるには楽だ。しかし傾斜があり、奥はさらに別の空洞につながって、真っ黒な空間が足元に口を開いていた。肩のところに手頃なチョックストーンを見つけると、それにザイルをかけ、滑り落ちないようからだに結びつけた。窮屈なことを除けば身を潜めるにはおあつらえ向きだ。付近に船が来ても、こちらが頭を出さない限り海からも見えない。

ランチは三十分後に来た。それから哨戒艇《しょうかいてい》のタービンエンジンの音。いつの間にかランチは二隻《せき》になっていた。

ランチは岩礁の間を縫って頻繁《ひんぱん》に往復した。わたしの捜索をしている。ボートの残《ざん》骸《がい》は発見したかもしれないが、乗っていた人間が運命を共にしたとは見ていないのだ。

しばらく潜伏していたほうがいい。そう決めると一番楽な仰向けの姿勢になった。からだが冷え、しかも足元の空洞からかすかにガスも吹き上げてくる。靴の中で絶えず足の指を動かした。

夕方になった。岩の間から見える空は灰色である。霧が消えたとすれば雲だ。その雲がすこしずつ陰を増してくる。潮騒《しおさい》と、戻ってきた海鳥の啼声《なきごえ》だけが聞える。わたしは息をひそめ自分の呼吸だけを数えつづけた。頑《かたく》なに数えつづけた。

そしてまた夜がきた。

7

冷たい雨が降っている。

感覚を徐々に奪いながら、雨が身を締めつけてくる。

「ザイルを切れよ。切ればいいじゃないか」

闇《やみ》の中から、またあの声が耳に甦《よみがえ》ってきた。

夢だ、またあの夢を見ている。そうわかっていながら、どうにもならなかった。夢と、夢のような現実、自分が一生背負っていかなければならないあの夜の記憶。

「ザイルを切って、おまえ一人が助かればいいじゃないか」

憎悪《ぞうお》の声が足元の空間から立ち昇ってくる。一本のロープにぶら下って揺れている二つの肉体。びちゃっ、びちゃっと氷雨《ひさめ》が打ちつけ、大地との接触を失ったからだを寒気がきりきりと締めつけてくる。ときおり氷壁をなめて寒風が吹き上げ、そのたび眼下に延びるロープが激しく揺れた。

暴れている。自制のたがが外れたまま、高梨《たかなし》が幼児のように暴れている。

トラバースしろ、とわたしは言った。左に振ればクラックがあるはずだ。

高梨は初め足をやられたのだと言った。だめだ、左足の感覚が全然ない。それから突如として、いやだと言い始めた。トラバースしろだと？　それなら自分でやるがいい。おれはもうおまえに命令されるのは真っ平だ。

「なぜおれと組むんだよ。え、なぜおまえだけが今でもおれを誘うんだ。お情けが聞いてあきれるぜ。それほど生命《いのち》が惜しかったら、おれのザイルを切って自分ひとりが助かればいいじゃないか。順子だって本当はそれを望んでいるんだ」

感情の振幅が大きい高梨は、錯乱状態を起すことが珍しくなかった。人のミスを声高に罵《ののし》ったかと思うと、一転して今度は泣きながら自分の非を詫《わ》びたりする。友人が周囲から遠ざかるほど、その振幅の度合いは大きくなった。原因がどこにあるか、彼自身よく知っていたのだ。

わたしたちは春先の猛烈な吹雪で、もう三日間谷川岳の一の倉沢に閉じ込められていた。やりきれない三日間だった。ありとあらゆるものが水浸しとなり、アルファ米とクラッカー以外口にすることができなかった。そして高梨は二日目の夜半からおかしくなった。

もう我慢ならんと言って手袋もなしで飛び出した彼を、殴りつけてでも阻止すべきであった。しかし彼は、そのとき初めて順子の名を口に出して止めるわたしを罵倒《ばとう》したのだ。それは高梨にとって最後のタブーであったはずだ。その禁を破れば最後の友人も失うと知っていながら彼は我慢できなかった。

受けたショックはわたしのほうが大きかった。呆然《ぼうぜん》と彼を見送り、確保に回ることさえ忘れていた。わたしのミスだ。事故は起るべくして起った。

「寒いよう」

泣いている。高梨が身悶《みもだ》えしながら泣いている。かと思うと、わたしへの憎悪をぶちまけることで気力を奮い立たせた。

「やい、渋谷。順子と寝たいか」

彼は順子の裸像をわたしの頭に押しつけ、ありとあらゆる性的な言葉で彼女を犯した。嘲《あざけ》りと、驕《おご》りと、さらなる憎悪をこめて。

やがて高梨は疲れ、憎悪すべき対象すら見失った。

彼はただ無心にすすり泣き、思い出しては順子の名を呼んだ。どんな力ない声になろうとも、ひたすら彼女の名を口にしつづけた。それはある明晰《めいせき》さを持ってわたしの耳に響いた。それが朝までわたしを生きながらえさせた原因とも言える。

すべては高梨の言った通りになった。彼がもはや二度と動かない物体と化したのを見て、わたしはロープを切り、自分の生命を助けた。

身震いのする寒さで眼を覚した。

指先が濡《ぬ》れた岩肌をまさぐって悪夢のつづきを思わせる。

雨だ。霧のような細かな雨が降っている。背に触れる固い岩床、現実感がやっと甦って、わたしは外に這い出した。

十時である。上弦の月をどこかに隠して空はわずかに明るい。下で岩を洗う小さな波音、静かであった。

崖を登り、針葉樹林に分け入った。トド松とエゾ松の混生林で、五十メートルばかり緩斜面を登ると細い道に出た。いわゆる杣道《そまみち》で海岸線に沿ってルルイ岬の方に延びている。簡単に周囲をうかがっただけで崖に戻った。

ザイルを垂らし、荷揚げしておいた空洞まで降りる。しゃがむのがやっとという岩の中で、荷の振り分けを始めた。全部で五十キロからの荷がある。半分以下に減らさなければならなかった。

まず登攀《とうはん》用具はほとんど置いて行くことにした。ロープは四十メートルのもの二本と補助ロープ一本、ロックハンマーは一本だけ残す。携帯用具としてはホエブスのガソリンコンロ、アルミ水筒入りガソリン、フライシート、鉈《なた》、ラジオ、懐中電灯、双眼鏡、拳銃《けんじゅう》と予備薬包、医薬品、ライター、マッチ、蠟燭《ろうそく》、予備電池や糸、テグスなどの入ったシールボックス、他に小道具として固型燃料、水筒、食器、ナイフ、ワイヤーソー、磁石、地図など。衣類はシャツや靴下類を替え、上にヤッケを着た。ポンチョは雨にいちばん有効だが音が聞き取りにくくなるため残すことにした。ビニール布でも代用できる。

最後は食料だった。非常食と調味料のほかに米軍の携帯食がある。二包まるまるとばらで三食分、つまり二十七食分残っていた。これだけは肩の骨が折れても持って行く。これまでどんな場合でも、食い物だけは減らしたことがないわたしだった。

荷をザックに詰め直してみると、二十キロを優に越す。うんざりするほど重かった。何しろ食料だけで十キロからあるのだ。

とりあえずフルコースで一食分を食った。シートで岩の入口を塞《ふさ》いでコーヒーも沸して飲んだ。

蠟燭の火をつけ、国後島《クナシリ》の二十万分の一地図を広げる。いるとは思わなかったのだが、全体的な地理感覚をつかむため、市販されている戦前測量の地勢図を買い、自分で貼《は》り合せて持って来た。あとは海図が一枚、これは知床半島とセットになっているものでやはり市販品である。

国後島は安渡移矢岬を最東端に、ルルイ岬を最北端にして西南に約百キロ延びている。海岸線は単調で流木のような形をしており、最南端のケラムイ崎は北海道の野付《のつけ》半島からわずか十八キロしか離れていない。ほぼ平行する知床半島からの距離が約四十キロ。面積が沖縄本島とほぼ同じくらいあるこの島に、戦前住んでいた日本人は約七千人、その多くは太平洋岸に住んでいた。北海道と向い合っている島の北岸は耕地がなく、冬の季節風がまともに吹きつけるせいもあって集落は発達しなかった。これは今も同じで、島の西端に至るまで大半が無人地帯の山林となっている。

この山地沿いに下れるところまで西下してみるつもりだった。ボートの一隻でも手に入れることができれば、四十キロを漕《こ》いで北海道まで帰り着いてみせよう。楽観的すぎるかもしれないが、必ずそうするつもりだ。

十二時に出発した。

不要の品は、重りをつけてすべて水中に沈めた。上陸したとわかる痕跡《こんせき》も注意深く消した。

小ぬか雨がつづいている。道は森を縫ってアップダウンを繰り返し、海岸には一度も出なかった。そう足繁く往来されている道でない。下草が行手を阻《はば》むように密生している。足跡を残さないようにするため、進行速度がかなり遅かった。やがて夜が白み、木々の間からルルイ岬が右手に延びているのを見た。

五時過ぎに強い雨がきた。これ以上濡れようがないほどずぶ濡れになりながら、一時間進んで十分休むペースを守りつづけた。上陸した地点からできるだけ遠ざかりたかったからだ。

六時に少量のクラッカーをかじった。その頃雨が上った。道が次第に荒れてきたかと思うと自然に消えた。初めて本当の無人地帯に足を踏み入れたことがかなり気を楽にする。その代り進行がより困難になった。人工林が自然林と変り、シダ、ツタの類《たぐい》が繁殖している。ヨモギ、イタドリ、ダイコン草、身の丈二メートルを越すフキなどがある。植物が択捉《エトロフ》とちがい、より北海道に近かった。いざとなれば野草で生命をつなぐこともできる。

森が少しずつ貧弱になった。木が小ぶりになり、間隔も開きはじめた。それに比例して笹《ささ》が大きくなった。季節風の吹きつける北海道側の山岳地に足を踏み入れている。トド松やエゾ松の枝ぶりが、北に向って極端に発達が悪い。水平に延びるはずの枝が途中で直角に曲がって上に延びている例さえ見えた。

八時に頃合いの場所を見つけてシートを敷き、横になった。疲れている割りに眼が冴《さ》えて眠れない。それでも昼まで意地を張った間に二時間程度の仮眠がとれた。そのあとポークスライスの缶ひとつを、ゆっくり時間をかけて食べた。

一時にまた出発した。

山の尾根筋に出るつもりで高度を上げていると、周囲の立木がまばらになってきた。そしていきなり高原状のところに出た。かなりの傾斜を持つ緑の壁が左手に連なり、低く降りてきた雲がところどころに貼りついている。上方に赤い地肌をむき出しにした岩山が見え、さらにその上は雲の中に消えていた。国後島の主峰をなすルルイ岳とその連山である。しかし大きく失望した。見透しが効き臨機応変の処置が取りやすい山の中心部が使えないということだ。本州では二千メートルくらいでないと現われない高原が、ここではたかだか五百くらいの標高から始まる。歩行困難で地形が複雑な海岸沿いの樹林の中を行くしかないということである。

うんざりしながら藪《やぶ》の中に戻った。蚊とブヨが多いのにつくづく閉口する。虫除《よ》けの薬など、何の役にもたたなかった。なにしろ相手の数が多すぎるのだ。

午後遅くなって薄日が差しはじめた。雲が上り、木の間隠れに岩稜《がんりょう》を露出させたルルイ岳の山頂が見えた。爺々岳《ちゃちゃだけ》につぐ国後島第二の高山で約千五百メートルある。それはわたしの真横に位置していた。昨夜から直線距離にして十キロ強しか進んでいないことになる。当初の目論見《もくろみ》では島の西端まで三、四日で踏破するつもりだった。いまやその計画を大幅に修正するほかなくなっていた。この分では一週間は見なければならないかもしれない。

意気沮喪《そそう》してその日は七時に移動を中止した。海が見下せる岩陰で野営する。ザックを枕《まくら》に横になり、荒れ狂う冬の海が想像できないおだやかな水面を暗くなるまで見つめていた。海は視界の果てで空に溶け込み、左手にあるはずの知床半島の陸影などその幻覚すら見せなかった。

少しまどろんだかと思うと眼が覚め、夜が白むのを待ち受けた。三時になると完全に目覚め、薄明がゆっくりと明度を増すのを見ていた。白ずんだ影は小鳥の啼声《なきごえ》とともに黒い形を取りはじめ、くすんでいた空を木々の枝が複雑に仕切った。乳白色の冷気が山裾《やますそ》から静かに這《は》い登ってくる。湿った朝の匂《にお》いが鼻孔から頭の頂点へ突き抜けていく気がした。それは不思議と心を落ち着かせ、そのあと二時間、わたしは初めて熟睡した。

五時半にコーヒーを沸して飲み、かつてない元気を恢復《かいふく》した思いで出発した。からだが慣れ、山中を辿《たど》るこつもわかってきた。天候は晴れ。微風が吹き、森も乾いた。藪こぎさえ苦にならなくなった。

その日午後、真西の方角に知床岬を見つけた。双眼鏡が引き寄せた映像は、雲かと見誤るほど薄い灰色であった。海に落ち込んでいる岬の弧が、わずかに雲とは異なることを示していた。いくらか青ずみ、膨みも濃淡もない平面的な形。それは幻想の実像化とでもいったおぼろな影に過ぎなかった。そして無上に遠い彼方《かなた》にあった。

8

四日目の午後、わたしは失意と落胆の只中《ただなか》にいた。

眼の前に見渡すかぎり緑の広大な原野が広がっていた。大部分が湿原であった。湖《こ》沼《しょう》と、流れるとも見えない褐色の水をたたえて蛇行する何本もの小河川、木立ちはそのところどころに散在する。湿原の向こうに白い帯となって一本の道路があり、そこから地形がゆるやかな登りとなっていた。周囲はすべて牧場化されている。サイロ、畜舎、赤い屋根を持つ人間の居住施設が点在して草を喰《は》む牛の群れがいた。双眼鏡でのぞくと働いているロシア人の姿まで確認できた。ここをどうやって横切ったらいいというのか、向かいの山裾まで、いちばん近いところで五キロからの距離がある。

南下してくるにつれこのような障害がふえてくる。地形はなだらかとなり、草原や原野がふえて森が減った。島幅も狭くなってここでは八キロ、少し小高いところに立つと、左右二つの海が見渡せた。耕地の開発が進み、人影を見る機会がふえてきた。

上陸以来すでに二度、このような平坦《へいたん》なところを横断していた。それには夜を待たなければならず、常に半日近くの時間をむだに過した。夜も今は月明りがあり、隠密行動に適した時期とはいえなかった。犬に吠《ほ》え立てられて冷や汗をかいたこともある。それで事なきを得たのは、平坦地が小規模で、一キロも歩けばまた山裾の森へ逃げ込めたからである。半身すら隠せそうにない原っぱが、これほど広大に広がっているところは今までなかった。

日はまだ高く、やっと三時になったところだ。気温は二十度をいくらか越しており、木陰でうずくまっている分には快適であった。右手に北海道岸の海が見える。海岸にはニキショロ湖をはじめ大小三つの湖が白く光りながら静まり返っていた。海岸線は長大な砂浜を形成していて疎林《そりん》がわずかにある。南へ下るほど海岸線が単調になり、砂浜が多くなってくる。あと十キロも南下すればヒルノポドスク、旧名東沸だ。かつての寒村は国後一の軍事基地となり、ミグが発着できる飛行場がある。身を潜める条件が悪くなるうえに警戒も厳しくなる。

考えあぐねていた。危険を冒してこれ以上南へ向かうのが適切かどうか、ここらの海岸から小舟を手に入れて乗り出したほうがまだましに思える。だがその小舟を手に入れるのが容易でないことは、これまで下って来た範囲内でも察しがついた。島の北岸つまり北海道寄りの海岸には民間人がまったくといっていいほど住みついていなかった。恐らく禁止されているのだろう。軍の施設があるだけだった。これはとりもなおさず小舟すらないということだった。

態度を決めかねたまま、日のあるうちに周囲をもっと観察しておくつもりで右へ移動を始めた。

そして大失策を犯してしまった。ロシア人に見つけられてしまったのだ。

渓流の水音で人がいることに気がつかなかった。豊かな水流の下に岩魚《いわな》が群れているのに見とれ、水面に影が射《さ》して初めて気がついた。すぐ上の岩に人間が立っていた。

少年だった。年齢は十三、四歳くらい、赤毛で瞳《ひとみ》がグリーンだった。背丈はほぼわたしに近いが、顔にそばかすがある。草色の半袖《はんそで》シャツと同色の長ズボン、靴が茶の編上げ靴、衿《えり》にはピオニール風の赤いネッカチーフを巻いていた。手に釣竿《つりざお》を下げている。

少年はわたしを凝視して立ちすくんでいた。凍りついたかのような驚愕《きょうがく》の表情、だが必ずしも恐怖のそれではなかった。瞬間的な意識の空白状態といった顔に近い。それは彼が眼の前に見ているものが、初めて出会った類いの人間であることを告げていた。異人種をこれほど間近に見たことはなかったのだ。

わたしがほほえみかけると、少年はぎごちなくはにかみを浮べた。とまどった微笑。だが次の瞬間、彼は父の名を呼び立てて上流へ向け駆け出した。

わたしは茂みに飛び込んだ。心臓が高鳴り、全身から汗が吹き出した。取り返しのつかないミスだ。数時間後には、この山を十重《とえ》二十重《はたえ》に取り囲まれるにちがいない。どこに逃げ出せばいいというのか、他の地点へ脱出するのは時間的に不可能だった。足が無意識に北岸へ向かっていた。少しでも北海道へ近づこうとしている空《むな》しさがわたしを絶望させた。これでは追われる男が、ビルや塔の上へ上へと逃げて行く愚かな行為と同じことではないのか。どこかに身を潜めたほうがいい。捜索をやりすごすこと以外わたしには対抗手段はないのだ。

そう意識しながらもやみくもに進んでいた。空腹と疲労で動けなくなるまで足が止らなかった。顔はひっかき傷だらけとなり、何度も転んで全身が泥だらけになった。日暮れまでに海岸へあと二キロというところへたどり着いた。山腹から見下すと海がすぐ足元にあった。正面には長い影を引いて知床岬、凪の絶えた海面に夕陽が貼《は》りついている。海峡を渡る鳥の群れが見えた。

うろたえているときではないという思いがやっと心を立ち直らせた。ニキショロ湖が左に見え、その西にある国境警備隊の監視哨《かんししょう》がいやでも現実を突きつけてくる。彼らの動きがあり次第、わたしは早急に自分の行動を決めなければならない。

地図を広げて検討を始めた。海岸線のほとんどは砂浜である。五キロばかり北へ戻ったところにポンベツと呼ぶ旧漁場があり、その手前付近だけ小規模の断崖《だんがい》地帯となっている。これまでの経験から、海岸に沿って細い道がつけられ、兵士によるパトロールが行なわれていることを知っていた。海岸線の険しい所では道は内陸に少し入り、山越えのかたちで向うの砂浜へ通じているのが常だった。これまで内陸部ばかりを選んで行動し、海岸へはできるだけ近づかないようにしていた。パトロールと不意に鉢合せする危険を避けたのである。しかしわたしが国後《クナシリ》に上陸していると露見したが最後、以後の行動は全く意味が違ってくる。とにかくわたしは与えられた条件で、逃げ回るか隠れるかしなければならない。

宵闇《よいやみ》が北の海から忍び寄ってきた。群れ飛んでいた鳥の啼声が途絶えると夕の静寂が訪れた。木々は夜の匂いを放ち始め、森の緑がくすんでくる。西の空が紫色から暗紅色の度合いを強めていく。

下に灯がともった。トラックが数回古釜布《フルカマップ》の方へ向けて出て行ったが、変ったことは見受けられない。兵舎とそれに付属する建物はときおり小人数の人影を見せるだけで、一見平穏な日没を迎えようとしていた。わたしは食事をすませ、いつでも出発できる態勢を整えたあと待機に入った。

賭《か》けであった。非常に不利な、成功率の低い賭けだ。それでもなお自分を賭けてみようとする理由は、たったひとつ、通常の感覚なら誰しもそんなばかげた賭けはしないという裏返しの論理であった。

月の光が冴《さ》え冴《ざ》えと野を照しはじめた。そして警備隊の監視哨が目覚めた。施設全体に盛り上るように灯がつき、コの字型に配された兵舎の中庭へライトが交錯するとばらばらっと兵士がとび出してきた。点呼が始まる。並の訓練でないことは、その動きに狼狽《ろうばい》と緊張を同時に見ることからもわかる。先発隊らしい武装した一団が、徒歩でニキショロ湖から北の海岸線へ向け出発した。投光器をつけたトラック二台が古釜布の方から到着、多くの武装兵士を吐き出した。

見ると路上にも兵士が配されている。道路を封鎖するつもりだ。少年の愛国心がわたしを見過しにできなかったのはもう明らかだった。わたしは狩りの獲物《えもの》になった。

胃が強く収縮するのを感じた。双眼鏡を持つ手がふるえる。そのレンズの中に白点がまぎれ込んできた。あるかなきかのかぼそい光が色を失い、見ようによっては如何《いか》ようにも取れる瞬《また》きを放っていた。

船の灯ではなかった。おびただしい数の光点が像を結んで横に並んだ。白い光が無数に重なってにじんだ。黄ばんだ光が何らかの規則性を持って縦に延びている。オレンジ色の密な連なりがあり、色淡く瞬くブルーがあり、鋭く点滅する赤い灯があった。それらは夜気を貫通して一斉に燃え上った。かと思うと上昇気流によって屈折した光《こう》芒《ぼう》を明滅させ、大に小に揺れた。一瞬も静止することなく揺れつづけた。いや、本当は激情に翻弄《ほんろう》されている自分の手が揺れていたのだ。

わたしはふるえる手で海図を広げた。明暗光、赤い灯、四秒おきの明滅。間違いない。ほぼ真西の水平線上に見えるその光は、疑いもなく日本の灯、羅臼《らうす》の港内灯に他ならなかった。わたしに見られんがために存在する光。あらゆる灯が、灯火本来の持つ意味を与えられて宵闇の中でいま揺れている。

そこまで帰りつけるのかどうか、結果だけが意味を持つ世界へ向け、わたしは下り始めた。銀紙のような月の光が背後から照らしつけ、風倒木の多い林を荒れ果てた墓地のように浮び上らせた。空に雲はなく、山の端《は》に半月。澄んだ涼気が鼻孔から肺へ、心地よく送り込まれていくのを意識する。五体すべてが自分のものとして機能しており、わたしはかつてなく冷静であった。

ほどなく立木の細い、海岸性植物の群落地帯へと差しかかった。丈の高い蕗《ふき》にまじって負けじとイタドリが背を伸している。左手のすぐ下から、磯《いそ》の香りが漂ってきた。

荒地を拓《ひら》いて踏み固めた小道が山中を北へ向け消えている。パトロールの巡邏《じゅんら》道だ。そこを横切ると石ころだらけの海岸に出た。右手に数百メートル行くと崖《がけ》で行き止まりとなっており、さほど険しくはないが岩だらけの岬が百メートルばかり海に突き出していた。ここから北へ一キロ近く岩礁《がんしょう》地帯がつづく。磯伝いでの通行が不可能なため、パトロールはここを山回りで迂回《うかい》している。

岬のつけ根まで石に足を取られながら進んだ。右手の雑草の中に、半ば崩れ落ちた二棟の廃屋があった。周囲には波に打ち上げられたとも思えない廃船群。軒の浅い切妻屋根は戦前の番屋のひとつかもしれない。廃船の中で竜骨のない和船のものらしい板材を何枚か見つけた。わたしはその中から、浮力のありそうな舷側《げんそく》板二枚を選んで水際《みずぎわ》へ運んだ。

錆《さ》びた船釘《くぎ》を拾い集め、薄板を打ちつけて二枚を固定する。ハンマーで釘を打つとき、濡《ぬ》らした軍手を当てがったにもかかわらず肝が潰《つぶ》れるような音が出た。わずか十分で、二枚の板を井桁《いげた》で固定しただけの速成の筏《いかだ》ができた。むろん一波浴びれば即座にばらばらになりそうな心もとない筏だ。

シャツとズボン、靴を脱ぎ、衣服はビニール袋に入れてザックに詰め直した。筏にザックをのせる。底部に少し水を被《かぶ》るがまあ何とか浮いている。その筏を押して海中に入った。

浅瀬を歩いて北に向かう。岬のつけ根まで行って、今度は押して泳ぎはじめた。岬の外を回り、向かいの断崖の中へ身を潜めようというつもりなのだ。海は夏のものとは思えないほど冷めたかった。すぐに筋肉が硬直して思うように手足が動かなくなった。それで次は筏に上半身をのせ、腹這いになって両手で水を掻《か》きながら前へ進んだ。わたしは追跡に犬が出て来ることをもっとも恐れていた。自分の足跡を絶ち、体臭を消してしまうにはこれしか他に方法がなかったのである。

小さな岬を迂回するのに三十分近くかかった。岬の外で潮流が逆だったからだ。それもかなりの速さで南へ流れている。

岬の内懐《うちぶところ》の磯におびただしい流木が打ち上げられていた。荒れたときの海の様相が想像できる。しかし海岸線そのものは、わたしが考えていたものとは大きく隔ってい た。簡単に言えば険しくないのだ。

ところどころ大きな岩塊が海へ突き出し、磯伝いの通行を不可能にしているだけだ。その中間に小さな浜があり、後は雑草まじりの急斜面となって山につづいている。その斜面も断崖と言うにはほど遠く、高さでせいぜい二、三十メートル程度。一部には涸川《かれがわ》の谷もある。背後の山地自体が段丘に毛の生えたようなものだった。本気で探されたら、とうてい身を隠し通せるようなところではない。

わたしは岩場の最前線まで行ってみた。一キロと行かずそれは突如として終り、坦々《たんたん》とした砂浜に変った。苦い思いを嚙《か》みしめながら引き返した。これはひょっとするといちばんまずいところへ入り込んでしまったかもしれない。しかしもう計画を修正するだけの時間がなかった。夜間パトロールがもし出たとすれば、いま山の中へ引き返そうとするのはもっと危険だ。

ザックを岩の上に降し、再び筏を押して海に戻った。岬の先端まで行き、筏を解体した。筏は苦もなく二つになった。それを二つとも沖へ向け突き放した。また泳いで元の場所へ戻った。

下着を岩の上に干し、寝袋にもぐり込んで仮眠をとった。途中で一度目覚めたがそのまま眠りこけ、三時に起きて身仕度を整えた。

はっきりとしない朝が薄霧とともにやってきた。わたしは隠れ場として最も危険の高いところを選んだ。

それは崖の中腹にある草地であった。いちばん上の山裾《やますそ》のところにハマナスが生え揃《そろ》っており、その下が五メートルほど崩れ落ちて露出した岩盤のところでさらにもう一段崩壊している。つまり三段構えになった急斜面の一番下のところである。ハマナスの茂み付近からはそこは見えない。岩盤のところまで人が降りてくれれば丸見えであるが、足元から絶えず赤土が崩れ落ちるような何の興味も引かないそんなところへ、降りてみようと好奇心を働かす者などいないはずだという自分の思考に賭けた。

そこは岩の窪《くぼ》みにたまった土の上に一メートル半ほどに延びたヤナギランが密生してピンク色の花を海に向けて並べていた。他にヨモギ、イタドリ、ダイコンソウがひとかたまりの茂みをつくっている。といってもそれほど大きな群落ではなく、人一人隠せるのがやっとという広さだった。

わたしは付近のあらゆる地点からそこを観察した。やはり海の方からしか見えない一種の死角になっている。試みにザックをそこに運び、崖下のいろいろな角度から見上げてみた。黄色い花を散らしたダイコンソウの後に、地肌とは少し色合いの違うオレンジ色のザックが見分けられた。注意すればの話だが見分けがつくことは確かだ。

次にフライシートを出し、ザックの上にかぶせて同じように観察した。浅葱色《あさぎいろ》のシートが保護色となり、今度は容易に見分けがつかなかった。これを頭から被って身を潜めていればごまかせる、そう信じた。見つけられたら逃げ場のないこんなところへ隠れるはずがないという思考を信じたかった。後には人が足を踏み入れたことのない森がいくらでもあるのだ。

八時からその場所に座り、何かが起るのを待った。やるだけのことはした。しかしそうは思いながらも、これが本当に最善の手段であったかという疑問につきまとわれた。死角と錯覚だけを頼りにしたこの場所が最悪であるように思えてならない。山中を逃げ回るなら多少の経験と体力がある。いざとなれば一ヵ月だって逃げ回ってみせる自信があるというのに。

生温い日ざしが差しはじめた。霧はまだわずかに漂っており、空は鈍い青色をしていた。草いきれが異常な体験とも思えぬ確かさで匂《にお》ってきた。

九時過ぎに最初の船が来た。エンジンの音から判断するとランチの類だ。海岸には誰も上陸せず、船は水際すれすれのところをゆっくりしたスピードで通り抜けた。その日だけで四回同じことがあった。

午後になると山中で物音がしはじめた。まれに人声が聞えた。かなりの大人数が一定の間隔を置いて散開し、しらみつぶしに北へ向っている。

まだ序の口だと覚悟していた。昨夜の筏もいずれ発見されるだろう。いくら切羽《せっぱ》つまったとはいえ、あんなお粗末な速成の筏で海へ漕《こ》ぎ出したとは見てくれまい。カモフラージュだと見破って、この界隈《かいわい》の捜索を始める。徹底的に捜索する。勝負が決るのはそのときだ。

長くもない一日が終った。彼らは来なかった。日が暮れるとからだを起し、立上って背延びをした。風が出て海がざわざわと鳴っていた。磯波が白く岩を洗っている。雲が出て月はなかった。

磯には降りて行かなかった。水も食料もある。首をくるに十分なロープもあるし、焼身自殺を遂げられる程度のガソリンもある。生と死の与奪権はまだ自分の掌中に握っている。それが残されている限り、何も思い煩《わずら》う必要はないのだ。ザックを枕《まくら》にしてシートに身をくるんで横になった。空気はあくまでも清澄《せいちょう》で適度の湿り気をおびて鼻孔に甘かった。蚊さえいなければ天国であったろう。わたしは稔《みの》りの多かった一日に感謝しながら寝についた。そして蚊の血をすすって生命《いのち》をつないでいる夢を見た。

翌朝七時に彼らが来た。二隻のランチに乗り組んだ兵士が浜に降り立ち、岩陰、海《かい》蝕《しょく》洞、付近の草叢《くさむら》等を徹底的に探し始めた。命令を下す士官の声と、短い返事とが豆を煎《い》るようにそこかしこで聞えた。

左の崖を誰かが登っている。思わずからだが硬直した。わたしもそこを登ってきたからだ。岩地を這《は》うハマエンドウを踏みつけたり、灌木《かんぼく》の枝を折ったりしないよう気をつけたつもりだ。

まさかこの岩場を、下から登ってみようとする者などおるまい。その気になれば身軽な者には造作もない高さ二十メートルばかりの中途半端《はんぱ》な傾斜だ。土くれがしょっちゅう崩れ落ちている薄汚い岩だからこそ、誰も登ろうとはしないはずなのだ。登るとすれば周囲にいくらでも手軽な征服欲をそそる岩場がある。しかし、本当にそうか。わたしは登山家の眼でこの崖を見すぎたのではないか。不法入国者の潜伏場所を探す兵士の眼で見たといえるかどうか。

じりじりと時間が過ぎた。それもひどくのろい。

上方では草木を踏みしだく物音が近づいてきた。陸伝いに来た一団が到着したのだ。倒木のうろひとつ見逃すまいと横列を敷いて捜索している。いまや付近一帯が兵士だらけだった。海鳥がけたたましく鳴いて飛び交っている。

すぐ頭上で草を薙《な》ぎ倒す音がした。ハマナスのところだ。崖っぷちに立って下を見下しているらしい。赤土がぱらぱらと崩れ落ちて来てシートに当った。そのたびにシートが、乾いたいやな音をたてた。

突然耳元で甲高い男の声が爆発した。戦慄《せんりつ》が頭上から爪先《つまさき》へ走り抜け、たまらず顔を上げてしまった。前方の岩の上に、身を乗り出した若い兵士の上半身が見えた。のっぺりした下顎《したあご》と額に垂れ落ちたブルネットの前髪、抜けるように白い顔が紅潮していた。男の手が岩の上に延び、何かを引きむしったかと思うと、上体が反って視界から消えた。後にもう一人、からだを支えていた人間がいたようだ。彼らは甘酸《あまず》っぱい実を求めて、ガンコウランに手を延ばしたのだ。二人の笑い声がいつまでも耳に残った。あのガンコウランがもう少しわたし寄りに生えていれば、そして兵士が左手でなく右手を延ばしていれば、わたしの姿がいやでも眼に入ったはずだ。

午前中彼らは付近にとどまっていた。午後にやや北寄りへ移動したものの、その物音は終日聞えていた。日が落ちたのちになって、山越しで全員が帰って行った。

その夜も下へは降りなかった。多少の幸運に助けられたにせよ、今ではここが最良の場所であることに疑いをはさまなかった。そしてわたしの取り得は、手足も満足に延ばせないこんな場所に、一週間でも二週間でもうずくまって我慢ができることだ。忍耐力だけがプロの兵士に対抗できる。

明け方から雨になった。霧雨が翌日一日降りつづいた。その日もランチが海上を足繁《しげ》く往来し、午後になると少数の兵士が磯と山伝いに通過して行った。崖を登ろうとする者はもういなかった。

雨が止《や》むと朝日が照りつけ、また次の日がやってきた。わたしは赤い泥土の中にからだを半分も埋め、依然その場所に横たわっていた。国後《クナシリ》に上陸して何日になるか、日時の感覚がなくなりかけている。無精髭《ひげ》の生えた顔には泥がこびりつき、乾くと皮膚が突っぱった。爽快《そうかい》な気分とは言えない。何よりもすえたからだの臭いにへきえきした。

その日は午前中に見回りが来た。前日と同じ一隊であったが声高に談笑していた。彼らは山伝いに磯へ降り、北へ行けるところまで行って再び山中へ消えた。新しい巡回路ができつつある証拠であった。

付近が再び元の静けさを取り戻しかけていた。森のざわめき、小鳥や海鳥の啼声《なきごえ》、空での舞い方、風の渡り方、あらゆる動静が旧に復しかけている。最大の危機が去ったことを感じた。

念のため、もう一日そこにとどまった。

翌日も彼らは来たし、ランチは陸に眼を光らせて往来した。しかしその動きは最早一過性のものでしかなかった。彼らの行動は定期的なものとなり、主目的は捜索よりも海辺の点検へと性格を変えていた。新たな義務が滞りなく消化されて日常性の中に繰り込まれたとき、わたしはこの賭《か》けに勝ったのだった。

9

筏の準備をするのに六日かかった。

浜に打ち上げられている流木と、付近の山林で手に入る倒木、さらに廃船置場にある外板や竜骨《キール》を利用して組み立てることにした。

活動時間はもっぱら夜である。利用できそうな用材をいちいち水に浮べ、その癖や適性をのみ込んで頭の中で筏の組立てにかかった。夜が明けると木材は元の所に戻した。枝を落さなければならないもの、長さを調節しなければならないものもあるが、いまそれをやるのはパトロールに怪しまれる元になる。実際に組立てを開始するまでは手をつけないことにしていた。

昼間は見晴しの効く山中にこもった。山裾を這う小道が下に見え、朝夕十人前後からなる巡邏《じゅんら》の兵士が縦列をつくって往来した。帰りの時間が多少まちまちなほか、日課は判で押したように正確だった。

わたしは日に二回に分けて五、六時間の仮眠を取るほか、残りはすべて作業にあてた。問題は筏の推進方法だった。

丈夫なフライシートがある。それで帆をつくり、帆走させるのがいちばん楽なことはわかっていた。だが重い筏に有効な強い風ということになれば、それは同時に筏にとって最大の敵となる。

やはり漕ぎ進めるしかなかった。

漕ぐとすればボート風に二本のオールを使うのがもっとも効率がよいが、それにはオール受けを設けなければならない。だがどう工夫してみても、筏《いかだ》の幅がそれがつくれるほど狭くなりそうもなかった。

カヌー方式も考えてみた。丸太材にアウトリガーをつけ、パドルを使って漕ぐ。だがそれ向きの太い丸太が手に入らなかった。第一丸太材にまたがり、足を水につけて漕ぐなどは論外だ。長時間の水浸しを我慢するには、からだがここの水の冷たさを知り過ぎていた。

結局櫓《ろ》と橈《かい》の併用でいくことにした。和船の櫓なら子供の頃の経験があるし、長時間漕ぐのに最も適している。

しかし作るとなると見当もつかなかった。まず筏の方に、櫓杭という突起のついた櫓床がいる。その突起に櫓に開けた穴をひっかけて漕ぐわけだが、どのように作れば効率がいいかといったことまではとても思い出せない。とにかく手探りで作ってみるしかなかった。

櫓床の方は倒木を加工し、筏の後部に横木として渡せば使える見通しがついた。櫓がさらにやっかいだった。二つの材を継ぎ合せ、それぞれ独自にふくらみを持たせてあるからだ。その形も正確に思い出せたとはいえない。食料包みのダンボールに何度も図を引いてみた末、廃船置場から使えそうな板材二枚をわからないよう盗み出してきた。それを鉈《なた》、ナイフ、ワイヤーソーで加工、とにかくそれらしいものを作ってみた。これだけで丸二日かかった。一度使ってみて再調整するのにさらに一晩を要した。

作業を始めて五日目のことだ。珍しく濃い霧が襲来した。国後上陸以来初めてという本格的霧で視界はわずか二十メートルぐらいしか利《き》かなかった。わたしは地団太を踏んで早すぎる霧の来襲を呪《のろ》った。

櫓の他に、橈二本を作った。これで一応の準備は整ったことになる。

その後三日待った。今度は天候待ちだ。何としても深い霧が欲しい。筏の性能よりも霧が最大の味方なのである。しかし国後の霧は、択捉《エトロフ》に比べるとはるかに薄かった。あっても半日しか続かないものが多かった。

できれば海上を二十四時間閉ざしてしまう霧が欲しい。筏の速度はせいぜい二キロと踏んでいた。十時間で二十キロ。海峡は最短距離にして四十キロある。最低三十キロは進まないと、安全とはいえなかった。

夜半に筏を出して、朝までにそれだけ進むのはどう考えても不可能であった。潮の流れがある。海図を見ると、千島海流は国後の沿岸沿いにこの先十キロばかり西下し、それから右に曲がる。時速一ノットとある。極言すれば潮に乗っているだけで自然に知床《しれとこ》半島の沿岸へ接近する。だがこの潮は、右にカーブしたあとそのままの速度でオホーツク海に流れ出している。筏が北へ二十キロも流されると、オホーツク海の只中《ただなか》へさ迷い出て行くことになる。それを避けるには、潮に流されることを計算に入れて、筏を常に西方向へ向け漕ぎ進めなければならない。すると今度は知床半島までの距離が六十キロもの彼方《かなた》へ遠ざかってしまうのだった。

三日の間、わたしは食べては眠った。つとめて考えまいとし、体力の温存をはかった。幸い食い物には不足しなかった。夜の磯で、蛸《たこ》や蟹《かに》がおもしろいように取れたのである。

妙に自分が呆《ぼ》けてきたような気がした。筏の準備をしていたときの気力が失《う》せ、すべてがどうでもよくなった気分だった。筏づくりにあまりに熱中したため、意識が今になってはぐらかされてしまったのだ。こういう場合、憎悪《ぞうお》がいちばん気力を奮い立たせてくれる。わたしは憎もうとした。憎悪の対象をつぎつぎと思い出した。それでも力が入らなかった。気力が下痢症状を起し、肉体を支え切れなくなっている。わたしはひたすら眠った。

夜遅くなって雨になった。番屋に避難していたが朝になると山上に引き揚げざるを得ない。比較的大きな木の下に入り、シートを被《かぶ》ってうずくまった。

陰気な雨が一日降りつづき、シートとヤッケを通して水がみじめに浸透してきた。肌寒く、無性にわびしかった。そのみじめさが、消えかけていた怒りの火を再び燃え上らせた。わたしはまた憎悪をかき立て、自分をここまで追い込んだ人間や世界を憎んだ。わずかの金で命を売渡した自分を呪い、その軽率さを後悔した。

そして突然、あの雨の夜から高梨《たかなし》を全然意識しなくなっていることに気づいた。夢にすら見ず、彼の呪縛《じゅばく》から完全に解放されていることに気づいた。いや、わたしのほうでそれを断ち切ってしまったのだ。彼を憎んでいた者こそわたしだった。

わたしは順子が欲しかった。彼女が高梨の妻であることが何としても耐えられなかった。ただそれを自分で認めようとしなかっただけだ。高梨はそんなわたしの欺瞞《ぎまん》に気づき、見えない悪意に苦しめられていたからあんな爆発をするしかなかったのである。

自分というものが初めてわかりかけてきた。わたしは逃避型の人間であったということだ。これまでの生き方すべてがそうだった。現実との接点を持とうとする前に、まず現実そのものに近づくまいとした生き方しかしなかった。高梨との場合がそうであれば山もそうであり、母に対する態度まで例外ではあり得なかった。自分では孤高とたのんでいたものは、しょせん臆病《おくびょう》な防禦《ぼうぎょ》姿勢に他ならなかった。

いったい何を恐れていたのだろうか。生来的な性格の弱さもある。だが何よりも傷つくことを恐れていた。傷つくことの予感におびえてしまう意気地のなさが、今日のわたしを生活上の根なし草にしてしまった最大の原因だった。わたしのいちばんの誤ちは、自分ではそれに気づくことなく他人を巻き込み、強要するかたちで周囲に影響を及ぼしてしまったことだ。自分が傷つくまいとすればするほど、他の人間を傷つけてしまうことになる。自分ではそれを少しも望んでいないにもかかわらず。

気づいたのが遅すぎたろうか。これからまだやり直しが効くだろうか。とにかく今になってそう気づいた以上、もう後戻りはできそうもないのだ。わたしは変らざるを得ない。そのためにも生き延びて日本へ帰りつかねばならない。まず順子に洗いざらいぶちまけて、彼女の審判を受けなければならない。

陰気な雨がびちゃびちゃと降りつづいた。一晩中つづき、さらに翌日へ持ち越した。

午後になってやっとあたりが明るくなった。海上の雲が切れたと見ると、そこから黄金色の日差しが、だんだらの縞《しま》模様となって何条か海に降り注いだ。そして雨足が糸状に細くなり、やがて止んだ。

三時には完全に晴天となった。湿気が蒸気を立ち昇らせて蒸発し、草や土が匂《にお》った。山間《やまあい》にかかった低い雲が駆け足で上空へ去って行く。鳥が飛び始め、ウミツバメがすぐ間近まで来た。

緊張感と闘志がじわじわとわき上ってきた。霧になると直感する。この十日余りの生活で、霧の出るパターンがわかりかけていた。明日は恐らくはっきりしない乳白色の蒸気に閉ざされた一日になるはずだ。

わたしは立ち上って水蒸気のわき上る海を見つめた。光を躍らせて海はうねり、その向こうに知床半島の山襞《やまひだ》がかつてない鮮明さで横たわっていた。

そして空が痛みにも似た鮮紅色をにじませて夕刻を迎えた。海は茜色《あかねいろ》に染り、夕靄《ゆうもや》が立ちはじめた。その靄は、低くたなびいたかと思うと次第に接近してきた。白い影が各所で立ち上り、立ち上っては消え立ち上っては散った。淡い気体は少しずつ積み重なり、やがて眼に訴えてくるすべてのものがうるんで薄い霧となった。

暗くなり切るのを待たず筏の組立てにかかった。径が太く、浮力の大きい丸太二本を両脇《りようわき》に、その中間に七本のさまざまの木を入れ、横木をかけてザイルで結ぶ。長さは三メートルから四メートルある。用材が不揃《ふぞろ》いなため中間には登山靴が踏み抜けるくらいの隙間《すきま》ができた。甲板として廃船から取って来た板切れを中央部に結びつけた。ここがザックの置場となる。櫓床となるエゾ松はとくに頑丈にしばりつけたが、位置が少し高すぎた。しかし修正する時間がなかった。これだけの作業で十時をいくらか過ぎており、計画の出発時間をすでに一時間遅れていた。

そそくさと食事をすませ、櫓、橈、白樺《しらかば》を伐《き》り出した竿《さお》を積む。ザックはロープで甲板につないだ。岬の中間まで筏を引いて行き、それから出発した。

初めは櫓を使った。予想以上に重く、波の抵抗がもろに両手にかかった。速さも人の歩速に遠く及ばない。這《は》うような速度で岬の外に出た。そこで針路を真西に向ける。ほぼ羅臼《らうす》を目ざすことになる。距離約六十キロ。

岬がどれくらい行けば霧に没するか見ていた。約百メートル、さして深い霧ではない。海上に波はなく、ゆったりしたうねりがある。小波が時おり足元を洗った。

浮力にこだわりすぎたかもしれない。その分筏が大きくなり、重くなった。櫓は漕《こ》ぐというより、水を掻《か》き回すといったほうが早い。筏は押されて重苦しく水の上を滑るが、次の瞬間もう静止している。一向に惰力のつく気配はなかった。

腹立たしいことに、体力の消耗が激しい漕ぎ方をするほど筏は前へ進んだ。少しでも力の配分を考えると、たちまち蟻《あり》のような歩みに変った。櫓にしたこと自体誤まりであったと痛切に思えてきた。船底を左右に揺すりながら舟を前へ進める櫓を、筏のような抵抗の大きいものに応用したのが間違いだったのだ。

わずか三十分ですっかり息があがってしまった。ザックに腰かけて、五分の休憩をとる。このさい国後《クナシリ》から一キロ遠ざかろうが十キロ遠ざかろうがさして関係ない。あと十時間か二十時間漕ぎ通すつもりで力の持続を第一に考えるべきだ。そう気づくと少し気が楽になった。

筏にからみつく小さな水音以外何の物音もしない。ときおりぼやーっとした霧が踊りながら通り抜ける。水の上にあることが信じられない静けさだった。自分をたまらなく無力に感じた。しかし無気力にはなりたくない。わたしは気を取り直し、今度は櫂を握った。

進行速度はどちらもさほど変らない。掌《てのひら》に豆ができ、それがすぐ潰《つぶ》れた。自分は機械になったのだと言い聞かせながら機械的に手を動かす。肩から先の手の感覚がなくなった。添木でも当てられたかのように腕が突っぱり、しかも重い。苦痛と疲労感だけが現実に自分のものだった。

筏の後尾左舷《さげん》に座って櫂を使っていると、どのくらいの速度で進んでいるかよくわかる。けっして心の慰められる見ものではなかった。鉛のように重い海を、漕ぐ櫂の幅だけ筏を移動させているに過ぎない。一漕ぎ五十センチ、二漕ぎで一メートル、五十キロ漕ぐとして何回手を動かすことになるか。計算できなかった。頭がそれを拒否している。確かにそれは正しい。力づけられる計算になるはずがないからだ。今はやみくもに手を動かすだけでいい。明日になればその結果がでる。結果だけがすべてであり、この二週間わたしはそのためだけに生きてきた。

夜半に食事をした。惜しげもなく腹一杯詰め込んだ。食料はまだ六食分残っている。非常食にも手をつけていない。からだが要求するエネルギーをいくらでも補給できる量だ。

三十分漕いで五分休むインターバルを頑《かたく》なに守りつづけた。からだを順応させてしまいたかった。しかし肉体のほうは意志以上の強固さで抵抗をつづけた。一見感覚がなくなったかに見えながら苦痛はけっして色あせることがなかった。

登山用のハンドコンパスでときどき方角を確認する。潮流は西向きに変っており、気のせいか流れもやや遅くなっている。この流れが知床半島を左に見ながらオホーツク海に向け北上するのをみじめなくらい恐れた。北に向け流されるのは仕方ないとしても、それまでにできるだけ日本に近づいておかなければならない。

方角を絶えず確認しながらも、周囲に何も見えないことが不安をかき立てる。灯の一つでいい、目標となる灯りが前方に欲しかった。霧はあいまいに海上を覆《おお》い、濃くも薄くもならない。不純な暗がりとなって周囲を取り巻いているだけだ。

灰色の微粒子が漂っていた。その灰色が鈍く光り、闇《やみ》の色をかすかに薄めようとしている。そして濃厚な闇が灰色を強めるにつれ、海、筏、自分の手足といったものの形をぼんやりと浮び上らせて夜が明けてきた。

朝日は霧に包まれた海上を朱の色に照し出した。霧が染って揺れ、一刻の静謐《せいひつ》が海を湖水のように平らにした。土埃《つちぼこり》に似た水蒸気が身をよじりながら立ち昇り、海は音もなく発酵する。日が高くなるにつれ微妙な色合いは消えた。水蒸気のきらきらした輝きは失せ、周囲は淡彩となって明度だけが増した。そして霧本来のくすんだミルク色の世界にすべてが塗り込められた。

一晩中、朝になればと思っていた。それがついの目的でもあるかのように。だがいざ夜明けを迎えて見ると、自分のあがきがより眼で確かめられるために、かえって無力感が強まってきた。流木のひとつが筏の後方に見えていた。視界で百メートル程度の霧であるにもかかわらず、それはいつまでも同じ位置に見えていた。筏の歩みを嘲《あざ》笑《わら》うかのようにどこまでも追尾してくる。

自分の行為に絶望した。初めて絶望した。セーブしていた水をがぶ飲みすると、甲板にひっくり返った。わたしはメヴィウスの輪の上を這っている虫に過ぎない。いまソ連船が現われて、おまえは国後の沿岸からまだ一キロしか離れていないのだと言っても驚くものか。とにかく十時間もの間漕ぎに漕いだのだ。もういい、いいかげんでお終《しま》いにしたかった。

しばらくまどろんだようだ。背を洗う水の冷たさで眼を覚した。時計を見ると三十分とたっていない。

また立ち上った。いくらでも繰り返してやる。気を取り直しては絶望し、絶望しては気を取り直すのだ。それがわたしだ。いまここで、わたしであることをやめるわけにはいかない。

以後のペースはめちゃめちゃだった。三十分以上息がつづくこともあれば、十五分でひっくり返ってしまうこともある。動きは緩慢となり、休む時間は長くなった。今度こそ降参だな、とつぶやいて空を見る。そのくせ数分もするとまた櫓や橈《かい》を握っていた。

接近してくる船の音を聞いたのは午後だった。それは後方の右舷から、かなりの速さで接近してきた。小型漁船の音ではなかった。数百トンはある鋼船が、ディーゼルエンジンを全開にして航行している音だった。わたしは櫓を引き上げ、腰を下して船を待ち受けた。ソ連船であれば、もう逃れようはなかった。ザックからビニール袋に入れた拳銃《けんじゅう》を取り出す。自殺する意志はまだないことに気づいた。本当に絶望するには、もうあまりに軽々しく絶望をもてあそびすぎていた。

船は後方数百メートルのところを左へ走り去った。音が遠ざかると波が寄せてきた。船影は見えずじまいだ。エンジンの音からすると、ソ連の警備艇だったような気がする。十五時間も漕いで、まだソ連の領海内にとどまっているのか。怒りに似た力がこみ上げてきた。わたしはまた橈を取った。

はっきりした時間は覚えていない。また夕刻を迎えようとしている。霧の中を流れている光の気配でわかった。その霧にむらがあり、黄ばんだ光が静かに広がっていた。灰色の影がその中に巣くっている。それは少しずつ形をまとめ、やがて小さな舟の輪郭をかたちづくった。

漁船だった。舷側がゆるい勾配《こうばい》を持ち、後部に箱型の機関部がのっていた。その上に設置したライトは色鮮かなグリーンで塗られている。フェンダーには古タイヤが使われ、それは内側に引き揚げてあった。漁網とプラスチック製の籠《かご》が山積みされている。

男が三人乗っていた。それぞれ胸当てのついたゴム合羽を着ている。頭には紺の漁帽。竹竿を持った男が、船首で背をまるめてこちらを見ていた。

男はまじまじとわたしを見つめた。それから白い歯を見せ、からかうような口調で言った。

「妙な舟に乗っとるのう」

全身から力が抜けていくのを感じた。

「乗せてもらえんかね」

われながら陳腐なことを言った。再び言葉のある国に帰って来たら、第一に何と言おうか、あれこれ考えていたはずなのに。

第三部

1

風に涼気のかけらもない一日だった。

千葉で借りたレンタカーを転がして都内に近づくにつれ、むし暑さが増してきた。夕刻が近い。西日の長い影が落ちた路上で陽炎《かげろう》が揺れている。騒音と息苦しさで息が詰まった。東京に対する適応性を失《な》くしたのか、旅先から戻って来たときの、とまどいながらもほっとするあの感傷が得られない。わたしの何かが変ってしまった。

葛西橋《かさいばし》にかかる頃から渋滞がひどくなった。南砂《みなみすな》から豊洲《とよす》方向へと迂回《うかい》する。にわかに掘割の匂《にお》いを嗅《か》いだ。工場のデリッククレーンに太陽がひっかかって燃えている。ごみ舟がタグボートに引かれて出て行く。水が黄色く泡立ち、芥《あくた》が層をなして岸へ寄った。

日陰ひとつない堀淵《ほりぶち》に立ち、少年がひとり釣りをしていた。赤いタンクトップがべったり背中に貼《は》りついている。汗が浮いた鼻の頭が赤かった。熱心に浮子《うき》を見つめている。身長の三倍もある竿《さお》を器用にしゃくると、体長四、五センチばかりの小魚がきらきら光りながら上ってきた。少年は魚を鉤《はり》から外し、ポイと後へ投げ捨てた。小魚は焼けたコンクリートの上で二、三度跳ね、すぐに動かなくなった。あたりには干涸《ひから》びた小魚が二十尾もころがって蠅《はえ》がたかっていた。少年は見向きもせずにまた浮子を見つめた。

水舟になりかけたボートがある。向かいに投錨《とうびょう》している五百トンクラスの貨物船も半ば廃船だった。赤錆《あかさび》の浮き出た船体にあおみどろ状の水垢《みずあか》がついた吃水《きっすい》、潮が二十センチばかり引き、水はわずかながら港外へ向け動いている。

見慣れた光景だ。自分がここに住んでいたかのように錯覚させるなれなれしさがある。港や運河や海辺の光景はなぜこうも似通っているのだろう。そう思っているうち、たしかにこの付近へ来たことがあるのに気づいた。そして少し行くと、見覚えのあるところへ出た。

首都マリーナの前だった。相変らず人気がなく、うだるような日溜《ひだま》りの中で干涸びたボートやヨットが埃《ほこり》をかぶって静まり返っていた。クラブハウスの前に立ててあるビーチパラソルが一本と、アルミ製のテーブルと椅子《いす》のセット、それだけが以前来たときと違う。車が五台。護岸の向うにクルーザーの頂部がのぞいている。一隻《せき》だけだ。

二隻あったうちのどっちだったか、思い出せなかった。

左手の倉庫脇《わき》の日陰に小型トラックが一台止っていた。サングラスをかけた運転手が、窓から手をだらりと垂らしたまま昼寝している。どこかの工場で五時を告げるサイレンが鳴り、勤め帰りの男たちがぽつぽつ姿を見せ始めた。みな申し合せたように半袖《はんそで》の白シャツ姿で若い男がほとんどいなかった。

およそ五分もたったろうか、マリーナの陸置場の陰から男が二人出て来たのを認めた。クラブハウスの方に歩いて行く。バミューダパンツをはいた背の高い男は、いつか女事務員に帳簿を見せてもらおうとしたわたしを咎《とが》めた男だ。

もうひとりは二十代に見える色の白い男だった。白いシャツを着て手に上着を持っている。マリーナの男の陰になって、顔がよく見えなかった。

しかしわたしはシートに座り直した。頭の中に奔流のようなものが流れ始め、過去の記憶を懸命にたぐり寄せようとする。若いほうの男の姿に、どこか記憶があるのだ。

車を少しバックさせて日陰に入れた。そして二十分待った。

マリーナの事務所から若い女が出て来た。ノースリーブのグレイのシャツ、ホワイトブルーのスカート、手に茶色のバッグ。マスカラを引き、頭髪はいま風にウェーブさせ、指先には赤いマニキュア。もし違う場所で見かけていたら、先だって会った女事務員だとは見抜けなかったに違いない。それくらい変っていた。この三ヵ月足らずの間にどんな体験をしたか、彼女はあらゆるものを吸収し、しかも消化していなかった。

女はためらいがちに門を出た。行く足が見る間にのろくなった。前方の冷凍倉庫の前まで行くと、とうとう立ち止まった。陰に寄り、立ち始めた。いかにも気だるそうなポーズがその心理状態を表していた。

その十分後に、上着を持った若い男が出て来た。

細面の柔和な顔が今度は正面からはっきり見えた。やはりあの夜の男だ。わたしはこの顔を、樋口《ひぐち》のマンションの駐車場入口で見ている。

男は手前にあった車に乗り込んだ。すぐにグリーンのギャランが軽快なノイズを響かせて通りに出て来た。右にハンドルを切ると一気に走り去ろうとした。

女が身を投げんばかりの勢いでその車の前に飛び出した。ブレーキが悲鳴をあげ、男が罵声《ばせい》を張りあげた。女が哀願している。車は行こうとした。彼女は窓に手をかけて小走りに走り、引きずられそうになって手を離した。道路の真中に突っ立った女を残して車は走り去った。

わたしはギャランの後を追った。しかし二つ目の信号でつまずいた。まずいことにすぐ後に婦人警官を乗せた小型パトカーを認めた。彼女らがわたしを見逃してくれると信ずべき根拠はない。やむなく止った。

先に前の信号が青になり、ギャランが右折して姿を消した。

いく分フライング気味に飛び出した。途端に「その車、止りなさい」。しまった、と思った。ところがわたしではなかった。サングラスをかけた男が、腕を振り回してパトカーを罵倒しているのが見えた。さっきマリーナの横にいた小型トラックの運転手だ。

結局ギャランを見失った。商船大学の前まで行って追跡をあきらめ、車のナンバーだけをメモした。それから引き返した。

女事務員はバス停を素通りして木場の方へ向かっていた。わたしは前方に車を止め、歩道に降りて待ち受けた。

「やあ」と愛想笑いして声をかけた。「先日は失礼した。いつぞや会社へ伺って、ご迷惑をかけた」

わたしがわかっていない。当然だろう、デニムのシャツにコットンのズボン、足元はスニーカーだ。変装のつもりで髪は短く刈り上げた。体重が三キロ減ったこともあって頬が落ち、目つきのほうにも自信がない。こんな男に声をかけられたら、誰だってバッグをしっかり抱えるに決っている。

「思い出せないかな。ボートのことで嘘《うそ》をついて帳簿を見せてもらおうとした男だよ。その節はどうも申訳なかった。きみが叱《しか》られたんじゃないかと、ずっと気になっていた」

思い出したと見え、無表情にうなずいた。涙の流れた跡がある。化粧が濃く、しかも上手とは言えなかった。アイシャドウや濃いルージュが素顔より美しいという世界に、あまりに性急にたどりついた結果だ。瞳《ひとみ》だけが以前の面影を宿しているが、憤《いきどお》りと悲しみが錯綜《さくそう》して赤く充血していた。

「機会があれば、ぜひ一度謝ろうと思っていたんだ」

無言の返事。

「送ってあげよう。どこまで帰る」

「いいんです」

「遠慮しなくていい。どこに住んでるの」

「あの、新宿の近くです」気押されて答えた。

「じゃちょうどいい。わたしも新宿へ行くところだ。乗りなさい」

わたしは行手を遮るようにして車のドアを開けた。

彼女は名を須賀京子といった。郷里は群馬。高校卒業後姉をたよって上京、現在はアパートで一人住いだという。最初はスーパーに勤めていた。今のところもつまらないからもう辞める、そう言ったとき珍しくはっきりした口調だった。

「どうしてつまらない」

聞くと、投げやりな眼で見返した。その後長い間かかって化粧を直した。そして煙草《たばこ》を吸った。神経質にセブンスターの灰を落とし、最後は灰皿でぐしゃぐしゃに揉《も》み潰《つぶ》した。血のような紅のついた吸口だけが残った。大手町にさしかかったとき盗み見ると、引《ひ》け刻《どき》のオフィス街の雑踏を下唇に歯を立てて見つめていた。彼女は反対も同意もせずついて来た。西口にあるスペイン料理店に入り、パエリアと烏賊《いか》のサラダを注文した。新宿西口の地下駐車場に車を入れた。

めしを食おうと誘い、新宿西口の地下駐車場に車を入れた。

食後のコーヒーまで待って話題を変えた。

「きょう久し振りでおたくの会社の前を通ったんだ。クルーザーが一隻見えなかった。前はたしか二隻あったと思うんだが」

「よく知らないんです」女は口ごもって答えた。「バルボさんの船は処分したように聞いてますけど」

「バルボという人が持主なんだな」

「ええ、貿易会社の社長さん。でも国へ帰られたとかで、私は会ったことありません」

「それはシークインという船のほうかい」

「ちがうわ、レギーネのほうよ。奥さんの名前だって聞いてます」

「バルボ氏は何人かね」

「イタリア人とか言ってたわ。私はよく知らない。ただのお茶くみだもの」

底意のありそうな言い方だった。

単刀直入に言った。

「さっきの男性は誰か、教えてもらえないかね」

「誰のこと」女の顔から血が引いた。

「緑色の車に乗っていた男さ」

「知らないわ、そんな人」

「きみに迷惑はかけない。名前と、何をしている男か、それだけ教えてくれたらいい」

「どうしてそんなことを聞くのよ」

「ちょっとたずねたいことがあるだけだ」

「なぜ」

「それはきみと関係ない。わたしの個人的な問題だ」

「警察に係《かかわ》りのあるような人じゃないわ。会社も、お客さんも、みんなちゃんとした人ばっかりよ」

「だったらなおのこと、教えてもらいたいんだ。これは警察とは関係ないよ。先のボートのことだったら、あれはもう解決している。わたしは彼に会いたいんだ。きみが引き合せてくれるとありがたいんだがね」

「知らないものは知らないわよ。私は関係ないわ」

女は甲高い声で言うと、鼻孔をふくらませて煙草を吸いはじめた。不貞腐《ふてくさ》れている。わたしを見る眼に侮蔑《ぶべつ》の色があった。

「用ってそれだけ」と女は鼻を鳴らして言った。「あんたが門の前にいたことぐらい知ってるわよ」

「出よう」

女はバッグをつかみ、憤然と席を立った。わたしは地下道で彼女に追いついた。

「なぜかばうんだ」

「なによ、ほっといてよ。あんたなんかにゃ関係ないわ」

「かばいだてしたって彼は戻って来やしないぜ」

「何が言いたいのよ、あんた」

「早く仕事を変えて、やつのことは忘れたほうがいい」

「ちくしょう、ばかにすんな！」

女は金切声で叫んだ。唇がわななき、両眼にどっとばかり涙があふれ出た。

「ちくしょう」と泣き声で言った。「人をばかにしやがって」

「悪かった。忘れてくれ」

女は手放しで泣きながら群集の中へ駆け込んで行った。

わたしはあとをつけた。

新宿駅の十番線ホームでこっそりうかがうと、彼女は向いの小田急線ホームに止っているロマンスカーを、唇を半開きにして見つめていた。

女は東中野で電車を降りた。新宿寄り出口の落合側に出ると、駅前の商店街をうつむいて歩き始めた。子供一人追い抜かなかった。途中パン屋の前で足を止め、スライスした食パンを買った。

ほどなく早稲田通りへ出た。そこを横切ると住宅街に入った。広くもない通りを数回曲がると、貧弱な児童公園があった。角に電話ボックスがある。彼女はその中に入り、十円銅貨一枚を入れて電話をかけ始めた。

相手は不在だ。それでも長いこと受話器を耳に当てていた。バッグからハンカチを取り出し、流れ出る汗を何度もぬぐった。

そのあと二つ電話をかけた。どちらも短時間ですんだ。そして肩を落としてボックスから出て来た。

一瞬姿を見失ったかと思った。右手に駐車場となっている空地があり、私設の街灯が十台ばかりの車の背を黄色く照していた。中央に白っぽく踏み固めた道がある。その奥に板塀があって、塀の上に木造二階建ての古いアパートが顔をのぞかせていた。二階に部屋が五つ。左から二つめの部屋に灯がついた。ガラス戸が開けられたとき、彼女だとわかった。空箱を積んだ整理箪笥《だんす》の上部が見えていた。

蚊に喰われながら三十分待った。

彼女は洗面器を抱えて現われた。初めに電話ボックスに入ったがまたも相手は不在だ。

わたしは銭湯まであとをつけ、入ったのを見届けるとタクシーを拾って新宿まで引き返した。車を受け出して戻って来るまでに三十五分かかった。児童公園横の暗がりに車を止める。残念ながら蚊取り線香を買ってくるのを忘れた。

十分後に彼女は風呂《ふろ》から戻って来た。ざっくりした白のワンピースに着換えている。角まで来るなりやはり電話ボックスに向った。

今度は通じた。出て来たときの顔に喜色が溢《あふ》れていた。今日見たなかでいちばん美しい顔であった。

車の座席に深く腰を沈めて待った。昼の暑熱が飽和したように周囲へたれこめており、胸元から流れる汗が股間《こかん》にまで伝い下りた。左手をダッシュボードの下に差し入れ、ガムテープで止めた拳銃《けんじゅう》を確かめる。それは暗闇《くらやみ》で蛇をつかんだような冷ややかな感触だった。

十時半に男が来た。彼は児童公園のテラスの下に入り、煙草を一本ゆっくりとふかした。その間女の部屋と、周囲の人影とを見張っていた。それから煙草を足で丹念に踏み潰し、女のアパートに向かった。

街灯の光で今度もその顔を見た。白いやや平板な顔と手入れのいき届いた長髪、右の手首に包帯を巻いている。シャツこそ変っているが、昼と同じ淡色の上着を手に持っていた。

2

開け放した窓から、二人の姿が一度見えたきりだった。三十分後に部屋の灯が消え、そのあと一時間近く何も起こらなかった。その間に右の夫婦者らしい部屋が暗くなり、入れ違いにさらに右隣りの部屋へ、三十前後の作業服を着た男が帰って来た。男は下着姿で窓框《まどがまち》へ腰かけ、缶ビールを飲みながらことりとも風の動かない夜をうっとうしそうに見やっていた。

近くの街道を行くトラックの爆音が共鳴音をこだましてずっと聞えている。連なった屋並の背後では地平がぼんやり光っていた。夜明けに似た薄明りが天の頂点に向かって放射されており、晴れているにもかかわらず星はほとんど見えない。地上には行き場のない昼の余熱。気温はまだ三十度近くありそうに思えた。

少数だが絶えず人通りがある。地下鉄がまだ残っている時間だ。家路に急ぐ靴音が一様に固く響いた。

風呂帰りの若い女が、両手に清涼飲料水の缶を抱えて通り過ぎるのに少し気を取られた。Tシャツにショートパンツという姿で、むき出しの素足が夜目にも白く見えたからだ。気がつくとシャツを着た男の影がほんの間近なところまで来ていた。

男は電話ボックスに入った。シャツの裾《すそ》がズボンからはみ出している。足には女のサンダルを突っかけていた。

彼は受話器を握ったまま、外に向けて手を振った。アパートの女の部屋に赤く暗い灯が点《とも》り、窓際《まどぎわ》に座った女が手を振り返していた。彼女は白い歯を見せて笑っていた。ただしそう思えただけだったかもしれない。

女の姿が窓際から消え、部屋に白い灯がついた。するとすぐ男がボックスから出て来た。アパートに背を向けたまま、急ぎ足で通りへ出て行く。わたしが身を起してエンジンキイに手を延したとき、後でひきつったような鋭い悲鳴が聞えた。

男は苛立《いらだ》ちながらタクシーを待っていた。やっと個人タクシーが通りかかった。男が乗り込む。一呼吸おいて続こうとしたとき、車の前へ青いネグリジェを着た女が転ぶように走り出て来た。はだしだった。手に男の背広を持ってタクシーを追っていた。

わたしは路上に座り込んで号泣している女の横を走り抜けた。

タクシーは早稲田通りからガードをくぐって明治通りへ出た。右折すると新宿へ向かう。しかし三光町の交差点を真《ま》っ直《す》ぐ突っ切った。甲州街道も横断した。

暗くなった街並が再び明るくなると原宿だった。表参道を左に曲ると、タクシーのスピードが落ちた。左のウインカーが点る。わたしは早目にブレーキを踏んで、駐車していたベンツの後にもぐり込んだ。男は車を降りてすぐ前の、テラス風の店構えを持つスナックに入った。

白色モルタルで仕上げた壁の上に、南欧の地名を借りたネオンがついていた。店の前面は濃色のウインドウとなっていて、映し取られた街の灯がにじんでいた。店の中は見えない。赤や黄のライトの灯心だけがいくつか見えていた。

待機中にパトロールの警官が通りかかった。わたしに声をかけようかどうか、迷った節が見て取れた。ミラーを見ていると、若い方の警官が数歩行ってから振り向いた。わたしが振り返るとつかつかと寄ってくる算段だ。その手にはのらなかった。

約三十分待った。男は両手をポケットに入れて外に現われ、今度はチェッカーラインの入った赤いタクシーを拾った。

車は直進して青山通りを横切った。割合ゆっくりしたスピードで走って行く。広尾、白金、目黒通りと通過した。そのあと塀の多い閑静な街並にさしかかった。寺が多く、人通り、車の往来もほとんどない。車間距離をやや広く取った。道は複雑に曲りながら坂を下りかけていた。

タクシーが減速して左へ寄るのを見ていち早くブレーキを使った。マンション風の建物の前で車は止り、男は外に出て釣銭を受け取った。

五階建てのかなり古びた建築物だった。道路側に小さな窓が並び、薄っぺらな光が貼《は》りついている。玄関の庇《ひさし》は手前にあり、形ばかりの植込みが周囲に配されていた。付近には古い洋館と大谷石の塀を接して並んでいる寺が二つ。いずれも戦前の建物らしかった。道路は狭く、マンションの前に白塗りのバンが一台放置されていた。

十分待って人一人通らなかった。車も数台通り抜けただけ。木立ちの発散させる爽《さわや》かな夜気を感じた。一時を過ぎ、気温がわずかに下っている。

わたしは徐行してマンションの前を通り過ぎた。玄関脇《わき》に木札が下っていたが光の陰になって文字は読み取れない。ホールに郵便受けと掲示板があった。

つぎの角を左に折れると、一段坂を下ってすぐ裏の通りがあった。道はさらに細く、両側に黒ずんだ二階建ての民家が並んでいる。いずれも間口が狭く、格子戸《こうしど》の玄関と、二階の屋根にある物干しなど、同じ構造を持つ貸家風の建物だ。尺八や洋裁の看板、ベゴニア、オモトの鉢などを見た。その民家の後に、マンションがのぞいていた。

数軒行くと真新しい駐車場があった。民家を一、二軒分取り壊し、跡へコンクリートを打ったものだ。七、八台の白っぽいバンが入っていた。奥に石段があり、非常灯の下にマンションの裏口へ通じる鉄扉が見えた。

わたしはあわてて車を止めた。

駐車場を通り抜け、鉄扉のノブに手をかけると苦もなく開いた。出たところは、先程見た一階の玄関ホールだった。右に上階へ通じる階段、左に下足箱があり、来客用スリッパと書かれた木箱には何も入っていなかった。廊下は一階の奥へ直線に延び、濃いブルーに塗ったスチールドアが監房のそれのように狭い間隔で左側に並んでいる。廊下、土間とも見分けがつかないくらい土埃で白くなっていた。玄関の表札を見ると、荒川産業上大崎寮とある。

謀《はか》られた、と初めて気づいた。尾行をとうに覚《さと》られていた。

男がこの寮の住人であることは十に一つもあるまい。彼はただこの中に入ると見せて、裏口から抜け出したのだ。そういえばタクシーがゆっくり走ったこと、車の外に出て釣銭を受け取ったポーズが不自然だったことなど、いくつか思い当たるものがあった。相手をつけているつもりで、実は逆におびき出されていた。そう、おびき出されたのだ。

自分への怒りを覚えながら車に戻った。

座席に座りドアを締めたとたん、後で低い男の声がした。

「えらく待たせるじゃないか」

振り向くと眼の前に銃口があった。

先程の若者とはちがう三十過ぎの男だ。丸顔で色が黒く、切れ長の眼が人を小馬鹿《こばか》にした光を放っていた。オーデコロンと煙草《たばこ》の匂《にお》い、黒っぽいシャツの袖《そで》を三分ぐらいまくり、手に持つ拳銃は銃身が異様に長かった。

「そうか、こういうことか」

「そういうことよ」

男は鼻先で笑った。銃をわたしに突きつけたまま、左手が素早く延びてドアをロックした。

「行こうぜ」と銃の先でうながした。

「どこへ行くんだ」

「ドライブだよ。風を入れなきゃ暑くてかなわん」

「だからどこへ行く」

「おれの言う通り動けばいいんだ」

言われるがままに車を出す。

「そこを左だ。そして次を右折しろ。真っ直ぐ行くと五反田に出る。そしたら中原街道を行け。あとはそのつどおれが言う」

数分で五反田駅前に出た。灯の消えたホームがそこだけ闇を集めて横たわっており、人気《ひとけ》のない駅前広場を水銀灯が冴《さ》え冴《ざ》えと照している。ガードをくぐると、すぐ向こうに卸売センターのビルが見えてきた。

「そこだ、ここを右へ曲れ」

「道にくわしいな」

男はへっと吐き出すように言った。

「爆薬にもくわしい」

「そうかい」

「樋口《ひぐち》の車に細工をしたのはおまえだろう。わたしの従業員を殺したのもおまえだ。それでは足りず、店へ火をつけた」

「しゃべり過ぎるぜ」銃が頭をこづいた。

「それだけではない。二年前には逗子《ずし》のカメラマンがひとり死んでいる。それもおまえだろう」

「いいかげんにしろ。口の軽いやつは大きらいだ」

「おまえが使っているさっきの若造は、口が固そうには見えないがな」

男は陰気に笑った。「意外と頭が悪いようだな。やつはあれで、おまえなんかよりはるかにたよりになる」

「二人で汚い仕事を一手に引き受けているというわけか。人殺し、泥棒、放火、脅迫、女たらし」

「うるさい」男は怒鳴った。「何を雀《すずめ》みたいにさえずるんだ。おまえ、怖いのか」

「ああ怖い。恐怖で眼が潰《つぶ》れて前が見えないくらいだ」

「とろとろ運転するんじゃねえ、もっとスピードをあげるんだ。目立とうたってそうはいかないぜ。ちゃんと車の流れに乗れ。おとなしくしてれば五体無事に帰してやる。あとはおまえの態度ひとつだ」

「その言葉は、殺すつもりがないという意味か」

「誰が殺すと言った。殺すつもりならこんな手間をかけず、さっき殺《や》っている。こうしてどこかへ連れて行くからには、こっちにもそれなりの用があるってことよ」

「どこへ行くんだ」

「おまえがおれの言うことに、正直に答えたくなるところさ」男はうそぶいた。

洗足池から雪谷を抜け、丸子橋にさしかかった。

「よし、橋を渡ったら右へ曲れ」

「ここは右折できたかな」

「かまわん、曲るんだ」

「目立ってもいいのか」

「うるさい。言われた通りにしろ」

橋を渡ると多摩川沿いの道を上流に向かった。すぐに東横線の下をくぐる。無人の河川敷が黒い帯となって延びている。川面《かわも》がさまざまの光をのせて燃えていた。風がわずかに変った。

車の往来が次第に減ってくる。男が河川敷に眼を光らせているのがわかった。冷たい汗が流れるのを意識した。掌《てのひら》が汗ばみ、ハンドルがすべる。ダッシュボードの下にまだ拳銃があるかどうか、確かめたい誘惑に駆られつづけた。

まだ川原で涼を取っている車がぽつぽつある。男が舌打ちをして黙り込んだ。第三京浜を過ぎ、二子橋まで来た。真っ直ぐ行こう、男は気のない声で言った。二四六号線を横切ると、さすがの人気は絶えた。

広くなった川幅がほとんど真っ黒だった。川原には背の高い雑草が生えそろっている。対岸を行く車の光は遠く、陸離とした光彩を放っている東名高速は二キロも前方にあった。

「そこを降りろ」

と男が言った。川原へ降りる自然道が土手を斜めに下っている。下りたところから背丈ほどもある草むらが始まっていた。

「ライトを消して行けるところまで行くんだ」

ゆっくりと車を進めた。タイヤの下で砂利が蛙《かえる》の鳴くような音をたてた。

やがて車を止め、自分からスイッチを切った。川面までまだ五十メートルからある。

「どうする」

「黙れ、静かにしていろ」

苛立った声で言った。眼を周囲に走らせ、耳をすましている。押し殺した時間を非常に長く感じた。闇《やみ》が息を潜めて見守っている。

あたりの虫が再び鳴き始めた。

男は銃をわたしに擬したまま、左手で助手席のシートを倒そうとした。

「動くんじゃないぜ。両手はハンドルにのせていろ」

座席がうまく倒れない。二ドアだからそこからしか外へは出られないのだ。手伝おうとすると、消音器のついた銃先がぴくりとふるえた。

「動くな」

「そうじゃない。レバーが少々固いんだ」

わたしは手を延してレバーを倒した。そのとき右手でダッシュボードの下をまさぐった。銃がある。戦慄《せんりつ》が胃を締めつけてくるのを感じた。

「外に人がいないかどうか確かめるだけだ。悪あがきするんじゃないぜ」

男は身構えたまま車を降りた。正面に回り、立ち止って左右に眼を走らせる。右手の拳銃《けんじゅう》がボンネットの上でこちらをにらんでいた。北からゆっくりと走ってくる車がある。そちらにわずかに気を取られた。

左手をダッシュボードの下に入れ、銃把をつかむなり引き寄せた。一瞬どきっとした。はがれないのだ。ガムテープが強すぎる。力まかせに引っぱった。背中の皮を剝《は》ぎ取られたようないやな音がした。

テープをはがす間もなく、セーフティ・レバーを外し、遊底をスライドさせて薬室に弾丸を送り込む。血の凍るような金属音が響いた。男はじろっとわたしを見た。

「降りろ」

右へ回って来て言った。拳銃はだらりと下げている。気づいていない。

「どうするんだ」

「散歩しようぜ」

「いやだと言ったら」

「ここで死ぬさ」

「降りても死ぬんだろう。死体を引きずる手間を省きたいだけだ」

「誰だって一度は死ぬんだよ」

陰鬱《いんうつ》に言った。表情が消えている。

「教えてくれ。樋口と北原を殺したな」

「それがどうした」

「おととし、野崎という男も殺した」

「そんなことは忘れた」

「やらせたのは誰だ」

「そんなことをしゃべっている暇はねえ。出ろ」

一歩後退して銃を上げた。わたしはドアを開けると両腕を突き出して引金を引いた。瞬時にして世界が変った。腕先から全身を貫いたショックがけし粒ほどの存在感を微塵《みじん》に打ち砕いた。閃光《せんこう》は星となって視神経をくらませ、耳鳴りが自律機能を宙に投げ出した。それから火薬の匂いを鼻に嗅《か》いだ。針で穴を開けたほどの静寂が耳に甦《よみがえ》り、闇に眼の焦点が合って銃を握ったまま化石化している自分の腕が見えた。その先に一つの死体があった。男は顔に驚愕《きょうがく》の表情を刻み、眼を見開いたまま死んでいた。

手早く男の懐中を探った。二万ばかりの現金と、車のキイしかなかった。キイと拳銃を取り上げ、死体をそのままにして車に戻った。

二子橋から玉川通りを瀬田へさしかかり、見慣れた街並の中へ入ってから手がふるえはじめた。生つばがこみあげ、腹で呼吸している。肉体が今になって自分の行為を咀嚼《そしやく》しはじめていた。それは初めて経験した感覚でありながら、最初からこうなるのを覚悟していたような挫折感《ざせつかん》を伴っていた。隠すことはない。男と顔を合せた瞬間から、殺すことを考えていたのはわたしのほうであった。

3

その足で五反田に引き返すと、独身寮から二百メートル離れた路上で男の残していった車を見つけた。ベージュ色のカリーナだ。小物入れの中に紙袋があり、中に名刺入れ、運転免許証、小銭入れ、キイホルダーなどが入っていた。

男の名は殿町正史《とのまちまさし》。名刺は二通りあってひとつは総合経済誌経済時報記者の肩書き、もうひとつはルポライター、日本フリーランサー協会会員とある。住所は杉並区方南町だった。

方南町まで十五分で車を走らせたが、住居を尋ね当てるのに倍の時間がかかった。渋谷、環状七号線に面した通りを除けば付近の屋並は低く、道路は入り組んでいる。

中野両区が境界を接していて、住居表示がころころ変った。

殿町の住まいは鉄筋コンクリート造りのアパートだった。三階建てで一フロアに四部屋ある。細い道路に面したブロック塀囲いの入口には宮森ハイツという表示が出ていた。道路側が廊下で外回りをライトブラウンで塗ってある。表に回ると養鶏場のケージのような画一的なベランダが各戸についていた。

三〇二が彼の部屋だ。キイホルダーにあった四つの鍵《かぎ》のうち、最初のキイでドアが開いた。

生ぬるい空気が垂れこめていた。玄関に男物のサンダルと皮靴一足が揃《そろ》えて並べてある。備付けの下駄箱の上には履きこまれたゴルフシューズがのっている。スリッパが二足。手前に風呂《ふろ》とトイレのドア。短い廊下があって奥が台所と居間になっていた。他にはもう一部屋六畳大の和室、これにはシングルベッドが入っていた。

カーテンを閉めると電灯をつけた。殿町から奪ってきた拳銃をテーブルの上に置くと、軍手をはめて家探しにかかった。

男の一人住いにしては比較的よく片づいていた。シャギー織りの紫紅色のカーペットやガラス製の座卓、グリーンのソファなど金もそこそこにかかり、趣味もことさら意識しない分だけ悪くない。サイドボードにはレミーマルタンやオールドパーを筆頭に一通りの洋酒が揃い、今夜の小規模な酒宴の跡は流し台の上に残っていた。右の壁半分は天井まである書棚。窓に面して座卓がありさらにその横にはスチール製の書類ケースがある。書棚は文芸書、翻訳もののミステリーなどが大半。だがもっと多くの漫画雑誌、週刊誌があって、二段にうずたかく積み重ねてある。居間と台所の境界の壁にクーラー。その上には著名ゴルファーと握手している殿町の写真が額入りで掲げられていた。

むし暑さにたまりかねて途中でクーラーをつけた。時刻は三時を過ぎている。どう欲目に見ても、あと三時間でここを引き揚げなければならなかった。

脇机《わきづくえ》の抽出《ひきだ》しに書きかけの原稿類が詰っていた。ほとんど小説だった。たいてい煽《せん》情《じょう》的か、煽動的な題名がついていた。完成しているのはひとつもなかった。

スチールキャビネットはキイホルダーの鍵で開いた。こちらには企業関係の資料が会社ごと、あるいは項目ごとにまとめて保存してある。新聞雑誌の切抜きから社内報、業界誌、情報紙の記事、人事関係のメモ、株主総会の資料、あらゆるものが収集されている。しかしいずれも古かった。この一、二年に追加されたものはひとつもない。それは殿町がこの期間にもっと安易な自活の方法、たとえば何も知らずに自分の店に戻って来た若者の後頭部にレンチをくらわせたり、エンジンの電気系統と雷管を直結して爆薬を破裂させたりする生活法を身につけたことを暗示していた。五時までかかって何も見つけられなかった。寝室押入れの天井裏から、拳銃を隠していたと思える油紙の包みを見つけただけである。拳銃にはイタリア製ベレッタの銘があった。コルトに比べると小さくて軽く、むしろわたしの手にはこのほうがよく合う。弾丸は薬室に一発、弾倉に五発、つまり一発も使われていない。金属筒の中にべろ状の襞《ひだ》がある消音器がついている。自動車のマフラーに似ていた。

重い徒労感にとりつかれながら顔と手を洗い、冷蔵庫からチーズとハムを無断拝借して腹に入れた。それでまた少し元気を取り戻し、書棚横の古雑誌の山に取りかかった。

小さな紙片が足元に落ちていたのに気づいたのは、だいぶたってからだった。封筒の切れ端のようなものが五センチばかり残っていた。しみのようなインク跡が眼を奪った。スタンプインクで押したゴム印の端っこだ。8という数字の下半分が、ちぎれた紙の縁に残っている。わたしの店の紙封筒の破片だった。

わたしの店には店名を刷り込んだ紙封筒がなかった。そんなものを必要とする機会がなかったせいもある。それで用があると、相模湾マリーナの封筒を用い、マリーナの文字の下へ店のゴム印を押して使っていた。この8の字は、電話番号の末尾の数字だった。肉厚の不揃いなゴシック字体に見覚えがある。

いきなり座卓の上で電話が鳴りはじめた。ためらう間もなく切れ、数秒おいてまたベルが鳴った。二回ずつベルを鳴らして切っている。それを三回くり返した。最後は長々と十五回鳴らした。そして切れた。

クーラーのスイッチを切り、台所の痕跡《こんせき》を洗い流した。残った時間を古雑誌漁《あさ》りにあてた。封筒の残りの部分と思われるものは出てこなかった。しかし真っ黒なフィルムの断片を見つけた。コダックのマークがついている。フィルム装填《そうてん》直後の空送りした部分らしい。サイズは六六判だった。殿町はカメラを二台持っていた。しかし二台とも三十五ミリだった。わたしの店から持ち出されたものではないかという思いが頭をかすめた。そうすれば紙封筒ともども納得がゆく。

雑誌の山を元に戻している間に階段に足音がした。電灯を消して壁ぎわに身を寄せる。ドアに鍵の差し込まれる音、つづいて玄関から「殿町さん」と呼びかける声がした。

「帰ってるんですか、殿町さん」

と声が近づいて来た。

男が台所に足を踏み入れてから電灯をつけた。かすかに声をあげてひるんだところへベレッタを突きつける。やはり例の若者だ。

二十代前半だろう。面長で顎《あご》が無毛に近く、生白い顔にはまだにきびがある。左右の眼、眉《まゆ》とも均整がとれていて、口のあたりに妙に甘ったるい雰囲気を持っている。背が百七十くらい、瘦《や》せて見えるが骨太の体格だ。手が目立って大きかった。

男は顔をひきつらせて後ずさった。眼には子供じみた恐怖が浮び、肉体が今にもパニックを起こしそうに見える。

「座れ」わたしは言った。「椅子《いす》ではない、床に座るんだ」

「おれじゃない。おれは何にも知らないんだ。無関係だよ」

かぶりを振り、必死の表情で言う。

「電話の前に座るんだ。そして殿町がもう帰って来ないことを報告しろ」

「それだけは勘弁してくれ。おれは何にもしてないよ。見逃してくれ。ここで、なんにも見なかったことにする。あんたのことは絶対にしゃべらない」

「見逃してやるさ。だから電話しろ」

「この通り、お願いです」男はいきなり床へ頭をすりつけた。「おれは本当に何もしていないんだ。こうしろと、命令されたことをしているだけなんだよ。あんたの店のときだって、おれは外で見張りをしていただけだよ。殿町さんが来いというからついて行って、見張っていろというからそうしただけだ。あんなことになるなんて、おれは夢にも思わなかった。今夜だって全部殿町さんの命令で動いたんだよ」

「時間がない。電話するか、しないか、いますぐ決めろ」わたしは拳銃を構え、右手首に左手を添えた。「どうせ、おいそれと電話するとは思っていない。右の肩からいこう」

「待ってくれ」悲鳴をあげて男はのけぞった。「する、するから撃たないでくれ」

彼は四つん這《ば》いになって座卓まで這い寄った。受話器をつかみ、敵意とうらめしさのこもった眼で振り返った。

ダイヤルしはじめた瞬間、わたしは男の左後から右へ位置を変えた。間一髪間に合った。鼻先をかすめてペン立ての陶製ジョッキが飛んできた。わたしはやつの頸部《けいぶ》めがけて拳銃を振り下した。耳に当った。しかし男はひるまず、左へ上体を傾けたかと思うと跳び上るようなバネを見せて立ち上った。そして即座に弧を描いた右足が跳んできた。後頭部を狙《ねら》って打ち下した銃はまたも空を切った。しかし返す力で横なぐりに払った銃が、一歩踏み込もうと出て来た男の顔をとらえ、もろに鼻に当った。鮮血が飛び、男がギャッと言った。ひるむところをありったけの力で首筋に銃把を叩《たた》き込んだ。

倒れた男に水をぶっかける。彼は咽《のど》を鳴らしてむせ込み、白濁した眼でわたしを見返した。

「皮肉だな。おまえが油断のならない男だと教えてくれたのは殿町だ。手を見たとき何が得意か見当はついたが、足が飛んでくることまでは予想しなかった」

「いつか、必ず、この礼はしてやる」

男は鼻の潰《つぶ》れた声で言った。憎悪《ぞうお》で顔が醜悪に膨《ふく》れ上っている。流れ出る鼻血を手で拭《ぬぐ》うと顔中がどす黒い血に染った。のろのろと起き上り、壁によりかかって肩で息をした。わたしはその前に受話器を置いた。

「平井です」電話に出た相手に男は言った。「すみません、やられました。殿町さんとこですよ。ここに先回りしてやがったんです。だって、どうしようもないでしょうが、やつは銃を持ってるんですよ。ぼくは鼻を潰されているんです。畜生め、銃で力一杯殴りやがった。ええ、ここにいますよ。あなたに電話しろと言って、半殺しの目に会っているんです。助けてください。いえ、何もしゃべっちゃいません。どうしたらいいんですか。やつは本気です。殿町さんを殺《や》ったと言ってます」

男はわたしに受話器を差し出した。

「出ろってさ」

男を下らせて電話に出た。
「驚いた男だな。きみはいったい何が目的でこんなことをするんだ」
渋味のある落着き払った声が響いてきた。年齢は五十ぐらい、口調に社会的地位を
武器とした感じの押しつけがましさがある。
「仕掛けたのはそちらだ」わたしは言った。
「勘違いしないでくれ。今夜のことは殿町と平井が勝手にしたことだ。いらざる忠義
立てには迷惑している。わたしはきみとの話合いを望んでいた」
「こちらはいかなる係《かかわ》りも持ちたくない」
「情勢が変っているぞ。いまきみを、血眼になって探しているのはわれわれではない。
きみがこの間まで味方と信じて疑わなかった連中だよ。この意味がわかるか。彼らは
きみが生きて東京に帰って来ることを望んでいなかったのだ。きみの口から事実が明
かされるのを何より恐れている。忠告する。きみに勝目はない」
「わたしが帰って来たことを、なぜ彼らが知っている」
「首都マリーナの前に小型トラックがいたろう。彼らは一週間前からあそこで張込み
を始めていた」
符合する。サングラスをかけて昼寝をきめこんでいた運転手を思い出した。

男が言った。「どうだ、話し合おうじゃないか。ここはお互いに歩み寄って、交換すべきものは交換し、妥協すべきものは妥協すべきだと思うがね。われわれはきみの安全のために力を貸してやれる」

わたしは嗤《わら》った。「つまり乗り換えろというわけだな」

「そこまでは言わん。お互いに助け合えるということだけだ。冷たいようだがそこから先はきみが自分で選べ」

「いいだろう。みえすいた餌《えさ》で釣るよりはいい話だ」

「わたしの事務所まで来てくれ。場所は虎ノ門だ。平井に聞いてくれたらわかる」

「そいつはごめんだ。そちら流の歓迎法は信用していない。会うなら一対一、それも野外だ」

「人眼につくのは危険だぞ」

「そちらと会うのがすでに危険だ」

「よかろう。では日比谷公園でどうだ。野外音楽堂の前で双方とも立会人なしだ」

「承知した」

「時刻は七時でいいな。一時間あれば来られるだろう」

「この空手使いのおにいさんはどうする」

「勝手にしてくれ」

電話が切れた。わたしは平井に言った。

「きょうは見逃してやる。その面《つら》を二度と見せないでもらいたいな」

「忘れやしないぜ」三白眼を見せて彼は言った。「おめえこそ気をつけろよ。この礼は、絶対にしてやる」

平井を見捨てて外へ出た。爽《さわや》かでもない朝の光が眼にまぶしい。しばらく廊下に立っていた。

平井の足音がした。彼はトイレにたどりついた。それからゲロを吐き始めた。わたしは足音を殺してそこを離れた。

道を急ぎ、首都高速経由で銀座へ出た。車は銀座の地下駐車場へ入れ、帝国ホテルの横を通って徒歩で日比谷公園に入った。

できるだけ早く現場へ着き、周囲を偵察しておくつもりだった。だが十分前にもかかわらず、相手はすでに来ていた。

銀色に光る金属フレームの眼鏡をかけた五十代の男だった。ピンクのストライプが入ったシャツを着て、ネクタイ、スーツ、靴を茶で統一している。額が後退気味だが頭髪はまだ十分に黒い。二重瞼《ふたえまぶた》で眉がやや薄く、顔は年相応のホルモンバランスがどこか崩れているのではないかと思えるくらい色艶《いろつや》がよかった。鼻が二段鼻で眼は抜け目なく光っている。弁舌で世渡りしている人間に多いはったりとうさん臭さも漂っていた。

わたしを認めると、ためらいもせず早足で近づいて来た。

「歩きながら話そう。あまり人眼につきたくはないんだ」低い声で言った。

「自己紹介をしてもらいたいな」

「ほう、平井はしゃべらなかったのかね」

「しゃべれなかった」

「若林だ。弁護士をしている。その先の虎ノ門に事務所がある。元来が関西の人間でね。東京に進出して来てからはまだ十年とちょっとだ」

「わたしも名乗るべきだろうな」

「知っているよ。きみがどんな密命を帯び、どこへ行ったかまで含めてな。気の毒だがきみは欺《だま》されたんだ。最初から捨石のつもりで使われた。きみが生きて帰って来たために、彼らの間でいまどんな恐慌が起っているか想像できるかね。きみの能力や運の強さは賞賛に値するが、東京へは帰って来るべきじゃなかったというところかな」

「かまわんさ。自分で播《ま》いた種だ。自分で始末する」

「できるかな」突き離した口調で言った。

「しなければならない」

「なるほど。意志の問題と言うわけか。殿町はどうした」

「わたしが転がるはずだった川原だ」

「始末はしたのか。身元の発見が遅れるような」

「するものか」

「まずいな」

わたしたちは日比谷公会堂を右に見て、公園の噴水の方に向っていた。ビル街の壁に朝日がひっかかり、オレンジ色に躍っている。蟬《せみ》が鳴き、頭上に降りかかる光はすでに昼の気温を先取りしたうとましさを持っていた。花壇で輝いている朝露、束の間《つかま》の朝が音をたてて蒸発している。

若林が言った。「どうだろう。きみには再三ならず迷惑をかけた。わたしはその償いができると思うがな。もちろんきみの出方次第だが」

「はっきり言うがいい。何が目的なのだ」

「相互の協力だよ。われわれはきみを助け、生命の安全と、生活の保障をしてやれる」

「ソ連の紐《ひも》つきなら断る」

「それは残念だ。きみがこちこちの反共主義者だったとは知らなかった」

「そうではない。あいにく、ソ連の悪いところは山ほど知っているが、いいところはほんの少ししか知らない国に住んでいるんでね」

「なるほど、ではまだ話し合う余地はあるわけだ」

「ところがない」わたしは立ち止って言った。「はっきりさせておこう。今後いっさいわたしにかまうな。理由が何であれ、罪のない若者を殺したというだけで、わたしはおまえたちを絶対に許すことはできない」

「だからその償いはするつもりだよ。あれはわれわれとしても予想しなかった事故なのだ」

「野崎の場合もか」

「そうだ」平然と見返して若林は言った。「われわれはただ話を聞こうとした。ところが彼は酔っていて、からまれたと思ったのだろう。逃げようとして海へ落ちたのだ。いや、実際逃げるつもりで、彼が自分のほうから海へ飛び込んだ。わたしはゆうゆうと泳ぎ去るのをこの眼で見ているんだからな。水死体で発見されたと聞いて、むしろ驚いたくらいだ。なまじ泳ぎに自信があったために、それが身を誤まらせたのだろう。

いいかね、われわれは非合法的立場の人間だ。わざわざことを構えるようなことは、極力避けるのが本当なんだ。あれは事故だったのだよ」

「わたしをボートで襲ったのも事故か」

「それは知らん。こちらの目的はあくまでもきみの事務所の捜索だった。わたし自身は、きみを殺せという命令は絶対に出しておらん。アパートの捜索はさせてもらったがね」

それは初耳だ。

「しかし北原を殺した」

若林は眉《まゆ》を寄せて首を左右に振った。「これはわたしの責任だ。殿町のような人間を、使わざるを得ないために起きたミスだと言ってもよい。きみのように、いかなる状況にも対応できる人間であれば、こんな悲劇は起きない。どんな組織も、最終的には人だ。人が組織を危くすることが、現実にはしばしば起る」

「樋口《ひぐち》を殺したのは組織を守るためか」

「それもわたしは知らんな。いいかね。わたしはいくつかの命令を下せる立場にはあるとしても、頂点に立っているわけではないのだ。個人的にはさまざまの苦渋も持つ、ひとりの人間なんだ」

ぽつぽつと職場へ向かう人間が公園を横切っている。犬を引いたスラックス姿の女が散歩していた。わたしたちは遊歩道を抜け、日比谷通りへ出た。日比谷の交差点へ向かう。

「どうかね、帝国ホテルでめしでも食わないか」

「けっこうだ。わたしは引揚げる」

「では向こう側まで渡ろう。わたしはタクシーを拾うんでね。一度自宅へ帰って来たい」

彼はポケットをまさぐった。「名刺だ。自宅、事務所どちらでもいい。きみからであれば常に連絡が取れるようにしておく。きみがわたしの望むかたちで協力する気になったら電話をくれ。ただし、期限は今夜中だ」

わたしのズボンのポケットに名刺を押し込んだ。レンズの奥で爬虫類《はちゆう》のような眼がまばたきもせず見つめている。

「正体を現したな」

「だから交換だと最初に言ってある。しかもこれは提案ではない。わたしの命令だ。きみは拒否できない」

「わたしに脅しは効かない」

彼は嘲《あざけ》るように舌を鳴らした。「きみも頭が鈍いな。拒否できないんだ。いちばん大切な人がこちらの手中にある限りはな」

鈍器で頭を殴られたような気がした。順子だ。

「見損ってもらっては困る。殿町が失敗したらしいと気づいたときに、そのくらいの手は打った。いいか、彼女が欲しかったら例のものを引渡せ。彼女はいまのところ無事だ。わたしの要求を入れれば即刻帰すし、今後一切きみたちに手を出さないと約束してやる」

「思った以上に卑劣な男だったな」突き上げてくる怒りを押えて言った。

「もっとも分りのいい男なら、こんな手は使わなくてすんだささ。どうやらきみは、予想以上に頭の固い人間らしい。青柳の眼鏡にかなっただけのことはあるな」

「彼女は無事だな」

「保証する。手荒なことはしていない。もちろん軟禁状態にしているが、肉体的自由は拘束していない」

「覚えておけ。もし彼女に万一のことがあったら、必ずおまえにその償いをさせてやる。殿町とちがって、一寸刻みで死んでいくんだ。いいな」

「義務を果たすのが先だと思うがね。期限は今夜十二時までだぞ」

「むりだ。手元に置くほど愚かじゃない」

「だから取って来る時間を与えている」

「だが今夜は間に合わない」

「なぜだ」

「郷里に置いてある」

「岡山なら十分往復する時間があるぞ」傲然《ごうぜん》と言った。額に青筋が出て、汗が吹き出している。

「知人に預けてあるのだ。わたしがある条件つきで直接受け取りに行かない限り、誰にも引き渡さない仕組だ。それにはまず、五人の人間をつかまえなければならない。明日一杯かかる」

「だめだ。とてもそんなには待てん。ぎりぎり待って明日の朝、つまり二十四時間後だ。それに間に合うよう努力することだな。わたしがあの人を監視しているわけじゃないからな。平井あたりにまかせたらどうなるか、責任は持てんぞ。保証するのは一日だけだ」

わたしは右拳《こぶし》を思いきり彼の横顔に叩《たた》きつけた。眼鏡が飛び、うろたえた若林の眼に恐怖が走った。やめろ、と彼はうわずった声で言った。

「消えろ、げす野郎。彼女に指一本触れたら絶対におまえを殺してやる」

若林は唇をふるわせて眼鏡を拾った。怒りと屈辱のこもった眼がにらむ。わたしたちは互いの間に殺意を認めた。

「いいか、明朝までだぞ」若林がわめいた。「一枚残らず全部引渡せ。プリントではない。ネガだ。ネガを渡すまで、女は返さん」

とうとう言わせた。彼らの探しているものが、野崎撮影のフィルムであることをやつの口からしゃべらせた。

しかし、かけらほどの勝利感もなかった。そんなものなど、知るわけがなかったからだ。

4

むだ足だとはわかっていた。

それでも来ずにはいられなかった。

順子の部屋に応答はなく、ドアには鍵《かぎ》がかかっていた。

階段下の物干し場で立話をしていた女二人が、きつい眼でわたしを見上げた。並の好奇心以上の不審の色がある。

「何時ごろ出かけたかごぞんじありませんか」

わたしは階段を降りながら言った。サングラスは、女二人の目を意識したときから外していた。

「さあ、気づかなかったですね。いつもはもうちょっと遅いようですけど」

三十前の若い女のほうが答えた。竿《さお》にかけた洗濯物からはまだ水がしたたっている。太った年嵩《としかさ》の女のほうは、ことさらわたしを無視して、象でも寝返りを打てそうなばかでかいシーツを干していた。

「どうかしましたか」とそちらの女に言った。

「いえ、べつに」年嵩の女が口ごもって答えた。「ただゆうべね、ちょっと変な物音がしたんで。それに今さっき、刑事さんが来たもんだから」

「変な物音って、何時ごろです」

「よくわかんないんですよ、夜中でしたからね。四時頃だったと思うけど、とにかく夜の明ける少し前です。そこの道路で人の争う声がして、それからバーンとすごい音が。わたし、てっきり誰か撃たれたんだと思って、恐かったから警察へ電話したんです。直接見たわけじゃありませんけどね。銃声みたいなのが二回して、車が二、三台ダーッと走って行ったんです。とにかく、十分ぐらいしたらパトカーが来ましたけど、ざっと見て、何でもないと言うでしょう。バックファイアの音だろうって。まるで私が寝呆《ねぼ》けたんだろうと言わんばかりの口振りでさ。こんなところで銃を撃ち合うような人間はいませんよと言うから、私だってお巡りさんがそう言うんならそうかなと思いますよ。それで、まあゆうべはそれですんだんです。そしたら今朝になって私服の刑事が来て、どんな争いをしていたか、車は何台だったかって、しつっこく聞くんです。失礼しちゃうわ。そんなこと、こっちの責任じゃないですよ、ね。バックファイアの音ですよと言うから、ああそうですかと納得していたのよ。それを、ピストルの音だとなぜ思ったかなんて、まるで疑うような口振りでさ。私、ピストルの音だなんて、一度も言いやしなかったわ」

「刑事は本物ですか」

「ええ、本物ですよ。パトカーも来て、そこらを念入りに探していましたから」

「争いというのは、このアパートの中庭だったんですか、それとも前の道路で」

「おたくも刑事さん」女は上眼使いに言った。

「まさか。刑部《おさかべ》さんを訪ねて来ただけです」

「とにかくはっきり覚えてないんです。寝ていたんだから」

「銃声は騒ぎの起った後ですね」

「銃声みたいな音です」

「失礼。そのみたいな音です」

「ええ。何か罵《ののし》り合うような声がして、それからバーン、バーンと二つ。そのあとすごい勢いで車が走って行きました」

「全部男の声でしたか」

まずい質問だった。この一言は、女の疑惑を呼び起した。「そう思いましたけどね」と女はわたしの観察を始めた。

「ありがとう」

礼を言うと足早に離れた。多分警察に通報されるだろう。

だいたいの察しはつく。多摩川で殿町の死体が発見されたのだ。それでパトロールの警官が見逃した通報を、刑事が洗い直しに来た。

車に戻ると店に向かった。日はすでに昇り切っている。西から厚い雲がせり出し、照りつけるのと翳《かげ》るのと半々くらいだった。猛烈な湿気が充満し、車の切る風さえ発汗をうながしてくる。からだの饐《す》えた匂《にお》いが車にこもっている。吐く息までを臭く感じた。

裏通りに車を止め、千葉で買ったアディダスのビニールバッグを持って店に向かった。右手にさっきからキイを握りしめている。

「これはあなたの分よ」

順子が笑みを浮べて差し出したキイを、あたかも何かのお守りでもあるかのようにずっと持ち回っていた。そのときの順子の顔にはあふれんばかりの輝きがあった。少なくともわたしにはそう見えた。

当然ながら「かわの」は閉まっていた。ドア横の木箱に配達された新聞と、紙パックの牛乳二個が置かれている。そのままにして中に入った。むっとする熱気がこもっている。すぐドアに鍵をかけた。窓のブラインドもそのままにする。外からわたしの姿は見えないはずだ。

最初に店のウェイトレスをしている久保という女の子に電話を入れた。

「あら、知っていますよ」今日は休業すると伝えると、即座にそう答えた。「さっき、順子さんから電話をいただいたんです」

「電話があったって？　直接本人からかかってきたのかい」

「ええ、ご本人でしたよ」

「何時ごろだった」

「九時過ぎです。わたしが出かける準備をしていたところですから」

「どんな感じだった」

「さあ、とくに何も感じませんでしたけど。急に用事ができたとかで、臨時休業するって、それだけでしたよ。何かあったんですか」

「いや、わたしもまだ彼女と連絡が取れていないんだ。どこにいるか言わなかったかい」

「あら、自宅からじゃなかったんですか」

「それが出かけているらしい。いや、ありがとう、心当りを探してみる」

「あのう」彼女は言い淀《よど》んだ。

「どうした。何か気がついたのか」

「いえ、そうじゃないんです。渋谷さん、外国へ行かれたんじゃないんですか」

「帰って来たところだよ。昨日帰った」

明日また連絡すると言って電話を切った。

洗面所へ立って顔を洗い、からだを拭《ふ》く。湯を沸して髭《ひげ》も剃《そ》った。シャツを無地のTシャツに変えた。クーラーのスイッチを入れる。それからコーヒーを入れてゆっくり飲んだ。半分は心を落ち着けるためだ。

店は何ひとつ変っていなかった。琺瑯《ほうろう》引《び》きの白い湯沸し、湯が沸くとフィヨルドを往《ゆ》く蒸気船さながらの汽笛を鳴らすノルウェー製のケトル、棚に並んだ有名無名のカップ、常にむせ返らんばかりの芳香に包まれているコーヒーミルから抽出液を掻《か》きまぜる木製のへらに至るまで、すべての物が記憶のどこかにとどめられているか、あるいはそう錯覚させる場所にきちんと置かれていた。ひとつひとつの道具が、時間という風化作用に耐えて自分の用を果たし、ささやかに己が居場所を見つけている。店そのものが、密封したコーヒー缶のように、移ろいやすい過去を保存したカプセルであった。

ただ、それが果たして何だと言うのか、こうしてひとりで座っていると、敗北感に似たやりきれなさに取り囲まれているのを何よりも意識した。すべっこいカウンターの手触りは、いつだって感覚を退化させる。外の風を拒否するかに見える乾いた空気は、この店に現われては消えた人間の残り香だった。いま、多くの人間がもうここには帰って来ない。壁にかかったミロの複製画や、スイスのカウベルを残して行った男たちをわたしは知っている。ユニコーンを題材にした小さなタピスリーは、二度目の夫とパラグァイへ旅立って行った女性が残したものだ。少なくとも彼女は、自分が二度とここへは戻って来れないのを知っていた。結局この店に残されているのは、捨て切れない過去の痕跡《こんせき》であり、その情念に塗り込められた凍結した時間であった。静まり返ったその空間にいつもわたしの席は用意されてあり、わたしだけがその時間内にいつまでもとどまっていた。それはこよなく居心地がよく、反面冷酷なまでに孤独を感じさせる取り残された世界であった。

しょせんわたしは後ろ向きになって前へ進み、常に人より遅れて歩いている人間だった。過去という踏み固めた道を継ぎ足さねば、生きていけないタイプの人間だった。こんな人間がひとりくらいいたところで、邪魔にはならないという許容の範囲内でようやく存在しているに過ぎない。今さらどうしようもないことなのだ。それが自分の核となっている以上、許してやろうという人間の中で自分を生かしておくほかなかった。これが最早わたしの呼吸すべき空気なのだ。そしてわたしを許せる人の中に、何よりも順子がいて欲しかった。

マリーナの仁科《にしな》に電話をかけた。まだ出社していなかった。今日は夜勤なので、午後になるという。それで逗子《ずし》市内にある自宅の方へかけ直した。

「なに、起きるところだったんです」彼は起き抜けの声で言った。「今どちらです。東京へ出て来たんですね」

「そうだよ。いま都内にいる」とわたし。

「まさか、逗子へ寄らずに帰るってことはないでしょうね」

「何とも言えない。忙しいんだ」

「おやおや、冷たいお人だ」

「ちょっと聞きたいんだ」口調を改めて言った。「きみも知っていると思うが、野崎のことなんだ。たしかこの間、三周忌の集まりがあるようなことを言っていたと思うが、きみは行ったのか」

「行きましたよ。やつはポン友でしたから」

「えっ、じゃ前から彼を知っていたのか」

「いやだな。野崎とは渋谷さんより古いつき合いなんです。小学校時代からですよ」

そういえば彼らの住居はそう離れていない。年齢もほぼ同じであることに気づいた。

「それは知らなかった。ではきみは、野崎のことについてはくわしいな」

「だいたいはね。何が聞きたいんです」

「彼の写真だ。山の写真以外に、どんな写真を撮っていたか知らないか」

「やつは山専門でしたよ」

「それは知っている。しかし頼まれれば、バイトぐらいはしただろう」

「あいつはバイトをしなかったですよ、家がいいですからね。そりゃ個人的に頼めば何だって撮ってくれましたよ。ぼくの結婚式のときもやつに撮影を頼みましたから」

「そんなのじゃない、別の写真だ」

「べつの、どんな写真です」

「たとえばポートレートとか、風景とか」

「さあねえ」首をひねっている。「ぼくの記憶にはありませんね。松波という男に聞いてみたらどうです。これもポン友の一人でしてね、いま赤坂で写真の貸出し業をやってます。野崎の写真は今でもそこに全部あるはずです。この間の集まりにも来ていましたから」

「ありがとう。ほかに、野崎が親しかったという友人を知らないか」

「それほど交際の広い人間じゃなかったですよ。ごぞんじのように、ひどく人見知りをする人間でしたからね。ですから友人といえば逗子の連中か、学生時代の仲間でしょう。この間五人ほど集まりましたから、その連中の名を教えてあげましょうか」

わたしは松波フォトサービスも含めて五人の名と電話番号を聞き、メモに取った。

「しかし、野崎の写真をなぜ今ごろ探しているんです」

「大したことじゃない。わたしの知っている人を、彼が以前撮《うつ》しているんだ。その写真が入用になってね」

「女性ですか」

「まあね。年は六十だが」

ふーん、と仁科は言った。好奇心の芽を摘み取るために、そこそこに切り上げた。仁科も黙って引き下がらなくて、田舎に帰る前にマリーナを訪ねるよう強要した。

メモした五人の男に順繰りに電話で問い合せた。銀行員とガソリンスタンドを自営する男は、ともに心当りがないと返事した。松波には十一時の約束を取りつけた。しかし松波は、野崎が海や逗子海岸をテーマにした写真を撮ったことはないと、断定的な口振りで言った。残る二名は不在だった。

野崎があの日撮ったのは、必ずしも海や逗子海岸の写真ではなかったかもしれない。誰かが彼に個人的な写真を頼み、今もそれはその人物が所持しているはずだ。野崎はそのとき、失踪《しっそう》した四人の米水兵の秘密を握る何かを、偶然カメラに収めた。ただ事件が公然化し、若林らが必死で撮影者を探しているとき、彼はもう南米へ渡っていた。二年後に帰国してから殺されたのはそのためだ。途中で野崎の身元が割れたにせよ、南米まで追うには所在がつかめなかったからである。ただ若林らは野崎の口を封じたが、写真は取り戻せなかった。彼らはその写真がわたしの所にあると信じた。殿町がわたしの海へ出た際に店へ忍び込んだのも、この写真を探すのが目的だったのだ。殿町はスチール製の机をこじあけ、金を奪ったと見せて写真の捜索をした。それが終らないうちに北原が帰って来た。結局殿町は一部の写真だけを盗んで姿を消した。あるいは残りの写真は関係ないと見て持ち出さなかったのか。いずれにせよほとんどの写真はキャビネットの中で黒焦げになって見つかった。そのためわたしのほうでも、写真が紛失していることに気づかなかった。

野崎の写真でわたしのところにあったものは、例のパタゴニアの写真だけだった。若林がいまなおこちらの手元にあると信じているとすれば、それなりの根拠があることになる。持ち出した写真の中に、そう思わしむる証拠でもあったというのか。寝不足と疲労で頭には粘土でも詰っている感じだ。時間だけが秒針を刻んで意識の底にある。それを頭から取り除こうとするところにあせりがあった。

再度顔を洗った。

わたしは松波に会いに出かけた。

5

ブラインドを下した薄暗い部屋の中でクーラーが歯ぎしりをしながら唸《うな》っていた。十五坪ぐらいの広さがある。壁のぐるりにフィルムの入ったキャビネットボックスが並び、地域やテーマ毎の見出しがついている。中央に皮製の赤いソファと木製の椅《だ》円形《えんけい》テーブル、右手に事務机が五つ、両サイドの太い柱にはポリネシアとエーゲ海の観光ポスター、他にもモンブランのカラー写真、航空会社のカレンダー、陶製の飾り人形、人間の顔を描いたエッチングなどが壁にかかっていた。入口を入った手前には三台のライトビュアーが据えてある。ルーペが転がっていた。

男が二人事務をとっていた。若いほうが、やあどうも、と愛想笑いを浮べて言った。すぐばつの悪い顔になったところを見ると、人違いでもしたのだろう。

「どちらさまですか」改めて言った。

「松波さんにお目にかかりたいんだが」

奥にいた男が顔を上げてうなずいた。三十前半の年頃で長髪、ダークグリーンのスーツを着ていた。

「どうぞ。野崎のことでしたっけ」

名刺を持って立って来た。松波健司とある。卵型の顔つきだった。鼻下にうぶ毛のような細い毛がある。顔色が悪い。内臓のどこかに疾患を思わせるどす黒さだった。

「雲をつかむような話で恐縮なんだが、野崎君が四年ばかり前に撮った写真を探している。南米に行く前に撮ったはずなんだがね。ひょっとして、おたくに心当りでもないかと思って」

「海の写真ですか」

「いや、そうとも言い切れないんだ。逗子の海岸で、彼が撮影に出かけるとき会ったというだけで、何を撮るつもりだったかは見当もつかない」

「野崎とお知り合いだったんですね」松波はチェリーに火をつけて言った。

「昔、一緒に山へ登ったことがある」

「あ」と彼は言った。「渋谷さんでしたね、山の。いや、失礼しました。お噂《うわさ》は聞いていたし、二、三度遠くからお見かけしたこともあるんですよ。相模湾《さがみ》マリーナの仁科のところには、何回か遊びに行きましたから。しかしねえ、そのような写真となると、お役に立てるかどうか。野崎の写真はまだうちにありますが、逗子付近で撮ったものは一枚もないんです」

「彼がほかのところへ写真を預けているということは」

「それはありません。うちだけだと思います」

「たとえば誰かが、個人的な撮影を依頼したとしたらどうだろう。仁科君などは結婚式の写真を撮ってもらったそうだが」

「それはあり得るでしょう。しかしそういうプライベートな写真だと、ちょっとわかりかねますね。逗子の海岸で会われたんですか」

「そう、南米へ発《た》つ三日ほど前だった」

すると、と松波は頭をひねりながら言った。

「七六年ごろの話になりますね」

「正確には五月九日だった」

「ぼくはあの前後、何回か彼に会ってるんですが、そんな話は聞きませんでしたねえ。出発するとき、羽田まで見送りにも行ったんですよ」

「彼がアルバイトをしていたということは」

「それは考えられません。むしろそんな話があったら尻込《しりご》みしたんじゃないでしょうかね。注文仕事を器用にこなせるような男じゃありませんでした」

アイスコーヒーが出た。わたしは仁科から聞いた四人の名を示して言った。

「きみの知っている範囲で、このほかに、個人的に撮影を頼みそうな人を知らないかな」

松波は他に三人の名を挙げた。その場で電話をかけて問い合せてくれたが、収穫はなかった。

「わかりません」

戻ってくると、からだを投げ出すようにソファに座った。

「残念ですね。野崎もこれからというときだったんだが。あいつ、山のほうはどうだったんですか」

「無器用だったね。あのからだを持て余していた」

松波は乾いた声で笑った。「写真だってそうでしたよ。要するに愚直だったんです。で、それを生かした写真を撮れと、彼にけしかけたのはぼくなんです。山で死なれていたら、今頃は責任を感じてますよ。それがよりによって海へはまって死んだんですから」

若い社員が机越しに口を挟んだ。

「野崎さんの海の写真なら、前にもそんなことを言ってきた客がありましたよね」

「いつ」と松波。

「ほら、あれですよ。外国向けのカレンダーをつくるといって、スカを喰わされたやつ」

「ああ、あれか」

「ちょっと待ってくれ」わたしは言った。「野崎が写した海の写真が欲しいと言ってきた人間がいるのか」

「いいえ、とくに野崎さんの名が出たわけじゃないんです。写真を選んでいるうちに、この人が写した海の写真はないかと言い出したんですけど、それがかなりしつっこくて、しかも野崎さんにこだわっているような感じだったので」

「いつごろの話だね」

「さあ、だいぶ前になりますよ。二年、いや三年以上になるかな」あまり自信がなさそうな口ぶりだった。

「それは野崎が南米へ行く前か、あとだったか、思い出してくれないか。非常に重要なことなんだ」

「あとですよ。たしかその年の夏だった」松波が言った。「カレンダーの製作ってのは春から始まるんですけどね。その客は、時期としては遅すぎる夏に来たんです。そのくせ十万部刷りたいとか言ってね。はったり臭いなと思っていたら、案の定そうだった」

「半日ここで写真をひっくり返して行きましたからね。それも野崎さんの写真ばっかり」社員のほうが口を尖《とが》らせて言った。「それ一回きりなんです。大手町ビルにあるちゃんとした貿易会社らしいので、事務所まで挨拶《あいさつ》に行ったんですよ。そしたら今年は見送りになったって、木で鼻をくくるような返事でした」

「どんな男だった」わたしは慎重に言った。

「色の白い、丸顔の男です。眼鏡をかけていて、秘書室長という肩書きでした。年は三十ちょっとでしたかね」

「会社の名は」

「何とか言いましたよ。外資系の会社です。社長はイタリア人だったかな」

「名刺があったんじゃないかな。貰《もら》ったように覚えてるんだが」松波が言った。

探してみます、と若い社員は答え、戸棚からカステラ箱大の紙箱を取り出した。

「渋谷さんの探している写真と関係がありそうですか」

松波はさりげなく言った。それがかえって好奇心を露《あら》わにしていた。

「わからない。とにかく手掛りらしいものは全部当ってみるつもりなんだ」

「まさか野崎は、その写真を撮ったために死んだんじゃないでしょうね」今度ははっきりと、だが声を落として言った。「野崎が死んだ夜、彼の部屋へ泥棒が入ってるんです。何も盗まれはしなかったけど、写真が掻《か》き回された跡がありました。泳ぎの達者な彼が、海で死んだこと自体ぼくは納得できません」

「さあ」とわたし。「その話は初めて聞くが、わたしは偶然だと信じているがね」

「だと思いますがね」

意外とからっとした声で言った。そのあと彼は仁科《にしな》の話を始めた。

ありました、と社員が名刺を持って来た。株式会社バルボ商会秘書室長西原宏一《さいばらこういち》とあった。

「お持ちになっていいですよ」松波が言った。「お役に立ったらあとで結果を知らせてください」

それで彼が疑惑を捨てていないのを知った。追求してはならないのを覚《さと》っただけだ。わたしは約束しようと答え、いくらか負目のある儀式として別れの挨拶を交わした。

元の氷川町にある駐車場へ車を取りに行く前に、TBS会館のホールで電話を使った。

「バルボ商会でございます」

透明感のある女の声が答えた。

「バルボさんをお願いしたいんだが」

わたしは中小企業経営者といった声で言った。もっともそう聞えたかどうか。

「申し訳ありません。社長はまだ日本へ帰って来ておりませんが。どちらさまでしょうか」

「中島と言いますがね。仕事上のおつき合いじゃないんだが、よくボートで釣りをご一緒させていただいたもので。最近お見えにならないので、どうなさったのかと思っていたら、外国ですか」

「はい、郷里の方へちょっと帰っております」

「いつごろお帰りですか」

「それはちょっと。国のお母さまが相当お悪いんだそうです」

「ご家族の方はこちらですか」

「いえ、奥様とお嬢様も一ヵ月前にお帰りになりました」

「一度おたくの社員の方で、眼鏡をかけた丸顔の人にお目にかかったことがあるんだが、名を何といったかな、色の白い方ですよ」

「秘書の西原でしょうか」

「あ、そう、西原さんだ。いらっしゃる」

「あいにく、今日は休んでおります」

「それは残念。バルボさんが奥様の名をつけられているレギーネ号のことでちょっとおうかがいしたいんですがね。ご自宅の電話番号を教えてもらえませんか。西原さんでなくても、ボートのことがおわかりになる人ならどなたでもいいが」

うまく聞き出せた。わたしはその番号を書き取り、つぎにそこへ電話した。

「主人は今日、会社へ行っておりますが」

三十前の女の声が答えた。

「いえ、さっき会社の方へお電話したんですよ。すると今日は外出されて、会社の方へはお戻りにならないということでしたのでね。バルボさんのボートをどう処分されたか、奥さんはごぞんじありませんか」

「ええ、聞いておりません。顧問弁護士さんにお聞きになればわかるんじゃないでしょうか」

「顧問弁護士というと、あの、若林さんのことですか」

「そうです。主人もそちらへ出かけましたから」

「あ、ご主人はいま若林さんのところですか」

「いえ、今もいるかどうかは知りませんけどね。社長さんのことで急用ができたとかで、ゆうべ遅く出かけましたから」

「すると昨夜からずっとあちらに」

「ではないかと思うんですけど」

「秘書というお仕事も大変ですなあ」

「ええ、まあこれが仕事でしょうから」

「夜出かけるようなことがしょっちゅうあるんですか」

「そうでもないんですけどね。でもときどきは覚悟しないといけませんね。それにいま社長さんがご不在なものですから、ご自宅の管理もしなければいけないみたいで、週に一度向こうに泊ったりしているんですよ」

「バルボさんのご自宅は六本木でしたかね」
「いえ、高輪ですよ。一度ご自宅のパーティに呼んでいただきましたが、ずっと高輪です」

礼を言って受話器を置くと、電話帳をひっくり返した。バルボという名がひとつある。ジャコモ・バルボ、港区高輪四の三十一。

外に出ると昼だった。一ツ木通りには昼食を漁《あさ》りに来たサラリーマンがあふれていた。日本経済の帰趨《きすう》よりは今のところ千円札一枚の帰趨により関心があるという顔をしている。わたしは駐車場に戻り、車を新宿に向けた。日は曇天《どんてん》模様と変ってきた。だが日差しがなくて助かるといった午後にはなりそうもない。車の中は上がり湯なしのサウナも同じだった。路上の忍耐力競走が新宿まで小一時間つづいた。レンタカーオフィスを探し当て、車のカタログが言う現代文明がつくり出したゆとりや、ゴージャスな気分や、快適な居住性の奴隷《どれい》から解放されたときはほっとした。しかし身代金として、目をむくような乗捨料を取られた。

その足で銀行に行き、カードで五万円を現金化した。ザックは駅地下のロッカーに預けた。アディダスのバッグに必要なものを詰め代え、中央線で東京駅まで行った。八重洲でまた車を借りたのだから世話はない。わたしの感覚はもう周囲を無視して存在はしない。つけつけられてはいなかった。わたしの感覚はもう周囲を無視して存在はしない。つけ

る者がいれば必ずわかる。

数寄屋橋、新橋を経由して虎ノ門に出る。桜田通りを左折したところで、眼についたビルの地下駐車場に車を入れた。

若林法律事務所は、神谷町に向って右手のビルの側壁に看板が出ていた。中規模程度のオフィスビルで法律関係者が入居している。裏口はない。

地理的な状況を確認しておくくらいのつもりだった。ところがビルの真向かいまで来たとき、後の喫茶店から男がひとり出てくるのに気づいた。即座に背を向ける。まずいことに男は同方向に向かって来た。その視線にあまり曝《さら》されたくなかった。わたしは手近にあった喫茶店に逃げ込んだ。

ところが男も中へ入って来たのだ。ついた席がシートにして四脚分離れただけだった。彼は窓際《まどぎわ》へ席を取り、若林のビルへ眼を向けた。張込んでいる。ときおり陰気な視線をじろっと店内に向ける。

わたしはメニューを手でなぞってウェイトレスにコーヒーを注文した。声が出せなかった。男とは二度会っている。藤村の店から神谷町のＣＩＡ支部へ向かったときには、わずかながら会話も交している。

わたしは顔を伏せて新聞を読みふける真似《まね》をした。四人席が二列になっただけの細長い店だ。レジは入口近くにある。やつが店内にいる間は外に出て行けそうもなかった。

十分後に男が電話を使った。

「いつまで待たせるんだよ。腹ががぼがぼだぜ」

と言うのが聞えた。つっけんどんな不機嫌きわまりない声だ。

二十分後に男がトイレに立った。わたしはすぐ店を出た。駐車場の入口に立って待ち受ける。三十分後にタクシーから降りた紺の夏服姿の男が店に入った。多分交代だろうと思う間もなく、上着を肩にひっかけて眉《まゆ》をしかめた先の男が外に出て来た。歩道に立ったのを見てすぐ車を取りに行った。

道路に出て来たとき、黄色のタクシーが走り去るところだった。数台置いて後方につける。タクシーは神谷町を突っ切り、ソ連大使館の前を通って六本木へ出た。そこで左折、渋谷方向へ向かい始めた。しかし西麻布のランプを過ぎた次の交差点でまた左折した。広尾に向かっているとわかったときには、見覚えのある日赤医療センターが見えてきた。

男が下車したのは、樋口《ひぐち》が住んでいた南青山ビューハイツの前だった。わたしはここでも約二十分車を止めた。その間一ダースばかりの人間と、三台の車の出入りがあった。

わたしは車を降り、玄関のホールをのぞいた。樋口の部屋だったはずの九〇七号室に青柳《あおやぎ》の名が掲示してある。

車に戻って高輪に急いだ。

御殿山に近い住宅街で、ジャコモ・バルボの表札がある古い洋館を見つけた。ぽつんぽつんと同じスタイルの建物が何棟かある。コンクリートの塀は黒ずみ、中の砂利が浮き出ていた。急傾斜を持つ赤瓦《あかがわら》の屋根も、垢《あか》に染って褐色になりかけている。羽目板の薄いグリーンの塗料は剝《は》げるにまかせており、二階の階段踊り場に当る丸窓の枠だけが、最近補修したものか白く塗り直してあった。窓には鎧戸《よろいど》が下ろされている。門からノッカーのある玄関までいくらも距離がなく、付近の住宅に比べると敷地、建坪ともはるかに小ぶりだ。居留外人向けにつくった戦前の建物という印象が漂っている。

門内に車が一台入っていた。バックスタイルの感じではコロナマークIIらしい。色はシルバーがかったグレイ。鉄格子《てつごうし》の門扉《もんぴ》がきちんと閉められていなかった。車はコンクリートを敷いた車寄せから左前車輪を落して駐車している。

付近を一回りして戻って来た。そのとき門の支柱に車をぶっつけた新しい跡があるのを見つけた。軽く引っ掻いた程度だ。下にフォッグランプのガラスが飛び散っている。

車を止めて見張る場所がなかった。道が狭く、見通しも悪い。しばらく頑張ってみたが車が来るたびに移動しなければならない。三十分も同じことを繰り返してあきらめた。

裏手に回ると閑静な路上がある。木陰を拾って車が止り、運転手が思い思いの恰好《かっこう》で昼寝をしていた。

日没までまだ三時間ある。

その中に割り込んで車を止めた。

シートを倒して横になる。わたしは汗にまみれた眠りに落ちた。

6

七時に目を覚した。宵闇《よいやみ》が足元まで忍び寄っていた。木立の向こうに品川ボウリングセンターのまがまがしい灯りが望めた。虫が鳴いている。外に出るとぬるま湯に足を浸したような感触が這《は》い登ってきた。昼間の余勢が地肌の蒸れた匂《にお》いを放っているのだった。

車を置いてボウリングセンターへ行き、洗面所を使った。それからスナックでカレーとコーヒーを取り、車に戻った。

準備をしてすぐ出かける。人通りはさしてなかった。勤め帰りの老人が焼けた鉄板の上を歩いているような足取りで前を行く。街灯にそれとわかる暈《かさ》ができていた。一雨きそうな風があった。

古びた洋館はなしくずしの灰色の中で沈んでいた。燃えつきてしまった発光体、白っぽくくすんでいる瓦《かわら》の一枚一枚は、その背を被《おお》う鱗《うろこ》に見える。

車がなくなっていた。思わず度を失う。ミスを犯したのではないか。夜まで待つべきではなかった。

玄関のドアを引いてみた。鍵《かぎ》がかかっている。裏口に回った。

洗濯干し場になっている。白塗りの石油タンクがとっつきにあり、横にごみ用のポリバケツ、その向こうがテラスだった。スチール製のテーブルと椅子《いす》が軒下へ片づけてある。古い自転車、犬小屋、芝刈機、ゴムホース、空の植木鉢など、すべてが使われる習慣を失《な》くしたポーズで置かれていた。テラスに面した窓側には今ふうの鉄製雨戸が締り、裏口のドアも最新型の安っぽい合板製が取りつけてある。

勝手口のドアには鍵がかかっていなかった。拳銃《けんじゅう》と懐中電灯を手に、足音を殺して中に入った。

最初に台所の食卓がある。右が流しや調理台、流しにはカップや皿が積み重ねてあった。軽い腐敗臭が漂っている。シアーズの大型冷蔵庫がモーター音を響かせていた。

ドアなしで居間に出た。広さは十四、五畳大、表の窓寄りにソファがL字型に置かれ、右壁には装飾用のマントルピースがある。飾り棚にはガラス製の花瓶があって、一抱えもあるばらの造花が生けてある。テーブルには灰皿が二つ、ひとつは台所から持ち出したガラス鉢で、どちらも多種類の吸殻で山盛りとなっている。絨毯《じゅうたん》は居間の中央だけ、他はリノリウム風の固くて弾力のある床だった。

居間と隣合って玄関ホールがある。一部は二階へ吹抜けとなっていて、天井から満月のような丸い照明灯がぶら下っていた。階段下にプッシュホン。右手にいくつかのドアが並び、洗面所、バスルームなどがある。

奥にもうひとつ部屋があった。八畳大で窓に寄せて木製の両袖机《りょうそで》がある。後と右の壁が書棚、さらにドア側の壁面に高さが一メートルもある金属製キャビネットが二つ。試みに手をかけてみたが鍵がかかっていた。ここにも電話がひとつある。

居間に引き返すと玄関ドアの掛け金を外した。無人だとほぼ確信していた。周囲に散らかしてある新聞や週刊誌、グラスなど、人が訪れている形跡はあるものの住んではいない。淀《よど》んだ空気はからみつくように重く、黴《かび》の匂いを発生させていた。この家はすでにどこか平衡感覚が狂い、しかも虚《うつ》ろなのだ。

それでも懐中電灯を用いない程度の用心はして二階へ上った。部屋は二つしかない。手前が寝室だった。洋服箪笥《だんす》、洋風の姿見が置かれ、ダブルベッドが入っている。ベッドカバーはなく、青の立縞《たてじま》入りのマットレスがむき出しになっていた。箪笥は空っぽだ。ここにも切換え装置のついたプッシュホンがあった。部屋の隅にはひとかたまりに丸めた布地が放置されていた。ベッドカバーらしい。

奥の部屋にはシングルベッドがひとつだけ。金地のベッドカバーがかけられている。他には作りつけの収納箪笥と木机、組立式本棚など。若干の遺棄物の中に、熊の縫いぐるみと日本の少女漫画雑誌が転がっていた。布製のレターラックには何も残っておらず、アリタリア航空のカレンダーは五、六月のところを開いたままである。わたしは見当違いの結論を引き出してしまった。順子はここに捕われていない。一時的な監禁にせよ、彼女がここに連れ込まれたのであればわたしにはわかる。

だが釈然としないものを感じた。それで主寝室に引返した。

プッシュホンの文字盤に黒いしみを見つけた。懐中電灯で照らして見ると、どうも血痕《けっこん》らしい。マットレスにも同様の痕跡。部屋の隅に丸めてあるベッドカバーを広げてみた。とたんに中へ包んであったものが転げ落ちた。大量の血痕が付着している。

定期入れ、名刺、免許証、身分証明書、剝ぎ取った背広のネーム、すべてが同一の人物、三鷹《みたか》に住み、大手町のバルボ商会に勤務する西原宏一、二十九歳であることを告げていた。財布の中身は全部抜き取られている。

元通りにして部屋を出た。

ミスを二つ犯した。引揚げるのを急いで注意力を欠いたこと、懐中電灯を照らして階段を下りたこと、そのため闇に眼を利《き》かなくした。

空気に微妙な流れのあることに気づくべきだった。寂光が居間に差し込み、裏口のドアが開いているのに気づいた瞬間、後頭部に激しい一撃をくらって何もわからなくなった。

気力だけはあった。床に崩れ落ちながらも振り返り、相手を撃とうと試みた。だが右手にしたたかな打撃を覚えたとき、銃はもう手元になかった。床に転がった懐中電灯が非現実的な光溜《だま》りをつくり出していたのを覚えている。わたしは相手につかみかかろうとした手を虚空《こくう》にさまよわせながら倒れ落ちた。

憎悪《ぞうお》をみなぎらせた男の息遣いと罵声《ばせい》を聞いた。靴先が容赦なくわたしを蹴《け》り上げる。狙《ねら》いが顔に集中している。男が誰であるか、おぼろになりつつある意識の中で理解した。両腕で顔をブロックした。すると靴先ががら空きになった腹部へもろにめり込んできた。苦痛の感覚があまりに大きすぎ、肉体を制御することができなかった。意識さえも。わたしはうめき声をあげ、顔をカバーすることにこだわっている自分をひどくぶざまに感じた。わたしには平井以上に憎悪を燃やすべき根拠があるのだ、という情念に必死にしがみつき、その確認もできないままやがてすべての感覚を失った。

無間《むげん》地獄を彷徨《ほうこう》したような気がする。茫《ぼう》とした気体の中を実体のない自分がさまよっていた。行けども行けども果てがなく、しかもその存在感はますます稀薄になってくる。ついにはすべてが無になった。と思ったとき意識を取り戻していた。

それは気を失っていたほうがまだましだったと思えるような苦痛の甦生《そせい》に他ならなかった。わたしは生きながら焼かれており、立ち昇る炎に奪われて呼吸すべき酸素がなかった。胸部は波打ち、心肺機能は酸素を求めて大恐慌《だいきょうこう》を起している。絶叫に近い悲鳴がもれそうになった。肉体がわたしの精神を見捨てて他に助けを求めようとしているのだ。辛うじてうめき声を押えた。意識を取り戻したことを絶対に覚《さと》られてはならない。

ほんのわずかの時間気を失っていただけだ。それをひどく長く感じた。気を取り戻してからの時間はさらに長かった。意識とからだの一体感がなかなか甦生してこないのだ。

二階で平井の声がする。逃げ出すなら今だ。

起き上ろうとした。とたんに気が遠くなりかけた。苦痛に打ちのめされてからだがしびれきっている。中枢神経《ちゆうすう》の伝達機能がずたずたに寸断され、ひとつとして末梢神《まつしよう》経まで達するものがない。ようやく手が床を這う。その指先が階段の手すりを探り当てた。握る。力をこめて握るのだ。ひとつでもからだを起す支点ができればいい。

「こうなったら仕方がないでしょう」平井の声が聞えた。電話をかけている。「もう所長の決断ひとつですよ。それもすぐに。やつは知っちゃったんですよ」

一ミリ単位でからだを起す。鼻先につーんと嘔吐《おうと》感《かん》がこみ上げ、眼の前が暗くなる。油汗が浮き、からだがうそ寒い。それでも手すりに支えられて何とか立っている。手を離すと、そのまま地獄へ引きずり込まれそうだ。玄関のドアを見据える。そうだ、掛け金は外してある。平井は気づかずに裏口から入って来た。

「きちんと始末できますよ。いい埋立地があるんです。いいですね、殺《や》っちゃいますよ」

わたしは両足で立った。玄関ドアのノブを見定めると、全身の力をこめてぶつかった。

すごい音がした。ノブを探り当てるのとドアを開けるのと同時だった。わたしは玄関先へよろめきながら飛び出し、コンクリートの叩《たた》きへ前のめりに転がった。背で平井の怒声を聞いた。立とうとするが立てない。膝《ひざ》が無力なのだ。這って門へたどりつき、門柱にすがりついて起き上った。平井はすでに階段の下まで来ている。わたしはやみくもに走り始めた。

地面がのたうっている。左手に連なる塀がゆがみ、街灯が狐火《きつねび》のように踊りながら明滅した。道は細く、淋《さび》しく、無限に遠い。がくがくとふるえる足を踏み出すたび、同一の光景が後退する。すべてのものが敵意をみなぎらせてわたしの行く手を阻《はば》もうとしている。彼方《かなた》に見える赤い火は何だ。ひとつの終焉《しゅうえん》、ひとつの結実、無。すでに光景に色はなく、わたしは無音の世界に吸い込まれていきつつあった。

小さな角を曲ったような気がする。急坂と急カーブがあり、つんのめるともう止れなかった。ガードレールをつかもうとした手が空を切り、膝をぶっつけたと思うとからだが宙に浮いた。時間が止り、あらゆる光が収斂《しゅうれん》した。叫び声をあげたのか、ごったになった音響がいちどきに耳へこだました。からだが柔らかい、だが冷え冷えとした感触に受け止められ、数回反転した。そして固い、平らな地肌の上で止り、もう動かなかった。張りつめていた糸が、音をたてて切れるのを聞いた。わたしの肉体は弛《し》緩《かん》し、ながながと大地に横たわってまたも気を失った。

今度はかなり長い間眠っていた。寝返りを打とうとして、疼痛《とうつう》の金縛りにあっている肉体に気づいた。眼の前に木棚がある。鉢植えの植物がよしずの日除けつきで並んでいた。崖地《がけち》からどこかの庭先に転げ落ちたのだとわかった。

苦労して上体を起し、崖地に背をもたせかけた。感覚の回復を早めるために手足を少しでも動かそうと試みたが、まだ早すぎる。生つばが悪寒《おかん》を伴ってこみ上げ、口中がぬるぬるするし、しかも塩分を含んでいた。右の奥歯二本がぐらぐらになり、唾液《だえき》と思ったのは血であった。

鼻孔に鼻血がこびりついている。右頰が膨れて熱を持ちかけていた。右耳の後にも外傷、その他内出血多数。右胸にも痛みが残っている。折れた肋骨《ろっこつ》があるかもしれない。

かなり広い庭だった。池で鯉《こい》の跳ねる音が聞えた。その向こうに水銀灯がひとつあり、がんじがらめにギプスをはめられた五葉松が、雨戸にうらめしそうな影を投げかけていた。二階の奥の部屋に電灯がつき、クーラーが思い出したように自己主張している。

痩《や》せこけた犬が一匹現われた。赤毛の野良犬《のらいぬ》だった。手を差し出すと眼に猜疑心《さいぎしん》を浮べたまま近づいてきた。皮膚病にかかっている。首筋が醜くただれていた。犬は尻尾《しっぽ》を振り、そばへ来るとやにわに股間《こかん》を広げて横になった。自分のためか、悪童に取り入る知恵なのか、わたしと同じくらいみじめな犬だった。

頭をなでてやると犬はすり寄って来てうずくまった。体温が伝わってくるが不快な感触ではない。わたしたちは孤独を分け合いながら眼をつむった。

7

見捨てられたけもののように眼覚めた。生ぬるい風が吹き渡っていた。冷ややかな湿気を頬に感じる。稲妻が光り、北の空から雷鳴が近づきつつあった。

気だるい倦怠《けんたい》の中で意志が立てと命じていた。傍らの立木を借りて起き上る。感覚がひどくたよりない。たしかに意識がまだ宿るべき肉体を持っていない。足元が不安定に揺れつづけた。舫《もや》い綱《づな》一本で繋《つな》ぎ止められている小舟、周囲に波の逆巻く海を感じた。全き孤独、全き存在感。明らかにこれは感傷だ。歩けると確信した。いま必要なのはどうにかなると楽観的に信ずることだ。わたしは信じた。

池を借りて顔と手を洗い、歩いて車まで戻った。風が強まり、今にも雨がこようとしている。時どき闇《やみ》を裂いて稲妻が光る。そのたびに木々や街並が色彩を失った仮構の世界として浮び上った。

キイを差し入れて車のドアを開けたとき、足の下で何かがうろたえた。犬だ。先程の犬がずっとわたしに付き添っていた。尻尾を振ってすり寄ってくる。軽く頭を叩き、おしまいだよ、お帰りと言ってやる。負け犬の時間は終った。わたしは車に乗込み、ドアを閉めた。

ダッシュボードの時計が十時になろうとしている。暗い夜だ。その陰鬱《いんうつ》な闇を稲光が間断なく暴《あば》きたてる。雷鳴がさらに近づく。そして雨がきた。フロントグラスに大粒の飛沫《ひまつ》を認めたと思う間もなく、音をたてて激しい雨が降ってきた。路上にはたちまち水があふれ、映し取られた夜の灯が水流にのって流れた。雨は小石を降り注ぐかのように車の屋根を叩き、にわかに湿気の籠《こも》った車内に不透明な音響が響いた。

落雷している。夜空をほしいままに裂いた閃光《せんこう》が鋭く走ると、耳をつんざいてドーンという爆裂音が轟《とどろ》いた。重い頭がそれを新たなパンチかのように受け止める。アスファルトの上で雨足が白刃となって躍った。溢水《いっすい》は道路を川となし、タイヤの摩擦抵抗を失った車は濁流上を流れるように滑った。雲の上を漂っている気分がまだつづいている。それでもぼうとした思惟《しい》の底で、自分がガラス一枚隔てた外の世界と敵対しているのを感じた。

また南青山ビューハイツに戻って来た。もはや順子の監禁されているところはここしかない。断じて他にはあり得ない。玄関先に車を止めて中に入る。無人のロビーを通り抜けて二階と三階に上り、部屋の配列を頭に入れた。ライトブラウンの壁とブルーのビニールタイルを貼《は》った廊下、各戸のスチールドアは右手に配されている。一フロアに部屋は十二、両端を除いてほぼ同じスケールだ。エレベーターが二基、廊下の両端には非常階段の表示灯が点《とも》されている。

車に引返し、九〇七号室の見える路上を探して停車した。双眼鏡を取り出すとサイドウインドウ越しにのぞく。九〇七号室に灯がついている。しかし窓に面して各戸に一つのベランダと二つの部屋があるうち、明りのついているのは向って左の部屋だけだ。天井以外何も見えない。

まだ半数以上の部屋に照明がともっていた。建物は十階建て。九〇七号の上階は二つの部屋どちらにも灯が入っている。九〇六、九〇八ともまだ起きていた。

三十分たった。九〇六号の灯が消えた。九〇七号室の人間は一瞬たりとも窓際へ姿を見せない。その間に雷鳴が遠ざかった。白閃光はまだ時おり寝乱れた夜の街を浮びあがらせているがその光は弱まり、落雷音ももうほとんど聞けなくなった。雨だけが依然ホースの先から吹き出したような勢いで降っている。

一〇〇七号室の灯二つが同時に消えた。

わたしは車を降り、トランクルームからバッグを持ち出した。ダッシュボードの下に貼りつけてあったコルトを外してバッグに収める。タオルで顔や手を念入りに拭《ぬぐ》ったあとサングラスをかけた。車を始動させる。アクセルを静かに踏み込むとハイツの地下駐車場に向った。

三分後には人気《ひとけ》のない駐車場最奥に潜り込んでいた。来客用と書かれたスペースにシビックをバックで乗り入れる。バッグを持って車を降り、ドアをロックした。オイルの匂《にお》いが鼻をつき、流れを集めている水音がどこからか聞える。エレベーターが耳鳴りのような昇降音を響かせて動いていた。

わたしは階段を上った。一しずくの水が点々と六階までつづいていた。九階で一度廊下をのぞき、部屋の配置が同じであることを確かめた。誰にも会わない。夜を恐れているかのように物音が絶えていた。

階段灯が十階で消えていた。幅の狭くなった上階への上り口に鎖が渡してあり、立入禁止の札が下っている。それでも赤いクレヨンのいたずら書きした線が、腰の高さで上へ登っていた。コンクリートの匂いがした。乾いた洞穴《ほらあな》の匂いだった。

一段上ると五メートルばかりの細長い廊下があって行き止りとなっていた。壁に立てかけてポリバケツ二つと数本のモップが置いてある。屋上に出るドアには鍵《かぎ》がかかっていた。しかし左手の頭上に明り取り用の小窓がある。よじ登って開けると真黒に塗られている屋上が見えた。

バッグを開け、ダークブラウンのナイロンアノラックを上に着込んだ。再度窓に飛びつき、屋上に出るとロープを使ってバッグをたぐり寄せた。窓を外から閉める。

雨が横に降っていた。風があり、塔屋の上に立っているテレビの共同アンテナが揺れている。黒い防水モルタルを塗った屋上に無数の水溜りができ、複雑な紋様を描いて黒光りしていた。そこを割って何十本もの換気口が、不整形な茸《きのこ》然とした恰好《かっこう》で突き出している。ベージュ色に塗られた浄化タンクは金属櫓《やぐら》の上に取りつけられて円形であった。

風下に当る塔屋の北面に雨を避け、柔軟体操を始めた。腕立て伏せを五十回。気が遠くなるほどきつかった。握力がひどく落ちている。テレビアンテナの支柱にザイルをかけぶら下ってみただけで全身に油汗が浮いた。初めて懸垂下降に挑んだときでさえこうではなかった。肉体の拒絶反応、恐怖観念の具象化に他ならなかった。

そのあと二十分ほど休憩し、からだを休ませた。自分におびえている。これとて逡《しゅん》巡《じゅん》の変形であった。街の灯が眼下に沈んでいる。まぶたを持たない動物の眼だ。生命が絶え、エネルギーとしての光を失ったのちでもそれらは光りつづける。都市という壁に嵌《は》め込まれたガラス細工となって永劫《えいごう》に死せる光を放ちつづける。

わたしは行動を開始した。屋上のダクトに捨て縄をかけ、ザイルを二重にして回した。アノラックの胸ポケットに拳銃《けんじゅう》を入れる。予備の弾倉はズボンの後ポケットへ。手には手袋をはめた。ザイルを肩搦《がら》みにしてからだへ回し、屋上の手摺《てす》りの上に立った。一瞬下を見る。呼吸を止める。宙に身を躍らせると一気に九階へ滑り降りた。

肩が焼けるように痛かった。ロープが手の中からとめどなく出ていくような恐怖に襲われた。夢中で壁を蹴《け》ると九階のテラスに左肩がぶっつかった。手摺りをつかみ、壁ぎわに身を寄せたままベランダに降り立った。素早くザイルを回収する。拳銃を取り出すと右手に構えて薬室に実包を送り込んだ。

手前が灯のついていないほうの部屋だ。遮光幕を兼ねた厚いカーテンが下っている。床の一部だけが判別できる。明りはついていない。だが外からは中の気配をうかがうすべもなかった。身を伏せてその前を横切り、左の部屋をのぞいた。燃えるような緋《ひ》色《いろ》の絨毯《じゆうたん》が眼に入ってきた。居間だ。窓よりにソファとガラステーブル、奥に食卓や台所がある。台所の右に玄関へ直結する廊下、他の部屋とはドアで仕切られている。ドアはいずれも閉まり、人影はなかった。

しかしソファの背もたれ部分に、紺の背広と赤いネクタイがひっかけてある。今日の午後わたしがつけて来た男の持物だ。週刊誌と新聞、灰皿、セブンスター二つとビックの使い捨てライター、インスタントコーヒーを飲んだ跡、出前の食器、サントリーの瓶とグラス、長いコードを引きずってテーブルの上まで持ち出した電話機などが眼につく。右手にはソニーの十六インチテレビがつけっ放しとなって外国製のテレビ映画を放映していた。

ガラス戸は施錠してある。耳を押し当てると、ばかでっかいテレビ音声の間からクーラー音が聞えてきた。妙な息苦しさを覚える。自分の行為がまたも徒労だったのではないかと気づいたときのやりきれなさに近いものだ。ここでなければ他のどこだというのだ。

そのとき、音を聞いた。もう聞き逃すはずのない鈍い破裂音だった。それは雨足に半ば音をかき消されながら、ある記憶を甦《よみがえ》らせて重苦しくこだました。

わたしは身をひるがえすと拳銃の台尻《だいじり》をガラス戸に叩きつけた。激しい音がして、ガラスがスローモーションを見ているようにゆっくりと割れ落ちた。左手を差し入れて掛け金を外す。一歩部屋の中に踏み込んだとき、廊下の右手にあるドアが開いて半裸体の男が飛び出して来た。

汗にまみれたどす黒い男の顔に、死の表情が刷り込まれていた。男は腹部を押えて立ち止り、もの言わぬ眼でわたしを見た。一発の銃声が起った瞬間、彼はわたしの手の届かないところへ旅立っていたのだ。その肉体は急速に活動を停止しようとしており、それを認めたくない意識だけが悲鳴をあげながら最後のあがきをつづけていた。男は左手で壁をつかみ、からだをくの字に曲げて膝を突いた。壁の手がずるずると下り、見る間に肉体が萎縮《いしゆく》した。それでも最後の力に突き動かされてもう一度顔を上げた。口がわずかに開いた。次の瞬間一切が停止した。上体が仰向けとなると音をたてて倒れた。ホルスターをつけたワイシャツを着ているだけ、下には何も着けていない。からまった素足が異様に白かった。そして闇のように黒い股間でまだ勃起《ぼっき》をつづけている性器がぬめりを帯びて光っていた。

わたしは順子を発見した。拳銃を手に、ベッドで放心したまま うずくまっている順子を。

声をかけることができなかった。かけたところで言うべき言葉があったというのか。わたしは、棒立ちとなり、錆《さ》びついた器官をむりやり動かすようにしてぎごちなく彼女に近づいた。そのとき順子の眼は何も見ていず、耳は何も聞いていなかった。虚《うつ》ろになった顔と眼は、もうあらゆる意志や、思考や、感情を失っていた。自分が何をしたかも自覚していない。彼女はそばに来た男がわたしであることすらわからなかった。

軽く頰を叩《たた》くと、土気色の顔に緩慢に表情が甦った。わたしに気づくと醜く顔をゆがめ、強く眼を閉じた。左の眼尻が腫《は》れ、下唇の一部が切れている。その顔をそむけ、手が力なくわたしを拒んだ。引き寄せようとすると、今度は激しい力で振り払った。反り身になって壁ぎわまで後退し、いやいやをするようにかぶりを振る。眼に涙がのぼったのを見た。彼女は壁に額を押しつけた。その肩がゆるやかに上下動をはじめ、順子は泣きはじめた。順ちゃん、と声をかける。彼女は狂気じみた仕草で耳をふさいだ。

「いや！　もういや。たくさんよ」

あえぎながら繰り返した。

部屋は思うさま荒らされていた。スタンドが床に転げ落ち、電球が割れ、ドア横には順子のバッグが口を開いて中身が散乱している。小型の目覚し時計も部屋の隅に飛んで裏蓋《うらぶた》が外れていた。その部屋の真中に、男のズボンがあたかも抜け殻のように脱ぎ捨ててあった。順子のベルトつきワンピースの裾が大きな裂目を見せている。その間から、膝《ひざ》のところで丸くなっているストッキングがのぞいていた。

わたしは二挺《ちょう》の拳銃を胸ポケットに入れた。それから順子を後から抱き上げた。彼女は抵抗しなかった。その肉体はただの肉塊であり異様に重かった。彼女の体臭を身近に感じた。そして同時に精液の匂いを嗅いだ。

靴をはかせると彼女は自力で立ち上った。ドアを開け、半分抱いて廊下に出た。雨音がてんでに打ち鳴らす打楽器のように騒ぎ立てている。わたしたちは階段伝いに地下へ走り降りた。順子を助手席に乗せる。イグニッションキイを差し入れて回す。エンジンがかかった。

そのとき前方の壁に黄色い光が走り、車が一台地下道へ入って来た。とっさにスイッチを切り、座席に深く腰を沈めた。黒塗りの大型車が一台来る。バックして車を寄せる音が出口付近で聞え、ついでドアの閉まる音が二回した。わずかに頭を起すと、車の後を通ってエレベーターホールに向かう頭が二つ見えた。前を行くのは青柳《あおやぎ》であった。彼らがエレベーターに消えると即座に車をスタートさせた。三号線に出て渋谷を通過、上野毛から第三京浜に乗り入れた。この間わたしたちは一言も口をきかなかった。

順子は両腕で胸元を抱えてふるえていた。ショックがぶり返している。せめぎ昇ってくる悪寒《おかん》が忌《いま》わしい記憶と一体となってその胸を締めつけていた。肩が呼吸困難を訴えるかのように揺れる。頭が前に落ち、乱れた頭髪が顔を隠している。一度その髪を無意識にかき上げた。すると頬を伝わっている涙が見えた。彼女はわたしに覚《さと》られないよう泣いているのだった。

わたしはまったく無力だった。板きれにつかまって海原を漂流していると同じくらい無力だった。今彼女に何もしてやれることはない。いっそこのまま、二人で一挙に何十年も年老いてしまいたかった。時間だけしか、もうわたしたちは共有できないというのか。

保土ケ谷のサービスエリアから相模湾《さがみ》マリーナに電話した。夜勤の仁科《にしな》に部屋をひとつ取ってくれるようたのみ、他にもいくつか注文をつけた。仁科は軽口を叩くのをすぐやめ、夜間は閉めてしまう裏の通用口を開けておくと言った。わたしは車に戻り、順子に逗子《ずし》へ向うことを告げた。

横浜新道に入ってしばらく、不意に視線を感じた。順子が心持ち顔をあげ、わたしを見つめていた。涙で光る顔が固かった。膝の上で組み合わされた両手は、まるで闘うように互いに爪《つめ》を立てていた。

「わたし、幸福《しあわせ》だったのよ」彼女は嗄《か》れた声で言った。

「毎日が、ほとんど幸福でさえあったわ。だって、苦労もなしに念願の自分のお店が持て、権利までが半分自分のものになっていたんですもの」

「やめてくれ」

わたしは言った。順子はやめなかった。

「毎日一所懸命働いているから、どうぞ安心して。おかげさまで店も順調よ。お金も少し貯《た》まりました」

「お願いだからやめてくれないか。なぜそう自分を貶《おとし》めるんだ」

「パタゴニアに行くというあなたの話、嘘《うそ》だってことわかっていたわ。でもわたしが欺《だま》されるのをあなたが期待しているかぎり、わたしは欺されてあげるべきだと思った。それ以外、わたしに何かしてあげられるものがあって。わたしのできることって、その程度のものよ。あなたは自分のイメージでつくりあげたわたし以外のものを望んでいないんだもの。だから、右を向けと言われれば右を向きます。待てと言われれば一生だって待ちます。お店を預けられれば、一所懸命働いてお金を残してみせます。それだけ、わたしはそれだけの女よ」

もう疲れました、と彼女が言ったとき、わたしは眼の前がかすんでくるのを覚えた。

「あなたはわたしと高梨《たかなし》の間に何があったか知っていたわ。それをわたしに悟られているのを知って苦しんでいたんでしょう。でもわたしも、あなたと高梨の間に何があったか知っていたのよ。わたしだけが被害者で、一方的な同情を買うべきものではなかったのよ。それなのにあなたは、わたしを一度も対等に扱ってくれようとはしなかった。わたしが一人前に悩んだりするのは贅沢《ぜいたく》というわけ。お人形さんみたいににこにこして、あなたの庇護《ひご》を受けて頰を赤らめていさえすればいいんだわ。わたしはもう、そんな演技をするのに疲れました。もういや、たくさん」

怨嗟《えんさ》の声ではなかった。絶望的な宣告がこめられていた。順子はぐったりと動かなくなった。自分を支えていたもの、すべてを失ったといわんばかりに。

一言もなかった。やりきれなさ、恥辱、悔い。自分の愚かさを嘲《あざ》けっているものがある。順子に指摘されるまでたしかに気づかなかったのだ。

順子と高梨の間に何があったか、わたしが知っていることを彼女は知っていた。しかしわたしは、わたしと高梨の間に何があったか、順子が悟っていることなど考えてもみなかった。むしろそれを隠すことが自分の義務であるかのように思い込んでいた。順子はそんなわたしに苛立《いらだ》ち、苦しんでいたのだ。いまわたしの横に座っているのは、打ちひしがれてはいるが実体を持ったひとりの女だった。それをわたしは気づいてやろうともしなかった。一度として対等の場を与えてやったことはないのだ。

わたしは自分の拠《よ》りかかっていたものが、完膚なきまでに崩壊したのを感じた。そして順子を失ってしまったという思いに、思うさま打ち据えられていた。

8

埋立地に屹立《きつりつ》する一群の建物が沛然《はいぜん》と雨に煙っていた。風が騒ぎ、海には白波が立って防波堤で飛沫《ひまつ》を吹き上げていた。フェニックスの植わったメインロードを、水銀灯が無為の光を連ねて照しつけている。陸置場に並ぶヨットの帆柱が風切音をぜんそく症状のように響かせていた。

今は廃道となっている裏手の砂道を、ライトを消した車でゆっくりと近づいた。空地を横切り切らないうちに、通用口の鉄扉《てっぴ》が開いて仁科がこちらをうかがうのが見えた。手を回してオーケーの合図を送ってくる。わたしは行き止りの古材置場に車を止めると、順子を抱きかかえてそこへ駆け込んだ。

「七〇一号室がいいでしょう。この非常階段を上って左へ曲った突き当りです。今夜の七階は八号と十号、十二号室にしかお客さんがいませんから」

仁科がキイを手渡しながら小声で言った。礼を言い、あとで降りて行くと答えて彼と別れた。部屋に入るとまず鍵《かぎ》をかける。ツインベッドが二つと椅子《いす》、テーブルのセット、窓の外のテラスにも似たような椅子とテーブルがある。部屋は東南の角にあり、くすんだ海の向こうに消え残りの逗子の灯が見える。下にはプールと拡張工事中の陸置場。プールサイドのテントが風にあおられていた。遮光《しやこう》カーテンを注意深く引き、それから電灯のスイッチを入れた。

順子をソファに座らせる。洗面所でタオルを濡《ぬ》らして彼女に手渡した。

「顔に当てて冷やすといい。たいしたことはないと思うが、二、三日隈《くま》になって残るかもしれない」

わたしはアノラックを脱ぎ捨て、彼女の向かいに座った。

「一日二日、ここに潜んでいてほしいんだ。ずっとついていてあげたいが、それができない。だからわたしがいない間は、ドアに必ずチェーンを掛けておくこと。食事も中に運ばせるから、外へは絶対に出ないこと。たとえホテル内の人間でも、さっき会った仁科君以外は中へ入れてはいけない。約束してくれるね」

順子は答えなかった。タオルを軽く顔に当てただけで手に持っている。同意が得られたものとしてつづけた。

「一方的な話になってすまない。あとで全部話すつもりだ。しかしいまはその時間がない。急ぐし、わたしは苦境に立たされている。だから力を貸してほしいんだ。きみが昨夜、どうしてアパートを出て行くことになったか、そのいきさつを知りたい。辛《つら》いだろうが思い出してくれないか」

たっぷり二分待った。順子は重い口調でしゃべり始めた。

「電話がかかってきたわ。夜中の、四時前だった。仕度するとき、時計が四時十分だったのを覚えてます。若い男の人の声で、西原と名乗りました。大手町の、バルボという名前だったかしら、イタリア系の貿易会社の社長秘書だと言いました。そしてあなたが、会社の仕事に関係していて、アフリカに派遣されていたって。そこで政治的トラブルに巻き込まれ、撃たれて重傷を負った、今朝一番の貨物機で、極秘で成田に送還されてくる、そんな話でした。丁寧な口調で、誠実そうな話しぶりだったの。会社の所在地や業務内容の説明もしたし、不審だったら顧問弁護士にも問い合せてみてくれということだったわ。わざと電話番号を言わず、若林という法律事務所を電話帳で探してくれって。わたし、疑わなかった。自分から成田まで同行したいと答えたの。

生命《いのち》に別条はないが、片足は失うかもしれないという話だったのよ」

「わかった。つづけてくれ」

「それで、二十分ほどたって、その人が迎えに来ました。わたしのほうにも、まだいくらか不安はあったの。パタゴニアではなくてもあなたがどこかへ行くらしいことは感じていました。人に言えない内容らしいことも。それで半信半疑というか、向こうの言うことを全部は信じられない気持もあったんです。そうしたら、その人、初めにドアの間から身分証明書や運転免許証を見せ、身なりもきちんとしていて、疑うべき材料がないと思ったの。それで一緒に外へ出たのよ」

順子は青白い顔で眼を閉じた。思い出したくないものと格闘している。

「一緒に階段を降りて、下の道路に行きかけたとき、物陰から急に、男の人が二人出て来て、争いになって……。それから先のことが、わたしはよくわからない。なぜそんなふうになったのか、いきなり撃ち合いになって、わたしは伏せろって、突き飛ばされて、草むらに転がったわ。気がつくと、むりやり車に乗せられていた。わたし、逃げようとしたのよ。暴れたんだわ。そしたら、しっかり押えられて、心配ないから落着け、誘拐されるのを、われわれが助け出したんだって。車がどこをどう走っているんだか、まるでわからなかった。とにかく、あの部屋へ連れて行かれたの」

ほぼ想像した通りだ。負傷した西原はバルボの家に逃げ込みそこで絶命した。平井がその死体を片づけた。

「青柳とかシュタインとかいう男に会わなかったかい」

「青柳という人は、朝になってそこに来ました。あなたが極秘の任務についていて、追いつめられた敵が、あなたの妨害をするためにわたしの誘拐をはかったのだという説明をしました。逆にわたしが、いろいろのことを聞かれたわ。とくに西原という人のことなど。わたしはあまり正直に言ってないの。青柳という人の話のほうが、むしろ筋が通らないような気がしたんです。あの人たちがあなたの味方なら、なぜわたしのところへ現われるかもしれないと思って、待ち構えていたのか、理解できないもの。わたしは知らなかったけど、宵のうちは店のほうへも張り込んでいたそうよ」

「わかった。店を休むと女の子に電話したのは、あの部屋からだね」

彼女はうなずいた。「一日中、壁に向かって座っていました。考えなくてもいいことをあれこれ考えて。あのとき、初めてうたた寝をしていたのよ。自分が寝入ったことにさえ気がつかなかった」

「その話はよそう。つまらないことだ。忘れたほうがいい」

「つまらなくないわ」不意に順子は眼をぎらつかせて言った。「わたし、人を殺したのよ」

「ちがう。撃ったのはわたしだ。いいかい、これは非常に大切なことだから、はっきりさせておこう。わたしが撃った。きみは何も知らなかった。気を失っていたからだ。気がついたときはわたしに助け出され、あの男が倒れていた。いいね」

順子はわたしを見据えてかぶりを振った。感情の高ぶりさえ消えて、蒼白《そうはく》の顔にかたくなな意志を浮べている。

わたしは銃を取り出し、銃把のほうを彼女に向けて突き出した。銃身に彫られた銘がブローニングと読み取れる。

「いいかい、これはオートマチック拳銃《けんじゅう》だ。ずぶの素人《しろうと》に扱えるはずがない。引金さえ引けば弾丸が出るってものじゃないんだよ」

わたしは順子の眼の前で引金を引いてみせた。落ちない。

「わかるね。弾丸は出ない。安全装置がかかっているんだ。銃に精通したものでないと扱えないんだよ。きみが自分で撃ったと言ったって、人を信用させることはできない」

「撃ったわ。わたしが撃ったのよ」

「そう思い込んでいるだけだ。きみの心の中にあった怒りが幻覚をつくりあげた。わたしが撃った」

彼女は両手で顔をおおった。「いいのよ、かばってくれなくても」

「かばってるんじゃない。事実わたしが撃った」

銃をしまって立ち上った。

「何か飲物と食べ物でも貰《もら》ってこよう。休んでなさい。シャワーでも浴びると、気持が落着くと思うよ」

「汚《け》れ《が》を洗い流すのね」

ぎょっとして振り向くと、涙のたまった眼が激しくわたしを凝視していた。ばかな、とわたしは順子に詰め寄った。

「そんな男だとしか見てくれないのか」

順子は唇を固く噛《か》み、涙をぼろぼろこぼした。

「わたしは愚かで、つまらない人間だ。わずかばかりの金ほしさに、自分の魂まで売り渡してしまった。西原や、青柳《あおやぎ》の言ったことはどちらも半分当っている。いいように利用されて、外国から生命からがら逃げ帰って来たところだよ。とても生きては帰れないと思った。曲がりなりにもそれができた理由は、何だと思う。きみにもう一度会いたかったからだ。今までのことをすべてぶちまけて、きみに許してもらいたいと思った。そのうえでわたしが許せるなら、結婚してもらおうと思っている。承諾してくれるまで、絶対にあきらめないつもりだ。きみを愛している」

順子は声をあげて泣きはじめた。肩をつかもうとすると、身をよじって振りほどいた。行ってくれ、と泣きながら言った。

わたしは空《むな》しさに責められながら部屋を出た。

ロビーの大時計が十二時四十分を指していた。フロントまわりを除き、一階の灯も全部消えている。この雨ではもう今夜の客もあるまい。鉢植えのゴムの木陰に立ち、しばらく外を透し見た。駐車場で雨に洗われている車が約十台、人の潜んでいる気配はなかった。順子のアパートに張込むくらいなら、いずれ彼らはここへも来る。

グリルの方でかすかに水音がした。

「こっちですよ」と仁《に》科《しな》の声。「コーヒーを沸しているところです」

「わたしのためにかい」

「いえ、ご婦人のために」薄暗がりの中で彼の白い歯が笑った。「お久しぶりです」

「意外な再会になった」

「とにかく約束を果してくれたことは認めますよ」

彼はマグカップになみなみと注いだコーヒーを差し出した。ありがとう、とカウンター越しに受け取る。

「何か食べますか」

「できればそう願いたいね」

「サンドイッチでもつくりましょう。ただしハムとチーズぐらいしかありませんが」

「いただくよ。ついでに多少上へ持って行けるとありがたいが」

「つくりますよ。コーヒーもあったほうがいいでしょう」

わたしはコーヒーを飲み下した。熱い液体が胃へ落ちていくと、疲労感がこみあげてくるのを感じた。頭の働きがひどく鈍い。ぼんやりと仁科を見た。彼は長身を折り曲げるようにしてハムを切っていた。こちらに見向きもしない。いまのわたしが何を欲しているか、本能的にわかる男なのだ。マグカップも温めたうえで使っている。

わたしの視線に気づくと、コーナーのボックスシートを指さした。

「向こうで横になったらどうですか。寝込んだら起してあげますよ」

「すまない」

言われるままに奥へ行き、長椅子へ足を投げ出して座った。正面の壁に、疾走中のボートを写したガラス写真が嵌込《はめこ》みになっている。夕陽、海、船、風、金色の光、すべてが過去になろうとしていた。数ヵ月前でさえ遠い過去に。たしかにわたしはこの三ヵ月で三十年も年取ってしまった。苦渋やあいまいさなど片隅へ追いやり、甘美な思い出だけにすがっていける残《のこん》の日々。それを老いの特権というなら犬にでもくれてやれ。わたしはうそぶいたところで生きていくのか。

仁科がサンドイッチとコーヒーのお代りを持って来た。

「ひどい顔ですよ。人相が悪くなっている」

「生地が出たのさ」

「ご婦人にもすぐ持って行きますか」

「いや、そちらはもう少しあとにしよう」

「じゃ、しばらく休むんですね。コーヒーはそのとき作りましょう」行きかけて彼は足を止めた。「きれいな人ですね」

「ご心配なく。片想《かたおも》いだ」

「そうでしょうね」

「おいおい、これでも謙遜《けんそん》して言ってるつもりだ」

仁科はかすかに含み笑いを浮べた。「でも道理で以前の話、乗り気でなかったわけですね」

わたしはうなずき返した。何年前のことだったか、彼が晩めしをおごると言ってきた。ここの展望ラウンジでフルコースのご招待だと言う。それでのこのこやって来ると、テーブルに正装した女性が待っていた。わたしは彼女にわからないよう、仁科の向《む》こう臑《ずね》を蹴《け》とばした。彼は社長の命令なんですよと泣き言を言って逃げて行った。やむなく、二時間近くお相手をした。

美しい女性だった。教養があり、洗練されて知的な職業に就いていた。わたしは彼女の話題にてんで歯が立たなかったが彼女のほうはわたしと互角に対抗した。わたしは彼女を一度も否定しなかった。やがて彼女は一度も否定されない自分に気づいた。彼女はにわかに寡黙《かもく》となり、ついには一言もしゃべらなくなった。

わたしは昔、結婚しかけた女性の話をした。最後にわたしが裏切った話を。

彼女はうつむき、帰りますと言って、手にしたバッグに涙を落とした。

翌日彼女は自分の口から断ってきた。

一年後にマドリッドから絵葉書を貰った。以後の消息は知らない。

ずいぶん昔の話だ。人にはみな癒《いや》しがたい記憶がある。違いは、そのつけをどれだけ貯《た》められるか、器の大きさだけである。

仁科が言った。「野崎の写真の件はどうなりました」

「まだわからないんだ」

「ぼくもあれから考えてみたんですけどね、見当がつかないんです。何を写したのかわからないでは、探しようがないでしょう。野崎だってヌード以外は何でも撮っているでしょうから。この写真だってそうですよ」

彼はわたしの前のガラス写真を指さした。

「そういえば、こいつの紙焼きをもらったな」わたしは生返事で言った。

「ええ、ただなら貰ってもいいと、だいぶ恩を着せられました」

「このガラス写真はいつ野崎が撮ったんだ」

「ガラスじゃありませんよ。コルトンとかいうんですがね、素材はプラスチックです」

「いつごろ撮った」

「さて、何年前になるかな。彼がだいぶ長い間かかって撮ってくれてるんですよ。金はきちんと払うつもりだったけど、そのおりがないうちにやつが死んじゃったので。とにかくかなり前ですよ。ゲストハウスを改装した前後です。何か安上りな装飾でも考えようということになって、ちょうどぼくの知合いにこのコルトンをつくっているところがあったので、原価でやってもらったんです」

ゲストハウスの改装は、たしか七六年だった。わたしは身を起した。

「ちょっと灯を入れてみてくれ」

仁科がスイッチを入れると、蛍光灯が数回瞬《またた》いて、富士をバックにした相模湾の光景が浮び上った。ランナバウトが一隻《せき》疾走している。季節は夏だ。

「マリーナにあるこのコルトンとかは、全部野崎が写したのかい」

「そうですよ。七、八枚あります」

たしかに覚えている。ひとつやろうかと言われて、電気代のむだだと断わった。改装記念の紙焼き写真だけを貰った。それも机の抽出《ひきだ》しのがらくたになっていた。

「思い出した」仁科が言った。「野崎が南米へ行く前ですよ。暇なときにでも撮っておいてくれと頼んで、彼も一年近くかけて、朝や夕方、季節ごとの写真を撮ってくれたんです。南米へ出発する二、三日前に、ぼくの家へ残りのフィルムを届けてくれましてね、現像にはこちらから出したんです」

「そのフィルムはどこにある」

「ぼくが持ってますよ。返そうと思ってそのままになっていたので」

「見せてくれ」

「えっ、まさかこの写真だと言うんじゃないでしょうね」

「わからない。とにかく至急見たい」

「驚いたな。顔色が変ってますよ。マリーナと、ボートやヨットの写真ばかりですよ」

「それでいいんだ」

「でも渋谷さんは、ポートレートやなんかだと言ったでしょうが」

「みたいなと言ったんだ。山の写真以外は全部含むつもりで言ったんだ」

「少し日本語の勉強をしなおしたほうがいいな」

ぶつぶつ言う仁科をせき立てると、三階の事務室へ行った。ライトをつけさせず、彼がペンシルライトでキャビネットを探している間、外を見張っていた。雨がやや小降りになっている。仁科は目当ての紙封筒を見つけ出した。中にポリ袋におさめたカラーポジが入っていた。

二階の空き部屋をひとつ借りた。カーテンを閉めるとデスクに座り、わたしはフィルムを一枚一枚ライトにかざして選別を始めた。五十枚からの六六写真があった。そのうちから八枚を選び出すことができた。

いずれも同一条件で撮影されている。テーマは夕刻の相模湾で、いずれもスポーツセダンタイプのクルーザーが配されていた。ボートまでかなり距離がある。しかし船尾を直線でまとめた特徴のある船体は、貿易商ジャコモ・バルボ所有、首都マリーナ所属のトーリィクラフト、船名レギーネ号に相違なかった。乗っているのは二人、ないし三人と思えるがフィルムではははっきりしない。それほど鮮明な写真ではなかった。第一逆光で撮影されているため、ほとんどの写真にゴーストが出ている。船も人体も黒いシルエットを赤い海に投影しており、わずかに周囲のラインだけが、夕日を跳ねて金色に光っているという程度だった。ボートの周辺に、あの日逗子湾上に出て行ったはずの米兵の姿はかけらほども見出《みいだ》せなかった。

軽い失望を覚えたのは事実である。それさえ手に入れば、謎《なぞ》が全部解けるといった写真ではなかったのだ。野崎の狙《ねら》いは相模湾の夕景であって、ボートそのものを被写体にしたものではなかった。手前に海岸の松や岩礁《がんしょう》を置き、ボートは遠景のアクセントとして使われているだけだ。

念のため残りの写真をもう一度チェックしてみた。そして見落としていた写真一枚を見つけた。遠景にあるトーリィクラフトが小さすぎてただの夕景色と見誤ったのだ。その写真に見覚えがあった。わたしが仁科から貰った紙焼き写真の中にこれと同じものがあった。それで別の推測ができた。殿町がわたしの事務所から持ち出した写真の中に、彼らはこれを発見した。彼らにはそれがトーリィクラフトだと一目でわかっただろう。だからこそ、原板のフィルムはわたしが持っているものと勘違いした。これはやはり彼らが探している写真だ。このボートのどこかに、彼らが必死になる理由が隠されている。

わたしは若林の事務所に電話した。知らない男が出た。だが向うはわたしを待っていた。

「所長はいま、近くの店へ食事に行ったんですがね。あと二、三分で着くと思いますから、そちらへ電話していただけますか」

男は電話番号を言った。五分待ってそちらへかけ直した。若林がじかに電話口へ出た。

「遅いな」苛立《いらだ》った声で彼は言った。「十二時迄《まで》に連絡しろと言ったはずだ」

「なぜ場所を変えた」

「盗聴を防ぐためだ。写真は」

「手に入れた。条件さえ合えば引き渡そう」

「いいだろう。望みは何だ。できるだけのことはする」

「口約束なら簡単だ。写真を渡せばもうわたしに用はないだろう。あと何日生きられるか怪しいものだ。その保証はどうやってする」

「いいか、わたしだって社会人として平凡な生活を営んでいる。ここでことを荒立てるつもりは毛頭ない。互いに沈黙を守りながら元通りの生活へ復帰するだけでは不満なのか。明日になればすべてを忘れようじゃないか。お互いに赤の他人に戻るのだ」

「そう願いたいね。ただし、保証がなければ応じない」

「信頼できる人にメモを託しておくがいい。きみが不審な死に方をしたり事故死したりしたときは、それを公開してわれわれへの告発状にすればいいんだ。何ならわたしが一筆書いておいてもよい。どうかね」

「悪くない。その約束が本当に履行してもらえるならばの話だが」

「これまでのいきさつからすれば、きみが容易にわれわれを信じられないのはわかる。しかしきみもすでに、われわれに少なからぬ打撃を与えた。ここで写真を手放したって、われわれの秘密を握っているぶん、まだきみのほうが有利なのだよ。まして彼女は、指一本触れずにきみの元へ帰るのだ」

そのセリフが聞きたかった。若林はまだ順子を押えているふりをするつもりだ。

「よし、では彼女と現物交換だな」

「そうだ、写真は全部引き渡すこと。それがこちらの条件だ。場所を指定してくれれば、わたしが彼女を連れて出向こう。どこだ」

「三浦半島までご足労願おう」

「三浦半島?」

「わたしの店の跡だ。知らないとは言わせない。茶色のシビックを見つけたら、その後に車を止めろ。外に降りて待つこと。わたしのほうから声をかける。時間は二時十五分。今から一時間後だ」

「むりだ。この雨の中を、そんなところまで一時間では行けない。彼女を連れに行く時間もかかる」

「二時半まで待とう。尾行されないよう気をつけるんだな」

受話器を置くと、備えつけの便箋《びんせん》にこれまでの経過を急ぎしたためた。ミッドウェイの乗組員事件をはじめ、野崎の件、わたしの択捉《エトロフ》行、その後の一連の事件など、知っている限りの事実と推測を書き残した。死ねばこれが遺書となる。

封筒に入れて封をした。事務室に行きクラフト紙の紙袋を取ってくると下に降りた。仁科《にしな》はフロント裏のデスクで雑誌を広げていた。

「ありましたか」

「あるにはあったが、どうともいえない。一応この九枚を借りたい」

わたしは九枚のフィルムを机に並べた。仁科は灯に透して見ていたが、何もいわなかった。特別の写真ではなかったため失望している。わたしはそれを彼の眼の前で、手記を入れた紙袋に入れ、セロテープで封をした。

「明日取りに来るからそれまで預ってくれないか。わたし以外の誰にも渡しちゃいけない。誰かがわたしの手紙と称するものを持って受け取りに来てもだ。受け取る場合は必ずわたしが来る。このフィルムのことを尋ねる人間がいたら、そんなものは知らないと答えてくれ。くわしいことは明日でも話すよ」

仁科はわたしが隠そうとすることを嗅《か》ぎ回るような男ではなかった。さらにいくつかだめを押し、順子のことを頼んだ。

「片想いの解消に役立つことでしょうね」

「言わずもがな」

わたしはポットに入れたコーヒーとラップで包んだサンドイッチをもらって七階に引き返した。

順子は先刻の姿勢のまま、置物のように座っていた。髪がほつれ、顔が病的なまでに白かった。持っていたタオルをぎゅっと握り、わずかにいずまいを正した。

「出かけるよ」

カップにコーヒーを注いで差し出すと、素直に受け取った。わたしは自分の分を注ぎ、向かいに腰かけた。じっと見つめる。順子はすぐ眼を伏せた。微笑《ほほえ》みかけようとしてもにこりともしなかった。そうなのだ。わたしは許されていなかった。ベッドに行き、ブローニングの点検をした。薬室に一発、弾倉に五発の弾丸が残っている。弾丸を抜いてトリガーの具合を試したあと、元通りに実包をこめた。用意が終ると濡《ぬ》れたアノラックを着込んだ。

「朝までには帰って来れると思う」わたしは言った。

「もし明日午後になってもわたしが帰って来なかったら、家へ帰りたまえ。もうだれもきみの邪魔などはしなくなるはずだ」

それは疑いない。わたしが死ねばすべては終る。たとえそれが事件を闇《やみ》の中に塗り込めてしまう結果になるとしても。

彼女の傍《かたわら》に行き手を差し出した。順子は顔を上げてわたしを見た。依然としてその眼は何も語りかけてこない。そっと彼女の頬に掌《てのひら》を当てた。悲しいまでに冷たかった。

「さよなら」

とわたしは言った。掌に頬を傾けてもらえなかった。

9

海上に波明りの物憂《ものう》い光があった。さざ波が白く混り合っている。近くへ波が打ち寄せると、しばらく泡のはじける音が周囲を満たした。風は海から陸へと吹いている。雨が金属片のように光りながら斜めに走っていた。

廃墟《はいきよ》に立っている。

船溜《ふなだま》りの裸電球に照らされて、自分の長い影がコンクリートの地肌へ色薄く延びていた。はびこった雑草と蔓草《つるくさ》が跡地をより小さく孤立させている。すでに艇庫も桟橋も解体して持ち去られており、残存物は完全に消滅していた。艇庫の基礎を物語る四本の鉄柱だけが墓碑のように等間隔を置いて並んでいる。もはや感傷のやどり場すらない廃墟、この地にまつわる記憶のかずかずも風化した。

過去を見捨てて磯《いそ》に降りて行った。

潮が引きはじめている。角のとれたごろごろした石が、平坦《へいたん》な岩場で露出しかけていた。格別鋭くはないが複雑に抉《えぐ》れた砂岩がその間を背骨のようにつないでいる。起伏がなく、中央のやや大ぶりの岩の上へ立つと周囲一帯が見通せた。黒ずんだ岩が黒い影を各所に潜ませ、ひとつひとつの陰影がいま意味を持って眼の前に展開している。

岩にもたれて腰を下ろした。海を背にする。水際までは左右とも三十メートルぐらい、強い風が吹くとどこからともなく水しぶきが飛んできた。前方に百メートル置いて店の跡地がある。元の駐車場に乗り捨てた車。右手の船溜りでは思い思いの色に塗った漁船が艶《つや》やかに光っている。左手の段丘下に点在する民家は明りひとつ見せず寝静まっていた。すべてがあいまいな闇の中だ。ひとり海だけが喊声《かんせい》をあげていた。海上を行く船の音を聞いたように思った。振り返ったが何も見えなかった。しばらくして外洋に出ようとする船の航行灯を認めた。その灯が消えるとまたも静けさ。ときどきタオルで顔を拭《ふ》く。全身が重く湿ってきた。その分体温の高まりを感じる。しかし必ずしも不愉快な感覚ではなかった。むしろ静けさに支配されて感情が鎮静化している。

二時五分にここへ着き、その後三十分が経過した。その間に雨が断続的な降り方へと変ってきた。風もいくらか息をしはじめた。三十分が四十分となり、五十分になりかけた。わたしは軽い体操をして待ち受けた。

二時五十三分。初めに光が姿を見せ、ついで音が現われた。右手の木立の間から一条の光が射し込むと、エンジン音が響いてきた。そして黒塗りの中型車がゆっくりと視野の中に入ってきた。車はシビックのあとにつけて止った。

わたしは新しいタオルで顔と頭を拭《ぬぐ》うと、アノラックを脱ぎ捨てた。ブローニングをズボンの後ポケットにねじ込み、右手にコルトアーミイモデルを握った。予備の実包を岩の上に置いた。

車のドアが開き、若林が降りて来た。傘を開くとためらいがちに店の跡地まで来た。そこで立ち止った。意識的にあたりへ眼を配ろうとしない。黒系のスーツを着てネクタイを締めている。胸元の白シャツが標的のように浮き上って見えた。

こちらを見ている。わたしが見えているわけではなかった。眼を闇に慣らしている。一分ばかりそのままの状態で立っていた。やがて不安を覚えはじめたのだろう。かすかな狼狽《ろうばい》を見せて周りを見回しはじめた。そしてやっとわたしの姿に気づいた。

彼はこちらに向かって来た。岩場に入ると途端に上体が不安定になった。案の定普通の靴を履いている。

二十メートルばかり手前で若林は立ち止った。

「何の真似《まね》だ」怒気を含んだ声で言った。

「こちらの土俵に呼び寄せたまでだ」

「フィルムを返してもらおう」

「交換という約束だ」

「彼女は車の中にいる。わたしがフィルムを確認したら即刻釈放する」

「彼女が無事だという証拠を見せろ」

「わからない男だな」とげのある声で彼は言った。「わたしを人質にすれば損はないだろう。彼女がここへ着くまでわたしを押えておけばいいのだ。武器は持っておらんよ」

「果たして彼女があの車の中にいるかな」わたしは冷笑を浴せた。「この世に同一人物が二人もいるとは思えない」

彼は動じなかった。

「それならなぜこんな芝居をする」

「おまえをおびき寄せるためだ」

「フィルムは持って来たのか」

「おまえの念書の代りに遺書を同封して信用できる弁護士に預けてある」

「そんなことだろうと思った」

若林が嘲笑《ちょうしょう》を浮べて言った。おかしい。わたしは耳をすました。絶対に何も動いてはいない。聞えるのは波の騒ぐ音だけだ。

「わたしがそんな嘘《うそ》にのせられると思うか」若林は言った。「きみはフィルムを持っていない。自分の立場を有利にするために出まかせを言っているだけだ」

「ではなぜここに来た」

「わたしを呼び寄せた目的が知りたかったからだ」

「教えよう。おまえの口を割らせるためだ」

「ほう、ＣＩＡへの手土産か」

挑発している。わかった。若林はまだ半信半疑なのだ。わたしがフィルムを持っているかいないか、その確証をほしがっている。

彼は一歩前へ出た。左手が不自然にだらりと下った。どこかに平井が潜んでいるのを確信した。車の中ではない。向こうの段丘から狙撃《そげき》するつもりか、あるいはいまにも岩陰伝いに接近をはかろうとしているか。

わたしは言った。「おまえのボスは誰だ」

「ボスはわたしだよ」心もち彼の言葉に緊迫感が加わっている。鋭い視線をわたしに浴せて身じろぎもしない。

「言い方を変えよう。日米学際協力振興会というＣＩＡの隠《かく》れ蓑《みの》に潜り込んでいるおまえたちのスパイは誰だ」

「何をばかなことを」

「わたしの択捉行きをおまえは知っていた。ソ連にも筒抜けになっていた。何かあるたびにおまえたちが先手先手と動いている。情報を漏らしているのは誰だ」

「気でも触れたか。言いがかりをつけているとしか思えん」

「しゃべったほうがいい」ハンドガンを両手で構えて言った。「答えなければ死んでもらう」

「待て」若林はわずかに動揺した。「わたしを殺せば真相はわからなくなるぞ」

「そうでもない。あの日トーリィクラフトに誰が乗っていたか、写真を引伸ばせばわかることだ」

あっ、と若林はうめくような叫びをあげた。

「きさま、知っていたのか」

「そちらが余計なことをしなければ、わたしはその写真の意味に永久に気がつかなかった。藪蛇《やぶへび》になったのはおまえだ」

「写真はどこにある」

若林のからだがじりっじりっと左へ寄って行く。岩の遮蔽物《しゃへいぶつ》を求めている。船溜りを照らす明りが彼の頭と一体になった。思わず眼を見はって逆光に躍り上った若林のシルエットを凝視した。わかった、あの光の意味がわかった。わたしは瞬時にしてすべてを覚《さと》った。

若林が岩陰に飛び込むのが見えた。その瞬間、背後で蚊の羽音のように小さな擦過音が起きるのを聞いた。ぞっと全身が総毛立った。人間の呼吸音だ。抜かった。敵は海から来たのだ。

　振り向きざま拳銃《けんじゅう》を構えた。眼の前に黒ずくめの男の影が立ちはだかっていた。と同時に、カチッと鋭利な金属音がした。何かが唸《うな》りを発して耳元をかすめた。男が岩を蹴《け》ってわたしにぶっつかってきた。全身に破壊的な衝動が走り、手先に赤い閃光《せんこう》のほとばしったのが見えた。耳が唸り火薬の匂《にお》いが鼻をついた。一発の銃声がすべてを狂わせた。感覚がない。意識が肉体を喪《うしな》った。殺せ、とヒステリックに叫んでいる若林の声がする。何重にもなって耳の中にこだましている。

　何かにからだを挟まれていた。起き上ろうとして圧迫感を払いのけると、上になった男のからだがごろんと横に転がった。首都マリーナにいたあの背の高い男だ。ウエットスーツを着ている。その腹部がスコップで抉《えぐ》り取ったかのようにごっそり消えていた。至近距離で爆発した四五口径が男のからだをほとんど真っ二つにしている。ぬるぬるとべたつくのは血だ。その拳銃が自分の手になかった。体当りをされたときに落としたか、這《は》いつくばって探そうとしたとき、前方で白い波が左右にはじけるのを見た。黒い影が水際《みずぎわ》を疾走して来る。その手先から走る閃光、銃だ。乱射している。ウエットスーツの上に異様に白い平井の顔があった。憎悪《ぞうお》をみなぎらせた顔が歯をむき出し、咆哮《ほうこう》をあげている。弾丸の尽きた銃をこちらへ向け投げつけ、腰のナイフを抜いたと見るや一直線に飛び込んできた。辛うじて最初の一撃をかわす。空を切ったその利腕に両手をあてがい、全体重をやつにぶっつけた。わたしたちはもつれ合って岩の間に転落した。瞬間左肩を冷たい感触が襲った。頸動脈《けいどうみゃく》へ皮一枚の近さでナイフの刃先を見た。わたしが下だ。足で平井の上体を薙《な》ぎ倒そうとした。しかし彼のほうが強烈な頭突きをわたしの顔面に命中させた。一瞬呼吸がつまり力が抜けた。ナイフを争っていた手が離れ、平井の右手を自由にした。彼がナイフを振り下すのと、わたしがつかんだ石塊で横殴りに払うのとほとんど同時だった。鈍い手応《てごた》えがあり、ナイフが頬をかすって岩を削った。自分のからだにかけられた圧力が一瞬軽くなったのを覚えた。平井の傾いた頭へ向け、さらに満身の力をこめて石を叩《たた》きつけた。二度、三度、四度……自分が人を殺しているのだということを冷酷なまでにはっきりと意識していた。

不意に静寂が戻ってきた。歯が音をたてて鳴り、咽《のど》がひゅうひゅうと呼吸音を放っている。いずれもわたしの肉体からだ。自分の意志で動く肉体と、制御できない肉体とが一緒になってともにぶるぶる震えていた。

落としていた拳銃を見つけた。二人の男はまったく動かない。マリーナの男が足場にしていた岩の後に、水中銃が転がっていた。アメリカ製の強力なやつだ。水中で十メートル、地上では九十メートルも銛《もり》を飛ばす。最初に耳元をかすめて飛んで行ったのはこの銛だったのか。あと一秒振り返るのが遅かったら、わたしのからだを銛が貫通していた。

彼らがボートで来ることに、もっと早く気づくべきだった。事件はすべて、彼らの運転するボートに係《かかわ》っている。クルーザーを出動させながら、該当する船なしという帳簿上の操作をできるのも彼らだけだったのだ。

暗い海上を透して見た。ボートはおろか船影らしいものはひとつも見えない。多分かなり離れたところにアンカーを下し、そこから泳いで来たのだ。だが彼らはひとつだけ重大なミスを犯した。ウエットスーツに足びれまで用意しながら、磯に着いてからの履物を考えていなかったことだ。二人とも素足だった。この磯は予想以上に広く、岩の凸凹は尖《とが》っている。だから肝心なところで迅速な行動がとれなかった。平井が逆上していちかばちかの勝負を挑んできたのも、わたしに発見されたら自分のほうが一方的に不利となるこのミスに気づいたからだ。

石のきしる音を聞いてぎくりとした。右手に細長く延びる湾の向こうからだ。耳をすます。規則的な波音の中にまだ何か潜んでいる。

這いつくばって後方の水際へ進んだ。波が寄せてくるのを待って水に入る。左肩に強い痛みが走った。拳銃を水上に出し、中腰で右手に進む。大きな寄せ波がすぐそばで砕けた。その音を利用して岩陰を回る。前方でまた石のきしる音。やはりもう一人いる。

からだの力を抜いて波の動きに身をまかせた。水は生ぬるく、左肩の痛みが熱っぽくなりつつある。岩のひとつに取りついた。波打際には丸い小石が打ち寄せられ、軽く体重をかけただけで石が鳴った。大波の寄せてくるのを根気よく待った。相手も波を利用して前進をはかっている。三メートルばかり向こうの岩だ。ひとつの岩を挟んでふたりが平行に進んでいた。

先回りしなければならない。からだが重く、いたるところがうめくような痛みを放っていた。顔はこわばって眼がちかちかと刺し込んでくる。生唾《なまつば》が絶えずこみ上げてきた。それを嚥《の》み下すと咽が鳴るため、よだれを垂らしながら前へ進んだ。

相手の動きがすぐ向こうでした。かすかな息遣いを聞く。どうやら半身ばかりわたしが前へ出ている。岩の切れ目で銃を構えると、腹這いのまま待ち受けた。その眼先へ、冷たく光るものが現われた。水中銃に取りつけた銛の先端だった。ついで銃身がのぞき、男の右腕がのぞいた。指は引金にかけられている。

水中銃を左手でつかみざま身をのり出した。右手に擬した銃口の先に、ずぶ濡《ぬ》れになった丸い顔があった。眼を恐怖で大きく見開き、唇をふるわせている。首都マリーナでクルーザーの整備をしていた若者だ。まだ幼なさの残っていた顔が、一挙に五十も老《ふ》け込んでいた。鼻孔は開き、半開きになった口の奥に絶望がのぞいている。若者は咽仏を痙攣《けいれん》させると声にもならないうめき声をあげた。その手が反射的に水中銃を引き寄せようとした。

「よせ」

小声で言った。しかしわたしの言葉は逆に激情へ火をつけた。若者は堰《せき》が切れた絶叫を発し、やにわに立ち上ると腰のナイフを抜いた。怒声とも悲鳴ともつかぬ叫び声がつかみかかってきた。

わたしも劣らず叫び声をあげた。ばかやろうと若者に言った。

黒ずくめの肉体が、後の岩へ叩きつけられるのを見た。真白い足の裏をこちらに晒《さら》して、若者はもう動かなかった。

ひどく投げやりな気分だった。拳銃がたまらなく重くなってきた。すでに痛みすら感じない。わたしは岩原で化石になろうとしている。

「若林、聞えるか」と怒鳴った。「みんな死んだ。残っているのはおまえひとりだ」

答えない。前方のどこかで石の動く音がした。ばかな男だ。あおさのこびりついた岩の間を匍匐《ほふく》するには服装に金をかけすぎたと見える。それならせめて靴を脱ぐがいい。

わたしは岩の間にうずくまって待ちかまえた。動くのがおっくうだ。神経がひどく粗雑になり、どうでもいいという気分が妖《あや》しくささやきかけてくる。

嘘のような静けさが支配していた。いっそ快い。顔に受ける雨も心地よかった。風は止った。雨もすぐ止《や》む。間もなく夜が明ける。わたしの勝だ。

「出て来い、若林」

と叫ぶ。その声でハッとわれに返った。いかん、ますます雑になってくる。雨も風もまだ少しも変ってはいないのだ。

眠りがきそうだ。何とかそれを持ちこたえている。半分瞼《まぶた》でふさがれたその瞳孔《どうこう》に長い光が差し入ってきた。細かい雨を綾《あや》なすライトの光芒《こうぼう》。車だ。左手の長浜方向からやってくる。気狂いじみたスピードだった。ブレーキ音がきしみ、水しぶきを跳ね上げると、空気の壁に激突したかのように身震いして止った。瞬間的にドアが開き、男がひとり飛び出して来た。叫んでいる。叫びながらこちらへ走って来る。呼び立てているのはわたしの名だ。

左手の岩がいきなり盛り上った。若林だ。背をかがめて左へ走った。逃げる。

瞬間、男が低く身を沈めた。二発の銃声が響く。若林の姿がもんどりうって視界から消えた。男は身構えて彼に近づき、さらに一発とどめをさした。

男がこちらへ近づいて来る。奪った若林の銃を無造作にポケットへねじ込んで。

わたしは空に向けて一発撃った。男が気づいた。駆け寄って来ようとする。

「止れ」わたしは叫んだ。「そこまでだ。それ以上は近づくんじゃない」

「渋谷さん、無事でしたか」喜色をみなぎらせた声が言った。「間に合ったんですね。昨日から必死にあなたを探していたんだ」

逆光を浴びた金色のシルエットがなおも近づく。その頭上に一発ぶっ放した。

「渋谷さん、どうしたんです。わたしですよ。怪我《けが》をしているんですか。眼をやられたんですね」

「眼は正常だよ、オスカー」わたしは言った。「銃を捨てるんだ」

シュタインは銃を捨てなかった。右手にぶらりと下げ持ったまま、なおも近づいて来た。十メートル先の岩の上へ立って初めて止った。こちらに全身をさらしている。

「落着きなさい」と言った。「もう安心です。間もなくみんなも駆けつけて来ます」

「捨てろと言ったはずだぜ、シュタイン」

彼は岩から跳び降りた。後にではない、前方にだ。わたしは撃った。当らない。しかしシュタインが手にした拳銃を捨てた。

わたしは言った。「なぜ若林を殺したんだ。やつの口をふさげば、まだ身を守れると思っているのか」

彼はかすかに首を振った。金髪が白面の上で光を躍らせた。

「最初からおまえを疑っていなかったわけではないのだ。事件はすべて、おまえが店に現われて以後に起った。ただなぜわたしを狙《ねら》うのか、その理由がわからなかっただけだ。やっとその理由を突き止めたぜ。おい、二重スパイ。おまえはあの日、トーリイクラフトに乗っているところを野崎の写真に撮られた。CIAの幹部が本当はソ連の手先である決定的な写真をな。この数年、そいつを取り戻そうと必死で探していた。わたしの店に来たとき、その写真がわたしの手元にありはしないか初めて疑ったんだろう。すべての事件はそれから起ったんだからな。教えてやろう。たしかにあの写真はわたしが持ってるぜ。船の上にのぞいているその金色の頭が見事に写っている」

「それは上できだ」シュタインが乾いた声で言った。

「どこにある」

「教えるわけにはいかない」

「取引きに使うつもりか」

「だれにも渡さん。わたしの命綱だ」

「交渉の余地なしということだな」

「その通り」

「するときみは死ぬことになる。これまですでに生きすぎてきたとは思わんか。きみは今夜、若林に射殺されたことになるんだ。わたしがあと五分早く駆けつけていたら救えたのに、残念、というわけだ」

「そうかな。おまえこそ罪もなく殺された者の恨みを一身に背負って地獄へ行け」

シュタインが嘲笑《あざわら》った。「その銃が使いこなせるか。射撃能力はゼロだったが」

「試してみるがいい」

「止むを得ん。時間がないんだ」

「あばよ、オスカー」

岩を蹴るなり彼は突進して来た。若林の銃を即座に懐中よりつかみ出している。先に撃った。当らない。くそ、何という反動だ。もう一発撃つ。シュタインが撃ち返した。岩を巧みに遮蔽物《しゃへいぶつ》として利用している。歪《ゆが》んだ顔がすぐ間近に迫った。むき出しになったその上半身めがけ、岩の上に銃を固定して引金を引いた。虚《うつ》ろな音が返ってきた。不発だ。いや弾丸を撃ち尽したのだ。ブローニングを拾い上げようとしたが彼の方が早かった。からだがパッと眼の前で跳躍した。瞬間足蹴《あしげり》が飛んできた。かわしたつもりがもろに左肩で受けた。激痛が全身を貫き、わたしはぶざまにうしろへひっくり返った。それでもブローニングをつかんでいた。シュタインの靴がその手を踏み砕いた。拳銃は完全にわたしの手から離れた。

「写真はどこだ」

感情を殺した冷ややかな声が言った。息ひとつ切らしていない。金髪が紙のように白かった。

「自分で探せ」

「言う気がないのだな」

「わたしを殺せば出てくる。おまえのいちばん望まないかたちでな」

彼が罵声《ばせい》をはりあげた。日本語ではない。靴先でわたしを蹴り上げると、銃口を向け、無造作に引金を引いた。眼をかっと見開いてその銃声を聞いた。死はやさしい。瞬間的な衝撃に耐えればすぐにも安息がくる。生が長いか短いか、それはいつだって生きている者の理屈だ。そう意識した瞬間、シュタインが大きくのけぞった。彼のからだが視界から消え、どたりと何かが崩れ落ちる音がした。

灰色の漠とした頭上からわたしを見下すものがある。人間の顔だ。ひとつの顔が二つになり三つになりして、最後は四つになった。

四人ともウエットスーツを着込み拳銃《けんじゅう》を持っていた。

中のひとりは金髪だった。

10

薄明が疲れた老人のような足取りで訪れつつあった。

雨が上っている。静寂が霧の姿を借りて地表を漂っており、東の空では急速に雲が切れかけていた。雲の朱色が強まり、熟柿色《じゅくしいろ》に燃え上って日の出の近いことを告げている。水平線上に盛り上っている厚い雲の端が、火のついた赤い帯となって縁取られていた。ようやく青味の差しかけた空が、そこから半円状に広がりかけて朝が始まった。

正面に海が見えている。右手の木立の向こうに、まだ眠りこけている横須賀の市街。灰色の貌《かお》が少しずつ露《あら》わになりかけている。灯火はすでに色褪《あ》せた。群れをなして飛んでいるのは鴉《からす》だ。海上の中程に薄墨色の猿島。対岸の房総は靄《もや》の中だった。

わたしは横須賀の米軍基地内にある病院にいた。

左腕を繃帯《ほうたい》で吊《つ》っている。右腕上膊部《じょうはくぶ》にも繃帯、これは跳弾による傷だった。顔に絆創膏《ばんそうこう》が二つ、その他擦過傷、打撲傷。からだを動かすと油汗が浮び、左肩の傷口が呼吸した。左腰の打撲跡は、歩こうとするたび足枷《あしかせ》となって抵抗する。動くまいとすると今度は筋肉が硬化した。心身ともにどこかアンバランスだ。何もかも終ったことを、知覚がまだ受け入れていないのだった。

ウエットスーツを着た四人のアメリカ人は、この基地内にある対敵情報部隊本部所属の兵士であった。夜中に首都マリーナから一隻《せき》のボートが出発したという報告を受けた青柳《あおやぎ》の通報で、彼らは東京湾入口に先行して待ち構えていた。そしてマリーナから発進したランナバウトを発見、尾行に成功してわたしを救出するのに間一髪間に合ったというわけだ。青柳らが大挙して現場に到着したのはその五分後である。

右肩を射抜かれたシュタインは、わたしと前後してここへ運び込まれた。まだ生きているだろう。連れ去られるときわたしにロシア語で罵声を浴せたくらいだから。

青柳は知床半島一帯に救出態勢を敷いて十日間わたしを待ったという。運転手に扮《ふん》装《そう》して首都マリーナに張り込んでいた男は、そのとき知床出張組に参加していた工作員のひとりだった。彼はわたしの顔を知っていた。つまり対立する二つの陣営がほぼ同時に、わたしの帰国を知ったわけである。

帰国次第即刻連絡すればひとりも殺さず事件を解決できた、と青柳は言った。わたしは帰国次第即刻殺すつもりだった人間の中に青柳も含まれていた、と言い返した。まあいい。一切合切終った。しかし、何の意味も持っていなかった。わたしはシュタインをいぶり出すために利用されただけだ。結果として、わたしはぼろくずとなってここにいる。今の自分に休息が必要なのは確かだとしても、休息さえ取ればまた旧《もと》の自分に復するというのか。自分の拠《よ》るべきものを永遠に失ってしまった気がする。無知や若さや無関心や楽天性はある意味で人間のもっとも強力な武器だ。そのいずれも、もうわたしにはない。そして死ぬことのたやすさを知ってしまった肉体。

静かだった。ダクトから流れ入る冷気が病室にこもった石炭酸の匂《にお》いをあおっている。とにかく疲れた。足を引きずってベッドに戻ると、苦労して横になった。眼を閉じる。眠りが人間の真の休息なら、このまま目覚めなくていい。わたしは一途《いちず》に眠りを求めた。いやになるほど羊の数を数えた。その羊が全部自分のものだったら、多分日本一の金持ちになれたろう。世界一の金持ちになるべくなおも数えているうち、同じ数えるなら札束を数えたほうがまだ早いことに気づいた。どうやら眠っていたらしい。

ガチャガチャと金属の触れ合う音で眼を覚した。からだがベッドに縛りつけられている感覚があり、関節には砂がつまっている。意固地になって起き上った。時計がないが七時か八時頃だ。すでに太陽が活動をはじめ、蟬《せみ》が鳴いていた。水たまりが鏡のように空を映し出している。向いの倉庫の屋根からはうっすらと水蒸気が立ち昇っていた。

廊下をのぞいた。よく磨かれたグレイの床が滑走路のように延びている。壁に足の不自由な患者のための手摺《てす》りがある。エレベーター音にまじって金属音。食い物の匂いが漂ってきた。食事の準備が始まっている。にわかに空腹を覚えた。猛烈にコーヒーが飲みたい。すべっこいカウンターの感触と、持ち慣れたカップの重み。手ざわり。眼の前に見慣れた人がいて、見慣れたほほえみがある。白い指先と褐色に澄んだ液体。ちくしょう。食いものの匂いはいつだって帰巣《きそう》本能を刺激する。

青柳がせかせかした足取りで現われた。

「むりをするな」取ってつけたように言う。

「服と持物を返してくれ。帰りたいんだ」

「二、三日はここで静養したほうがいいな」

「いやなのだよ。こんなところにいるのが」

青柳はベッドに腰かけた。足が床から浮き上っている。

「ヘリを見たかね」

眼をしばたいて言った。顔が黒ずんでいる。昨夜は一睡もしていないのだ。

「何だ、知らなかったのか。シュタインが本国へ送られたのだよ」

知らない。ヘリも爆音も金勘定の邪魔にはならなかった。

「おおかた横田に着くころだ。医師を乗せた特別機が待機していて、すぐにも飛び立つはずだ。もう少しこちらに置いておきたかったが止むを得ん。本国政府のあわてぶりがわかろうというものさ。何しろCIAの内部からソ連側への内通者を出したんだからな」

「シュタインはどうなる」

「どうもならん」自嘲《じちよう》的に言った。「パワーズ飛行士とアベル大佐の交換以来、敵国側のスパイが処刑されたり長期刑をつとめたりする例はなくなった。いずれシュタインもスパイ交換で晴れて国へ帰れるさ。彼はソ連人だった」

わたしは笑った。「鷹揚《おうよう》なものだ。多国籍国家ともなると、仮想敵国の人間まで雇い入れるらしい」

「日本人にはわからんよ」にべもなく言った。「彼の本名はワレリー・ヴォイコフという。ミンスク、現在の白ロシア共和国の生まれだ。三歳のとき強制的にドイツへ連れて来られた人間のひとりだ。説明しなければ意味がわかるまいが、第二次大戦中の話だよ。ナチスがドイツ民族の優位性を誇示するため、組織的に民族改良を試みたという話を聞いたことはないかね。実際にあった話だ。やつらはポーランド、ソ連、チエコ、ハンガリーなどの占領地から、これはと思う美少年美少女を誘拐し、ドイツに連れて来てドイツ人として育てた。もちろんその秘密を保つために、子供の親兄弟等は皆殺しにして係累《けいるい》を絶った。そして子供を希望する上流家庭に預け出生証明書を偽造して完全なドイツ人として育てた。国単位での優生学の実験だよ。選ばれた子供は、いずれも金髪碧眼《へきがん》だった。実際のところゲルマン民族やアングロ・サクソン民族には金髪碧眼は少ないのだ。ヒトラーはたしかブルネットだったはずだ。彼は南ドイツの出身で、金髪には相当のコンプレックスを持っていたらしい。ブロンドというのは北欧民族の特徴で、多くの白色人種にとっても憧《あこが》れの的ということだな。ワレリー・ヴォイコフという少年は、こうしてワルター・シュタイン博士夫妻に引き取られ、事実上実子として育てられた。シュタイン自身、自分がソ連の出身だとは思ってもみなかった。二十四歳になるまではだ。ところが生みの母親が、SSの虐殺《ぎやくさつ》の手を逃れて生存していたのだな。ソ連がどうしてシュタインを突き止めたか知らないが、KGBがこんなチャンスを見送るはずはないさ。彼のからだに流れる血に訴えて、まんまとひとりのスパイをわれわれの中枢《ちゆうすう》部に送り込んだわけだ」

「彼がしゃべったのか」

「そうだ、昂然《こうぜん》と白状したよ」

「ほかにどんなことを」

「ボートの件を少しな。やはりきみが言った通り、あの日彼はバルボのボートに若林と乗っていたのだ。元ミッドウェイの乗組員ジョーンズ二等水兵と会うためにな。ジョーンズを逗子《ずし》湾上で拾い上げるというのが計画で、そのため逗子湾の沖で待機せざるを得なかった。きみの友人のカメラマンに写真を撮られたのはそのときだよ。あわてて遠ざかったらしいが、すでに何枚かの写真を撮られたあとだったんだな。そのうえジョーンズは、マクガイア二等航空兵とどこかで落ち合って洋上へ出てきた。そのマクガイアは、カモフラージュ用に友人二人を連れていた。一隻のボートに四人の水兵が乗って出て来たために、彼らは少々あわてたのだ。シュタインとすれば四人の水兵に顔を見られるわけにいかないからだ。これは前にも言ったと思うが、ベレンコ中《ちゅう》尉《い》の亡命計画は海軍が独自に立てたもので、われわれはその段階では何も知らされていなかった。ただミッドウェイで大がかりな特殊訓練が行なわれているという情報がジョーンズから若林のところへ入っただけで、残念ながら彼らにはその分析能力がなかった。それで以前海軍にいたことがあるシュタインが、極秘で尋問するために乗り出してきたものだ。ところが関係のない水兵まで巻き込んだ四人連れというのは何としても具合が悪い。彼らはあわてて江の島へ行き、シュタインを降して引返してきた。そのため完全に日が落ち、一隻の小型ボートで四人もの男が騒いだために舟は転覆、とうとう接触できなかったばかりか暗くて一人も助けられなかったと言う。つまり水兵の水死事件は手違いから起った事故だというんだがな。きみの意見は」

「だいたいそんなところかもしれない。しかしバルボの役割は何だったのだ」

「パイプ役だったか、緩衝材的役割だったと思うが、まだよくわからん。イタリアへ帰国してからの足取りが不明なのだ。事業を放り出してあわてて出国したのがいつだと思う。六月三日、つまり樋口《ひぐち》君が殺された翌日だよ。以前のきみの言葉を参考に、マリーナの再点検をしているうちにその事実をつかんだのだがね。八月に入ってから首都マリーナの監視を始めたんだ。やつらもうすうす気づいたとみえ、容易に尻尾《しっぽ》を出さないので困っていた」

「若林の監視はいつ始めた」

「それもきのうの午前からだ。後手後手《ごてごて》と振り回されたうえ、お決りの人手不足でな。むずかしいのだよ、この国の情報活動は。日常活動の多くは日本人に頼らざるを得ないうえ、その日本人ときたら情報活動についてまったくの無知だ。情報が集めやすい反面、敵味方の区別がつけにくい。味方とおぼしき人間が、意識せずに利敵行為をすることだって少なくないのだ。もちろんこれは、内部組織にシュタインのような内通者を抱えていた言い訳にもならんが」

「シュタインの裏切りは早くからわかっていたんだろう」

「疑ってはいた」青柳はあいまいに言った。顔に官僚風の用心深さが読み取れる。今後の自分の立場がどうなるか、とっさに考えたにちがいない。

「あの日、彼は茅ケ崎《ちさき》にいたのだ。それは誰にもわかっていた。しかしそれ以上は考えなかった。茅ケ崎には夫人の実家があるのだ。正式に休暇を取ってそこへ静養に行けば、誰も文句はつけられない。これが曲者《くせもの》だったのだよ。二人ともグルさ。夫人こそ彼の最大の助手であり協力者だった。悪妻とか猛妻とかいったスタイルは、すべてわれわれの眼を欺《あざむ》くための演出だったんだ。考えてもみたまえ。夫のオフィスへ夕食の買物を命じてきたり、同僚の眼の前でヒステリーを爆発させたりするような女性に、誰が積極的な関心を持つかね。昨夜もそうだ。二晩つづけてシュタインが帰宅できないと知ると、彼女は夜の一時過ぎに、これからベンザリンを二十錠飲むと電話で通告してきた。シュタインがわれわれより早く事務所を脱け出しても、その行先に疑問を持たせないやり方だよ。彼女が連絡係を果していたんだ。それにしても完璧《かんぺき》だよ。彼女は完璧にクサンチッペの役をやり通した。先程逮捕したがね」

ドアが開いたかと思うと、赤ら顔の白人が顔を出した。わたしには眼もくれず、ぶっきらぼうな英語で青柳に何か言った。青柳が丸太棒《まるたんぼう》のように立ちすくんだ。

「シュタインの彼女が自殺したよ」

わたしにもそう聞えた。

電話口へ怒鳴りに行った彼は、五分もすると戻って来た。基地で働く日本人が着る作業着と、わたしの所持品を携えている。

「お聞きの通りだ。これから東京へ帰るが、一緒に行くかな。きみの服はもう使いものにならんよ」

ここから出られるならどこへでも行く、と答えた。

「ていよく軟禁されるのかと思った」

「そう考えんでもなかった」真顔ともつかぬ顔で彼は答えた。「きみをまだ手放すつもりはないんでな」

冗談じゃないぜ、わたしは悪態をついた。契約分の義務は果たした、これ以上は猫の手だって貸すものか、と傷口がうめき出すくらいわめき散らした。青柳は口答えもせず、暗い眼をして出て行った。

着換えて病院の玄関口へ出ると、彼がクラウンを転がして来た。遊園地のバッテリーカーに乗った子供然とした表情でハンドルを握っている。頭の芯《しん》を突き刺すほど冷房が効いているが彼は汗をかいていた。紺スーツの中でたるんだ腹部が波打っている。腹を立てているのだった。

「愚か者たちが。紳士面《づら》して身体検査すらしなかったときている。女の確信犯は男以上に度胸が座っているんだ」

「前を見て運転したほうがいい」

彼は顔を赤くしてわたしをにらみつけた。青柳《あおやぎ》の運転は高度の慎重さを備えているものの決断力を欠いていた。彼の性格を見誤っていたのではないかという思いが頭をかすめた。

時刻は八時だった。道路はきわめてありふれた状態になりかけていた。つまり混んできた。幼児を満載した幼稚園の通学バスとしばらく前後していた。窓ガラスにへばりついた子が、車外のだれかれなしに手を振っている。いずれも黄色の帽子をかぶり、薄鼠色《うすねずいろ》のシャツを着ている。みなそれぞれに表情が豊かだった。横を平行して走っている横須賀線の車窓に連なる顔はそうでない。

「なぜ写真を渡さん」青柳が言った。

「そんなものが存在しないからだ。わたしの作り話だと思えばいい」

「自分の身の安全を考えてのことであれば取り越し苦労だぞ。きみの功績は十分に認める。感謝こそすれ、きみを排斥すべき理由はわれわれにはない。どうだ、本格的に就職してみる気はないか」

「ごめんだね」

「自分の才能に気づいとらんな」

「気づきたくない才能もある」

「しかしどうして真先に首都マリーナに行ったのだ」

「あれは偶然通りかかっただけだ。平井という男を見つけて初めて手がかりをつかんだ」

「なぜそれが平井だとわかった」

「樋口を訪ねたおり、駐車場の入口で見張りをしていた。中に潜んでいたのが殿町だ」

　青柳は無表情に流し眼をくれた。そんなことだろうと思った、と言った。「きみは平穏無事な生活はできん人間だよ。気を許した少数の人間の中だけで初めて生きられる。それだけ世界が狭いのだ。平凡に埋もれてしまうか、何をやっても失敗するか、そのどちらかだ。いずれそんな自分に気づく」

「もう気づいているさ。だから埋もれて生きることを選んでいる」

「たしかに契約分の仕事はした。だがこの二、三日のうちにきみがしたことの後始末で、われわれはまだ貸しがある」

「脅迫かね」わたしは鼻先に冷笑をくりつけて言った。「その手は効かない。なるほど、わたしを破滅させるのは簡単だろう。だが二度と利用したり、言いなりにさせたりはできないぜ。失うものがない人間に脅しは効かん」

青柳も皮肉に鼻を鳴らした。「そうかな、きみは失うものが本当になかったかな」

次の言葉を言いかけて、彼はやや狼狽《ろうばい》気味に口をつぐんだ。順子のことを思い出したのだ。その理由がわかると、さしたる意味もない笑いがこみ上げてきた。わたしは笑った。声をあげてばか笑いをした。青柳はハンドルにしがみついてそれに耐えていた。

無意味な駆け引きだった。その虚しさに襲われて、しばらく外を見つめていた。遮るもののない日差しが白い光をぶちまけている。汚れを雨で洗い流したあとの木立が燦然《さんぜん》とそれをはじき返している。いつもの夏であった。間もなく終る。

「彼女は無事だね」我慢できなくなった青柳が言った。

「申訳なかった。あれはわたしの手落ちだ」

わたしは眼を閉じて黙っていた。

「檜垣《ひがき》を撃ったのはきみかね」

「ほかに誰が考えられる」

「わたしがあと三十分早く行けばよかったのだ」

「そうしたら檜垣と一緒にあんたも死んでいた」

「言うことが激しいな」

「いいか、今回のわたしは私怨《しえん》を晴らすために動いたのだ。あんたたちの主義や理想に感化されて働いたのではない」

本当にそうか、私怨を逆に利用されたのではないか、という思いが頭に浮んだ。彼ならやりかねない。そのくらいの計算はできる男だ。

わたしは沈黙して彼を見つめた。薄くて貧弱な耳朶《みみたぶ》、その埋合せをするように鼻梁《びりょう》に肉が集まっている。多汗症、垂れ下った顎《あご》、権謀術数の数々を捺印《なついん》してきた皮膚のしみ。ときおり見せる無機質な眼はこの男生来のものだ。後頭葉と側頭葉が発達し、頭の中では音をたてて細胞が活動している。寛容さを欠いたよそよそしさが、常に体臭のように発散していた。呼吸さえ見える。作りものじみた全体の印象がそう感じさせるのだった。珍しくもないタイプかもしれない。同じような人間なら、わたしの過去にも何人か前を通り過ぎた。彼ら自身は通り過ぎたことを自覚していない。

わたしは言った。「聞きたいことがある。パーヴェル・アレクセーエフという人間は実在したのか」

「実在しなくてどうする」

「嘘《うそ》だ。アレクセーエフという男の亡命計画そのものが作りごとだった。そちらはシュタインさえいぶし出せればよかったはずだ。わたしをその囮《おとり》として択捉《エトロフ》に行かせた」

「考え過ぎだよ。われわれの手の内がシュタインによって ソ連に筒抜けになっていた以上、仮定の計画で向こうを欺《だま》せるわけがないだろう。計画は本物だよ。むしろソ連がシュタインの立場をフォローするために、向こうから仕掛けてきたふしがある」

「ではなぜ失敗した」

「計画は成功だが亡命は阻止というのが、向こうの最初からの狙《ねら》いだったのだ。萌消《もえけし》湾にボートを回せとアレクセーエフが言ってきたとき、わたしは臭いとにらんだ。計画責任者シュタインの領域を離れたところでの失敗であれば、実行部隊の責任という結論で幕が下ろせるわけだからな。で、わたしとしては、ソ連の書いた筋書き通りには失敗させたくなかった。同じ失敗するならすべてをご破算にするやり方でぶちこわしたほうがいいと思った。まあ結果としてそうなったわけだが」

「ぶちこわすとはどういう意味だ。わたしの潜入をそちらの手で密告したのか」

「ああ知らせたよ。だがシュタインの計画通りであれば、きみは絶対に日本へ帰ってこられなかったはずなのだ。向こうがきみのボートに対抗するために掃海艇を用意していたことからもそれがわかるだろう。連中は付近の海域でわれわれが待機しているのを百も承知だった。だからわざわざその眼と鼻の先できみを潰《つぶ》し、きみの力足らずが失敗の原因であることをわれわれに見せつけようとしたのだ。確かにわたしは通報したよ。あるルートを通じて色丹《シコタン》島にある国境警備隊の本部にな。密入国の情報が入れば、警備隊としては動かざるを得ない。それで警備隊は、自己の権限内で萌消湾に兵と船を派遣したのだ。わかるかな、この意味が。わたしはKGBの日本担当部局である第七局を出し抜いたのだ。七局が警備隊の出兵を知ってあわてたときは遅かった。きみはいち早く警備隊の動きを知り、すぐ脱出してしまった。むろんあの段階で国後《クナシリ》に逃げ込む羽目になろうとは予測しなかったがね。しかし百に一つも助かるはずがないきみの確率を、少しでも高めたのはわたしだ。きみは当初の計画では全く考慮しなかった地点にボートを着けたのではないかね。わたしが蛭間《ひるま》に命じてそう仕向けたのだ。シュタインを、つまりＫＧＢを欺くためには仕方がなかったんだ。きみは国境警備隊の手を逃れたのであって、ＫＧＢの罠《わな》から逃れたわけではない」

「ありがたい話だ。感謝の気持で言葉も出ない」

「むろんいらざる苦労をさせて、すまなかったとは思っている。だが、それができる人間だと思うからきみを選んだ。わたしにとってもこれは大きな賭《か》けだった」

「いいかげんにしろ」怒りを爆発させてわたしは言った。「賭けだと。そちらはいったい何を賭けたというのだ。自分の地位か、名誉か。他人の命を賭けごまに使って、スパイごっこにうつつをぬかしているだけじゃないか。わたしが生きて帰ろうが帰るまいが、最初から計算外だったんだろう。少なくとも一昨日までは、わたしはもう死んだと思っていたはずだぞ」

「しかし一縷《いちる》の望みは捨てていなかった。きみが国後島に逃げ込んだことはほぼ推察していた。だが捕まったという情報はまだなかった。きみをそれほど信頼していたよ。必ず帰って来るだろうとな」

「では蛭間のことはどんな気にかけているんだ。いまごろ自宅で、のんびりと網でも繕っていると思うのか。彼は二度と帰って来ないのだぞ」

「知っている」例の無機的な眼が答えた。「蛭間が生きていたら、もう一度きみに択捉へ行ってもらうつもりだった。救出にだ」

「何だって」

「蛭間を択捉に残らせたのはわたしだ。彼はわたしが公安職員だった頃からの子飼いの工作員なのだ」

激しく動揺しているのを覚えた。最後に見交わしたときの蛭間の眼が浮んだ。ごきげんよう、といった言葉がまた耳にこだました。

「生きていればとうに連絡があってもよい。一度もない。あの年だ。すでに生きてはいまい」

青柳は眼をしばたき、つぶやくように言った。敗残兵のような疲労がにわかに色濃く顔へ出た。

「わたしには自発的に島へ残ったように見えた」

「半分はそうだろう。あの島の出身だからな。今回の任務も彼のほうから希望した」

「蛭間に何をやらせたのだ」

「蛭間はこの二十年われわれのために働いていた。早くいえばソ連とのレポ役だ。一種の二重スパイだったといってもよい。出漁したときに洋上でソ連の警備隊と接触、向こうのほしがる情報や品物を流していた。蛭間はロシア語がそこそこできるのだ。

抑留中に覚え、連中のスパイとなることを条件に日本へ帰って来た」

「蛭間が日本を売っていたというのか」

「そうとは言えない。彼はあくまでもわれわれのために働いていた。渡した情報といったって、すべてこちらのチェックずみのものだ。もっとも誠意らしさを示すために、仲間の漁民を売り渡したことぐらいはあるかもしれん」

嘘だ。彼は人を裏切るような男ではなかった。蛭間は自分の故郷千島に誠実であっただけだ。千島との接触がない生活など彼には考えられなかった。最後まで根室に住み、舟に乗れる限り漁に出たのもそのためだ。連中がよってたかって利用した。彼は利用された。しかし少なくとも自己の尊厳を犯させるようなことはしなかった。利用されるふりをしながら、利用できる機会を狙っていたのだ。

青柳が言った。「仮りにアレクセーエフの亡命が成功していたとしてもだ。それはただの大きなパイに過ぎない。食ってしまえばそれでおしまい。ソ連だって一時的な打撃は受けるかもしれんがすぐ立直る。また同じことの繰返しというわけだ。われわれが本当に欲しいのは、彼らがいま何を考えているか、何をしつつあるか、そういった流動的な情報を継続的に得ることだよ。大物を亡命させるより、そのほうがはるかに役に立つ。つまりわれわれの最大関心事は、敵の枢軸《すうじく》部にこちらの組織をつくることだ。あいにく択捉は処女地でな、わたしとしては何としてでもそこにくさびを打ち込みたかった。千島の持つ軍事的比重がこのところますます増しつつあるからだ。わたしはその適任者と思われる人物をやっとひとり見つけたところだ。色丹島の斜古丹にいたある上級将校で、いま択捉の天寧にいる。要はわれわれが彼の退役後を保障してやればいいということだ。基本的にはもう話合いもついている。それで今年の始め、時化《しけ》で択捉に緊急避難をした日本漁船から、必要機材を揚げて秘《ひそ》かに隠した。その引渡しと使用法や連絡法など詰めの話合いをするのが蛭間の役だった。彼は任務が終り次第無線でわれわれに連絡し、ゴムボートで脱出する。その蛭間を拾い上げる役を、再度きみにやってもらうつもりだった。しかし今に至るも、島の洞穴《ほらあな》に秘匿《ひとく》してある無線機は使われた形跡がない」

「資材を陸揚げしたのはどこだ」

「阿登佐岳《アトサノボリ》の裾《すそ》にある海岸の洞窟《どうくつ》だ」

それはわたしたちが上陸した内保湾の対岸に当る。距離にして約二十キロ北だ。蛭間が向った旧留別村の途中にあった。

「彼はもう死んでいるよ。別の人間を送ることでも考えるんだな」わたしは言った。

「それほど困難な状況におかれていたのか。蛭間とはどのようにして別れたのだ」

「よそう。説明したってあんたにはわからない」

「なぜだ。わたしはきみの雇い主だ。知る権利がある」

「むだだよ。蛭間がなぜ択捉行きを志願したか、金輪際《こんりんざい》わかりっこない。ひとつだけ確かなのは、陸揚げした資材はまだ手つかずでそこに置いてあるということぐらいだ。蛭間はそんなものに見向きもせず行ってしまったよ」

「行った？　なぜ？　蛭間は任務を放棄してどこへ駆け込んだというんだ。まさかわれわれを裏切ったのではあるまいな」

「よさないか。蛭間はそんな人間じゃない」

「しかし現に義務を果たしていない」

あほう、とわたしは怒鳴りつけた。「蛭間の心がおまえなんかにわかってたまるか」

わたしは思い出す。択捉の地を踏んだときの押えた彼の興奮を。自分の庭を見回る老人のように、背を丸めてひょうひょうと海岸を歩いていたあの後姿を。あれは戦後の三十余年をただひとつ目的のために忍従していた男の、まさに生気を取り戻した姿だった。記憶の襞々《ひだひだ》に刻み込んできた故郷の山河を、あのとき彼はまさしく現実のものとしていた。それは彼にとって終《つい》の目的地であり、ひたすら求めつづけてきた正当な死場所に他ならなかった。そして故山の地留別へたどり着いたとき、蛭間徳の人生は成就《じょうじゅ》するのだ。彼の戦後が初めて完結する。恐らく彼は阿登佐岳など眼もくれなかったにちがいない。孤独の灯をかきたてかきたて生きてきた老人にとって、家族全員の眠る地以外何が必要だというのだ。蛭間は必ず留別へたどり着いている。いまごろ、父母や妻やわたしと同じ年代の娘と再会している。それは他の何ものでもない彼の世界だ。わたしは思い出す。蛭間が懐中から取り出して見せた泥まみれの位牌《いはい》を。口もつけずに持ち歩いていた一瓶の酒を。あのまなざしはけっして嘘《うそ》や偽りではなかった。わたしにはわかる。同じ日本人としてわかる。

青柳《あおやぎ》がわめいている。わたしもわめき返す。

「哀れな男だな。おまえはどこの国の人間なんだ」

「きみごときにそんなことを言われる覚えはないぞ。わたしは日本を常に世界的視野で考えている。それがわたしに課せられた使命なのだ」

「あいにくだが人生観がちがうな。わたしは自分の生活しか考えられない視野の狭い人間なんだ。自分の眼で人を見、世界を見る。政治体制などどうだっていい」

「たいしたご高説だな。崇高な博愛主義というわけだ。それで国が守れたら誰が苦労をするか」

「はっきりさせておくぞ」わたしは向き直って大声を張り上げた。「契約分の義務は果たしたぜ。わたしも、蛭間もだ」

「そうだとも。きみたちは十分こちらの期待に応《こた》えてくれたよ」

「ではもうわたしは自由だな」

「いかにも自由だよ。その自由が誰によって守られているか気づかないくらい自由だ」

「ではここで降ろせ」

「なぜだ」ぎょっとして青柳は言った。

「自分が自分であることを取り戻すのさ」

言うなり手をハンドルに延ばした。車が一瞬振れ、青柳はあわててブレーキを踏んだ。その首が怒りで朱に染った。謀《はか》られた口惜《くや》しさで怒りが倍加している。青柳は唇を真一文字に結んでわたしをにらみつけた。紙のように薄い冷笑を返してやった。

わたしは車を降りた。

青柳が言った。「車は事務所に回してある。契約が終った以上、もうわれわれがレンタル料を負担すべき理由はないわけだ。早めに引き取りに来るんだな」

行け、とわたし。背を返すと、もう彼に対する興味を失った。

軽い立ちくらみがする。立ちこめる熱気がすさまじく、体力を絞り取って汗が吹き出した。

横浜の市内だった。根岸から掘割川沿いにつづく町のどこかだ。立って見るのは初めてのせいか、きわめてよそよそしい。埃《ほこり》っぽい熱気がみなぎり、不快感が仮借なく責めつける。頭部に当る日光が踏みつけるような重さを持っていた。放埒《ほうらつ》に車が流れている。暴力的な騒音が耳を打ち、無秩序な街の広がりと雑多な色彩の氾濫《はんらん》が視神経を逆撫《さかな》でする。掘割川の異臭がそれにかぶさった。街路には膝《ひざ》を曲げて歩く六頭身半の人間。いかなるところでもない、これがわたしの住む国であり、街であった。わたしが生きるくらいの空間はまだある。この中で老い、死んでいけばいいのだ。

どうってことはないじゃないか、口に出して言ってみた。

何があったというのだ。わたしは振出しに戻っただけだった。やり直すぐらいの気力やエネルギーはまだある。失敗しようが叩《たた》き落とされようがそのたびにやり直せばいいのだ。性懲《しょうこ》りもなく何度でもやり直してやる。やめるわけにはいかない。あきらめずに繰り返してやる。

わたしはタクシーを拾うと逗子《ずし》に向かった。

解説

香山二三郎

〝北〟の国といえば、多くの人が〝北〟朝鮮のことを連想するだろう。あるいはTVドラマの名作『北の国から』でお馴染《なじ》み、北海道・富良野《ふらの》。北の国という言葉から、今ロシアのことを思い浮かべる人は少ないに違いない。古くからの隣国であるにもかかわらず、日本人のロシアへの関心は一向に高まる様子がないのだ。

その大きな理由のひとつとして立ちはだかっているのが、北方領土問題である。北方領土問題、すなわち色丹《しこたん》、国後《くなしり》、択捉《えとろふ》各島と歯舞《はぼまい》諸島の帰属問題だ。現実レベルでは、サハリンや四島に近い北海道の各地域で様々な交易が行われていたりするわけだが、それもごく一部の話。この問題についてはこれまでにも幾度となく交渉が行われてきたものの、大きな進展は見られず、両国の親交を阻《はば》んできた。

むろんそうした事情はソ連が崩壊してロシアとなる前、一九七〇、八〇年代も変わりなかった。いや、一九七六年に起きたミグ25の亡命事件や七九年末のソ連のアフガニスタン侵攻等は米ソ間、日ソ間に新たな緊張を生んでいる。冷戦時代の北方領土問題は、二大国の思惑に翻弄《ほんろう》され、今以上に膠着《こうちゃく》状態が続いていたのである。

本書『飢えて狼《おおかみ》』が日本の冒険／ハードボイルド小説ファンの前に現われたのは、まさにそんなときのことであった。この作品は一九八一年八月、講談社より書き下ろし長編として刊行された、志水辰夫の記念すべきデビュー長編である。今回は八三年八月の講談社文庫への収録に続く二度目の文庫化に当たるが、評論家の北上次郎はその講談社文庫版の解説の冒頭で次のように記している。

> すごい冒険小説が出るらしい、と最初に噂《うわさ》を聞いたのは、80年（一九八〇年の略。以下同）10月のことだったと思う。著者の名前もタイトルも知らなかった。だが、元ロック・クライマーの主人公がソ連要人を脱出させるために択捉島に潜入するというストーリーを聞くだけで胸が躍った。

何を隠そう、筆者が本書のことを知ったのも北上氏の熱烈なアジテーションのおかげ。実際、冒険小説ファンのはしくれとしては、北方領土問題の彼方《かなた》、秘密のベールに覆《おお》われた島を舞台に繰り広げられる潜入活劇と聞いて胸が躍らないわけがなかった。

ちなみに、本書と前後して、今をときめく冒険ハードボイルド系の旗手たちが相次いで単行本デビューを果たしていることは知る人ぞ知る。具体的にいえば、一九七九年三月に船戸与一《よいち》が『非合法員』で、八〇年八月に佐々木譲《じょう》が『鉄騎兵、跳んだ』で、同じく八〇年一二月に大沢在昌《ありまさ》が『標的走路』で、そして本書と同年の八一年には、二月に逢坂《おうさか》剛が『裏切りの日日』で、一〇月に北方謙三が『弔鐘はるかなり』でデビューといった塩梅《あんばい》。

まさに北上次郎のいう「冒険小説の時代」に相応《ふさわ》しい活況ぶりだが、実をいうと、『飢えて狼』の話を聞いて個人的に思い浮かべたのは海外作品のほうだったりする。というのも、八〇年前後は潜入活劇や逃亡活劇の秀作が続いていた時期でもあったからだ。クレイグ・トーマス『ファイアフォックス』、ケン・フォレット『針の眼』、トレヴェニアン『シブミ』、マイケル・バー゠ゾウハー『パンドラ抹殺文書』、S・L・トンプスン『A—10奪還チーム出動せよ』等はその好例だが、本書の場合、さらに国際謀略小説趣向まで織り込まれているとなれば、興奮もいや増すばかり。

もっとも本書は三部構成を取っており、肝心の択捉島潜入譚《たん》は第二部。お話はまず、三浦市でボートサービス会社を営む主人公渋谷のもとにふたりの男が訪ねる場面から始まる。渋谷は冬のマッターホルン北壁の単独登頂に成功したこともある元アルピニスト。ボート技術にも長《た》けており、謎めいた男たちは彼に南米パタゴニアの学術探検への参加を要請する。故《ゆえ》あって山から遠ざかっている彼は固辞するが、その直後ボートの試運転中に正体不明のクルーザーに襲撃されたあげく留守中に店を焼かれ、店員の青年まで犠牲になってしまう。真相を追及し始めた渋谷だが、依頼人のひとり樋口《ひぐち》は事件に国際的な陰謀が隠されていることを明かした後、やはり亡《な》き者に。樋口の上司の青柳《あおやぎ》は米ソ情報組織の暗闘が絡《から》んでいるといい、彼に改めてソ連からある人物を運び出す仕事を依頼するが……。

著者の近年の作風に親しんでいる読者が初めて本書を読むと、そのスピーディな展開とともに海上の襲撃場面や店の炎上場面、さらに車輛《しゃりょう》爆破場面と畳みかけていく派手な活劇演出にとまどわれるかもしれない。手に汗握る急展開はエンタテインメント小説のツカミとしては欠かせないが、なるほどそこにはデビュー長編ならではの気負いや過剰なサービス精神がうかがえないでもない。とはいえ、その描写力、演出力はすでに新人離れした熟成度を示していよう。たとえば主人公の渋谷は志水小説ならではのキャラクターで、軽口を叩《たた》くもののへそまがり、内省的かつ粘着質で樋口のセリフじゃないが「聞きしに勝る」頑固者だ。その頑固ぶりは冒頭のやり取りにも如実に現われているが、その中に、パタゴニア探検を固辞しながら、図らずも現地の風景を思い浮かべてしまう場面が出てくる。

たかがパタゴニアではないか。マゼランが通った、ダーウィンが通った、カリブ海の海賊がパナマを攻撃する目的だけのためにホーン岬を迂回《うかい》した。そしてウールクリッパーが全身に水しぶきを浴びて走り抜け、今は単独周航のヨットが木の葉のような船体を視界の果てに浮べる。寸時も止《や》むことなく吹き荒れる偏西風、荒涼とした不毛の大地、直接海に雪崩《なだ》れ落ちる氷河、地の涯《はて》パタゴニア。

何という痩《や》せ我慢。何という豊穣《ほうじょう》なイメージ。これぞ、志水節の一端といえようが、語りの醍醐味《だいごみ》はそれだけに止まらない。本書は「三十過ぎまで生活抜きに生きてきた」がゆえに「今でも観念的にどこか社会から浮き上っているところがある」渋谷という男の再生小説でもある。彼は、店を焼かれ店員を殺され国際的な揉《も》め事に巻き込まれ、北の島で瀕死《ひんし》の体験まで味わわされるが、そうした危難を潜《くぐ》り抜けることで失われた闘魂を取り戻していくことになるのだ。三部構成を通して次第に不屈の精神を宿していく彼の変貌《へんぼう》を描ききること。新人作家には重荷であろうその難題を著者は見事にクリアしてのけた。著者がデビュー時から極めて完成度の高い技量を具《そな》えていたことを改めてご確認いただきたい所以《ゆえん》である。

ただ、優れた着想を得たからといって、物語がさっと描けるわけではない。

本書の執筆動機や創作秘話については、著者のホームページ（「Shimizu Tatsuo Memorandum」http://www9.plala.or.jp/shimizu-tatsuo/）の「自作を語る」コーナーで明かされているので、詳細はそちらをお読みいただくとして、要点だけさらっておくと、著者は二七歳以来フリーライターを続けてきたが、加齢や不況で、おっつけ食えなくなるであろうことを痛感。そんなとき、ふと思い出したのが、昔取材に通っていた北海道で蒐集《しゅうしゅう》していた土地の資料のひとつ、択捉島の萌消《もえけし》湾に関する資料であった。「どうせなにもできないのだったら、これからも、なんとかして文章を書いて生きていくほかない。となると、あとは小説でも書いてみようか、と思いはじめるのは当然のことだろう。となったとき、思い出したのがこの萌消湾だった」。

そこの数百メートルの断崖《だんがい》絶壁を日本人に潜入させて攀《よ》じ登らせよう、という次第で、「人に知られていない題材があったから、それに合いそうなストーリーをこしらえてむりやり当てはめただけなのだ」。

かくして仕事の合間に少しずつ書きため、八〇〇枚の原稿を二年かけて描き上げたのが本書であるが、「これは、いま思い出してみてもぞっとするくらい苦しかった」。

著者によれば、たとえ一枚一〇〇円であろうと原稿料が発生していれば世の中を呪《のろ》いながらでも書けるが、金になるやら何になるのやら、読んでもらうあてすらない原稿を貧乏の合間に書いていくということは試練以外のなにものでもなかった、ということである。

その萌消湾だが、さすが「化物湾」の異名を取るだけあって、秘境めいた光景は印象的。不気味な静けさがやがて国後水道での逃亡劇や国後島での踏破劇へと一転していく活劇演出が本書の最大の読みどころであるのはいうまでもない。対自然サバイバルを主軸にした冒険小説を書くことは秘境の喪失が加速するにつれ難しくなってくる。この潜入／脱出劇には、だが、今日でもそうした憂鬱《ゆううつ》を吹き飛ばしてくれるだけのインパクトがある。今回解説に当たって久しぶりに読み返してみて瞠目《どうもく》したのは、やはりその圧倒的リアリティだ。現地の自然環境をこれほど陰影深く、かつ豊かな色彩演出で描いてみせるとは、作家というのはまさに見てきたような嘘《うそ》をつくプロ中のプロであると痛感した次第。

もうひとつ、第二部で注目したいのが、渋谷の相棒を務める老ガイド蛭間《ひるま》である。本書の前半でも北原の父やクルーザーに襲われた西条等、いい味出してる老人キャラが登場するが、特に蛭間は歴史に翻弄されてきた北方四島出身者の代弁者として複雑かつ重苦しい役割も背負っている。その難しいキャラを彼の怪しい振る舞いで膨らませ、身を切られるようなせつない独白で決めてみせる辺り、著者の卓抜した老人造型力の一端がうかがえよう。

本書は択捉島潜入小説としての側面だけクローズアップされがちだが、国際謀略小説としても冷戦下の米ソの対立構図を背景に読み応《ごた》え充分である。特に第三部では、人を平然と犠牲にして顧みない冷酷非情な世界が如実に立ち上がってくる。ひょんなことから民間人が血腥《ちなまぐさ》いエスピオナージに巻き込まれる恐怖。この当時、別の北の国による日本人拉致《らち》が進行していたことを考えると、本書で描かれているような事件が実際に隠蔽《いんぺい》されていたとしても不思議ではない。

それについては、渋谷と順子の恋愛悲劇も見逃せない。古風というか、耐える女に見えて、その実芯《しん》の強い女丈夫である彼女は志水小説のヒロインの原型ともいえる。そんな彼女と自己韜晦《とうかい》が過ぎてダメ男すれすれの渋谷の間には、北方領土をめぐる日ソ間以上の葛藤《かっとう》があったようだが、案外ふたりの関係は物語のエンドマークが出た後、短期間に修復されていくような気がしないでもない。男女の愛憎劇にエスピオナージを絡めるという点では、本書には特に驚愕《きょうがく》仕掛けは施されていないが、実は著者もそれが気になっていたりして。そのテーマの追求が長編第六作『背いて故郷』として結実したのでは、と考えるのはうがち過ぎだろうか。

本書が刊行されて早、四半世紀がたつ。ソ連はゴルバチョフのペレストロイカ時代を経て崩壊、その後ロシアとなり、エリツィンからプーチンの時代へと至る。それとともに北方領土問題も改善に向かうかとも思われたが、鈴木宗男衆議院議員（当時）の主導による二島先行返還論は自らの疑惑事件もあって挫折《ざせつ》、再び混迷状態に陥っている。米ソ冷戦時代が終焉《しゅうえん》した以上、本書のような潜入／脱出劇もやがては過去のものになる日がくるだろうが、マフィアに牛耳られているともいわれる現代ロシアを背景にした冒険行はあるいはいっそう危険になるかもしれない。一九九九年に札幌に移り住んでから道内をくまなく歩き回られているわけだし、著者にはもうひと踏ん張りしていただきたいところではあるが、それはまた別の話。

ともあれ、一九八〇年前後の英米の名作群にもまったく遜色《そんしょく》のない国産冒険小説の傑作として、本書が後世に読み継がれていくことは間違いないだろう。

（二〇〇四年四月、コラムニスト）

この作品は一九八一年八月講談社より刊行され、
一九八三年八月講談社文庫に収録された。

志水辰夫著
行きずりの街

失踪した教え子を捜しに、苦い思い出の街・東京へ足を踏み入れた塾講師。十数年分の過去を清算すべく、孤独な闘いを挑むが……。

志水辰夫著
いまひとたびの

いまいちど、いまいちどだけあの人に逢えたなら――。愛と死を切ないほど鮮やかに描きあげて大絶賛を浴びた、珠玉の連作短編集。

志水辰夫著
情　事

愛人との情事を愉しみつつ、妻の身体にも没入する男。一片の疑惑を胸に、都市と田園を行き来する、性愛の二重生活の行方は――。

志水辰夫著
裂けて海峡

弟に船長を任せていた船は、あの夏、大隅海峡で消息を絶った。謎を追う兄が触れたのは、禁忌。ミステリ史に残る結末まで一気読み！

志水辰夫著
きのうの空
柴田錬三郎賞受賞

家族は重かった。でも、支えだった――。あの頃のわたしが甦る。名匠が自らの生を注ぎこみ磨きあげた、十色の珠玉。十色の切なさ。

泡坂妻夫著
しあわせの書
―迷探偵ヨギ ガンジーの心霊術―

二代目教祖の継承問題で揺れる宗教団体〝惟霊講会〟。布教のための小冊子「しあわせの書」に封じ込められた驚くべき企みとは何か？

小野不由美著

東京異聞

人魂売りに首遣い、さらには闇御前に火炎魔人、魑魅魍魎が跋扈する帝都・東京。夜闇で起こる奇怪な事件を妖しく描く伝奇ミステリ。

小野不由美著

屍鬼（一～五）

「村は死によって包囲されている」。一人、また一人、相次ぐ葬送。殺人か、疫病か、それとも……。超弩級の恐怖が音もなく忍び寄る。

大沢在昌著

らんぼう

検挙率トップも被疑者受傷率120％。こんな刑事にはゼッタイ捕まりたくない！　キレやすく凶暴な史上最悪コンビが暴走する10篇。

梶尾真治著

黄泉がえり

会いたかったあの人が、再び目の前に――。死者の生き返り現象に喜びながらも戸惑う家族。そして行政。「泣けるホラー」、一大巨編。

梶尾真治著

黄泉びと知らず

もう一度あの子に逢えるなら、どんなことでもする。感動再び。原作でも映画でも描かれなかった、もう一つの「黄泉がえり」の物語。

高橋克彦著

舫《もやい》鬼九郎

江戸の町を揺るがす怪事件の真相を解き明かすべく、謎の浪人・舫鬼九郎が挑む！　壮大なスケールで描く時代活劇シリーズ第1弾。

北森鴻著　凶笑面 —蓮丈那智フィールドファイルI—

封じられた怨念は、新たな血を求め甦る——。異端の民俗学者・蓮丈那智の赴く所、怪奇な事件が起こる。本邦初、民俗学ミステリー。

黒川博行著　疫病神

建設コンサルタントと現役ヤクザが、産廃処理場の巨大な利権をめぐる闇の構図に挑んだ。欲望と暴力の世界を描き切る圧倒的長編！

小池真理子著　蜜月

天衣無縫の天才画家・辻堂環が死んだ——。無邪気に、そして奔放に、彼に身も心も委ねた六人の女の、六つの愛と性のかたちとは？

小池真理子著　恋　直木賞受賞

誰もが落ちる恋には違いない。でもあれは、ほんとうの恋だった——。痛いほどの恋情を綴り小池文学の頂点を極めた直木賞受賞作。

小池真理子著　浪漫的恋愛

月下の恋は狂気にも似ている……。禁断の恋の果てに自殺した母の生涯をなぞるように、激情に身を任す女性を描く、濃密な恋物語。

沢木耕太郎著　血の味

なぜ、あの人を殺したのか——二十年前の事件を「私」は振り返る。「殺意」に潜む少年期特有の苛立ちと哀しみを描いた初の長編小説。

新潮文庫最新刊

塩野七生著

ローマ人の物語 29・30・31

終わりの始まり（上・中・下）

空前絶後の帝国の繁栄に翳りが生じたのは、賢帝中の賢帝として名高い哲人皇帝の時代だった——新たな「衰亡史」がここから始まる。

梅原猛著

日本の霊性
—越後・佐渡を歩く—

縄文の名残をとどめるヒスイ文化と火焔土器。親鸞、日蓮ら優れた宗教家たちの活動。越後、佐渡の霊性を探る「梅原日本学」の最新成果。

ひろさちや著

しあわせになる禅

禅はわずか五つの教えが根本原理。名僧高僧のエピソードや禅の公案の分析から、禅の精神をやさしく読み解く。幸せになれる名著。

甲野善紀
田中聡著

身体から革命を起こす

武術、スポーツのみならず、演奏や介護にまで変革をもたらした武術家。常識を覆すその身体技法は、我々の思考までをも転換させる。

酒井順子著

箸の上げ下ろし

男のカレー、ダイエット、究極のご飯……。「食」を通して、人間の本音と習性をあぶりだす。クスッと笑えてアッと納得のエッセイ。

石田節子著

石田節子のきものでおでかけ

かんたん、らくちん着付けが石田流。職人さんの手仕事、「和」の楽しみ……着物の奥深い魅力を知って気楽におでかけしましょう！

飢《う》えて狼《おおかみ》

新潮文庫　し－35－7

平成十六年六月一日発行
平成十九年八月三十日七刷

著者　志《し》水《みず》辰《たつ》夫《お》

発行者　佐藤隆信

発行所　株式会社 新潮社

郵便番号　一六二―八七一一
東京都新宿区矢来町七一
電話 編集部(〇三)三二六六―五四四〇
読者係(〇三)三二六六―五一一一
http://www.shinchosha.co.jp

価格はカバーに表示してあります。

乱丁・落丁本は、ご面倒ですが小社読者係宛ご送付ください。送料小社負担にてお取替えいたします。

印刷・株式会社光邦　製本・株式会社植木製本所

ISBN978-4-10-134517-8 C0193